半九郎残影剣

鈴木英治

時代小説文庫

JN276153

角川春樹事務所

目次

第一部　江戸

一

息づかいが肩越しに伝わってくる。

父の背中はとても広くてあたたかいが、そんなことを感じている余裕はない。上下に激しく揺さぶられ、転げ落ちぬよう力をこめて分厚い肩にしがみついているのがやっとだ。

父の足ははやい。張りつめた冷たい夜気《やき》が耳や伏せた頰《ほお》を容赦《ようしゃ》なく打ってゆく。ときおり父は気づかうように振り返る。そこにせがれがいるのを確かめてほっとした笑みを浮かべるが、表情は一瞬にして引き締まり、厳しい瞳《め》が背後に向けられる。

父につられてうしろを見るが、人の姿も見えなければ足音もきこえない。深い闇《やみ》が厚い壁となってのしかかってくるだけだ。

不意に父が足をゆるめ、立ちどまった。地面にていねいにおろされる。

額に浮かぶ汗を手の甲で払った父が手を握り締めてきた。汗ばんでじっとりとした感触が伝わる。

父はうしろをにらみつけている。かたまったように動かないが、しばらくしてまぶたを伏せると、小さく息をついた。

痛いほどに手を握る父を見あげていると、せがれのもの問いたげな顔に気づいた父はまた笑顔を見せた。大丈夫だというように深々とうなずく。ただそれだけで、かたく引き結ばれた口がひらかれることはない。

歩きはじめてすぐまわりが明るくなった。雲が切れ、月が出たのだ。切りわけられた西《すい》瓜《か》のような半月だった。

明るさに顔をしかめたらしい父は、それまで以上に早足で進みはじめた。手を引かれていなかったら、とうに置いてきぼりだ。

そこは山道だった。

丈《たけ》の低い草に隠れてしまいそうなか細い道が続いている。おおいかぶさるように枝を茂らせる木々に斜めから射《さ》しこむ月光が重なって不気味な濃淡が描きだされ、樹影のそこかしこに何者と知れぬ者がひそんでいるように思えて、それがなんともいえず恐ろしかった。ときおり響く女の叫びのような鳥の鳴き声も、肝《きも》をわしづかみにする。

道はのぼりくだりを繰り返した。

途中、泉で喉《のど》を湿らせたきりで、父の足がとまることはなかった。

木の根につまずいたり、草に足を取られたりして何度も転びそうになったが、そのたびに父がぐいと力強く体を引きあげてくれた。すり傷一つ負わなかったが、もうくたくただった。

再びつまずいたとき父の手をふりほどき、いやいやをするようにかがみこんで目を閉じた。控えめで穏やかな笑い声がし、やさしく肩のあたりをさすられたが、それでもかたくなに顔をあげずにいた。

じりという土音に薄目をあけると、たくましい背中が眼前にあった。勢いよく抱きつき、頬をきつく押し当てる。

あたたかみが伝わり、うれしくて涙が出た。

「里村《さとむら》さん、里村さん」

どこからか声が届き、つっかいがはずれたように父の背中が消えた。意識が闇に手を伸ばし、声の主を探り当てようとしている。体を揺すられていた。

はっ、と半九郎《はんくろう》は目を覚ました。目尻が濡《ぬ》れているのに気づき、指先でぬぐった。

「寝ちゃあまずいですよ」

「ああ、これは申しわけない」

壁から頭をはがし、背筋をしゃっきりとさせて、半九郎は軽く頭を下げた。

「ついうっかり」

「なにもないまままもう五日ですから、気が抜けるのもわからぬではないですが、我らは金で雇われている身ですからね」

三十三というから半九郎より九つも歳上《としうえ》だが、林田久兵衛《はやしだきゅうべえ》は常に目下のような言葉づかいをする。明るくまじめな性格の持ち主だ。

「はあ、よくわかっています」

一応は殊勝な顔をつくったが、申しわけなさなど半九郎にはなかった。うたた寝をしていただけで、もし賊《ぞく》が押し入ってきたとしても応対できる自信はあった。

これまで何度も仕事をこなしてきたが、へまを犯したことは一度もない。刀は腕に抱いている。

片隅に置かれた火が入っていない火鉢以外なにもない殺風景な八畳の部屋には、半九郎を含め四人の男がいる。

いずれも浪人で、あとの二人は田岡三左衛門《たおかさんざえもん》と須藤八蔵《すどうはちぞう》といい、半九郎の向かいに並んで座っていた。

三左衛門は片膝《かたひざ》を立てており、乱れた裾《すそ》のあいだから濃いすね毛が見えている。八蔵はかたく腕組みをしている。

二人とも半九郎の腹のうちを読んだような冷ややかな瞳をしているが、言葉は発しない。

もともと口数が極端に少ない二人で、五日前はじめて顔を合わせたとき名乗ったのが声をきいた最後のような気がする。

目のかわし方から、どうやら二人は知り合いらしい。これまで一緒に仕事をしたことがあるのかもしれない。歳はともに四十前後。

「しかし幸せそうな顔をしていた」

久兵衛が半九郎に笑いかける。

「夢でも見ていたのですか」

「ええ、まあ」

ときおり見る夢だが、あれだけ明瞭《めいりよう》なのは久方ぶりだった。半年前に死んだ父が思いだされ、半九郎は胸がつまるのを感じた。

父の顔を目にしたのも久しぶりだ。

柔和な丸顔に大きな耳、薄い眉《まゆ》の下に置かれた細い目はときおり鋭い光を帯び、高い鼻は鼻筋が通っている。がっしりと頑丈そうな顎《あご》は意志の強さをあらわしていた。

あまり似ていない親子だった。

半九郎は眉が濃く、目も大きい。似ているのは鼻の高さと大きな耳、そして五尺八寸ある長身だ。

どんな夢だったのか久兵衛はききたげだが、半九郎に話す気はなかった。あれがどういうことなのか、まるでわかっていない。確かなのはうつつだったことだけだ。

「今、何刻《なんどき》ですかね」

半九郎は話題を変えた。

「先ほど四つ（午後十時）の鐘が鳴りましたよ」

気を悪くするでもなく久兵衛は答えた。

朝のはやい店の者はすべて寝入ったようで、屋敷内は物音一つしない。耳をすませば、かすかにいびきらしい響きが届く程度だ。

不意に、軽やかに屋根を打つ音が伝わってきた。やがてそれは強く激しいものに変わった。

久兵衛が天井を見あげる。

「ずっと降っていなかったですから、いいお湿りになるんじゃないですかね。桜も終わりましたから、花を散らす無粋な雨でもなし」

遠く雷の音もする。

雷は足早に江戸の上空にやってきて、大木がいっぺんに百本ばかりへし折れるような猛烈な音を響かせた。

「すごいですねえ。雷はどうも苦手で」

半九郎は、首を縮めた久兵衛を見やった。

「傘張りを生業《なりわい》にしていたといわれたが……」

三日前の夜、二人は退屈しのぎにお互いの身の上を語り合っている。

「なぜ用心棒に、とおききになりたいのですか。ふむ、そこまでは話していなかったですね」

久兵衛は思いだす瞳をした。

「自分で申すのもなんですが、傘づくりの腕は抜群で注文は引きも切らずでした。ご存じでしょうが、傘は高価で持てるのは金のある者に限られています。ですから、暮らしにはなんの不自由もありませんでした」

三左衛門と八蔵もきくとはなしに耳を傾ける風情《ふぜい》だ。

「一言で申せば、飽きたからです。来る日も来る日も傘を相手の毎日。ある日、もう十二年もやっていることに唐突に気づき、俺はこのまま老いてゆくのか、と思ったら、たまらなくなってしまいましてね。それでこの稼業《かぎょう》に」

腕に覚えがある職人のようにぽんと左腕を叩《たた》いて、久兵衛は続けた。

「それがつい三月ほど前のことです」

半九郎はうなずいた。

確かに用心棒として十分やってゆけるだけの腕を久兵衛は持っている。それは立ち合わずともわかる。それだけの腕を傘張りで朽ち果てさせたくないとの気持ちは、侍の端くれとしてわからないではない。

ただし、不自由のない暮らしをきっぱり捨てるというのは、自分がその立場だったら果たして思いきれたかどうか。

半九郎は三左衛門と八蔵に目を向けた。

この二人の前身は知らない。半九郎と同様、生まれながらの浪人だろう。

二人も剣は相当のもので、こうして同じ商家に居合わせたことに半九郎は幸運を感じていた。これなら、商家の者を老若を問わず皆殺しにして大金を強奪してゆく五人組がやってきたとしても、撃退できるにちがいない。

もっとも、居合わせたというより、この商家が金にあかせて腕利きを集めたといったほうが正しいのだろうが。

実際に五日前、よその商家から半九郎はこの屋敷に移ってきている。

商家は秋葉屋《あきば》といい、ごま油を専門に扱っている。

ここ神田鎌倉町《かまくら》にある店はさほど大きくはないが、内証の豊かさは十分に伝わってくる。主人の与左衛門《よざえもん》は血色がよく、いかにも精力がありあまっている感じだし、奉公人も元気者がそろって、店には活気が満ちている。

およそ一年のあいだに七軒の商家に押しこみ、江戸市民を震えあがらせた五人組はここ一月半ほど鳴りをひそめているが、いつまたあらわれるか知れない不安から用心棒相場は高騰しており、半九郎たちには一日一分《いちぶ》という破格の労銀が約束されていた。普通だったら、どんな富商でも二朱《にしゅ》が限界だ。

昨日ですでに一両の稼ぎになったかと思うと、半九郎は殺された者に申しわけないとは思いながらも、気持ちが浮き立ってくるのを抑えられない。

このまま五人組がずっと姿をあらわさず、あるいはよそに押し入ってくれたら、とさもしいことを考えてもいる。

日に三度与えられる食事を胃の腑《ふ》におさめ、一日のほとんどをこの部屋でごろごろしているだけで金になるのだ。

これ以上のことはない。酒はさすがに出ないが、晩酌《ばんしゃく》の習慣などないし、もともとたいして飲めはしない。

江戸者の一人として次の仕事がやつらの最期となることを祈りながらも、半九郎はこの境遇がもう少し続くことを願わずにはいられなかった。

二

深夜九つ(午前零時)をすぎ、順番がやってきた。

半九郎は立ちあがり、見まわりに出た。

雨はまだ降り続いているが、たいした降りではなく、大きいのを五つばかり続けざまに落とした雷も駆け足で江戸を去っていった。

最後に裏門に無理やりあけられた形跡がないか調べ、裏庭に不審者がいないことを確かめてから、きびすを返した。勝手口に入り、戸に心張《しんば》りをしっかりとかける。

床にあがり、長い廊下を進んだ。

雨が寒気を呼びこんだらしく、素足の裏がずいぶんと冷たい。庭の木々をざわめかせる風が、ときおり雨戸をすり抜けてくる。

半九郎は寒けを覚えて、襟元《えりもと》をかき合わせた。なぜか胸のなかを櫂《かい》でかきまわされているように落ち着かない。

「なにかおかしなことは？」

障子をあけて部屋に入ると、久兵衛がきいてきた。なにも、と半九郎は答えた。

三左衛門と八蔵は暗い目で半九郎を見ている。腕を値踏みするような目つきが少し気になった。

火鉢に火が入れられていて、勢いよく炭を弾《はじ》いている。

ありがたかった。半九郎は火鉢の前にかがみこみ、手をすり合わせた。

八つ（午前二時）になり、今度は久兵衛が見まわりに立った。

なにも話さない二人が相手では間が持たないが、目を閉じるわけにもいかない。部屋はずいぶんとあたたかく、今度は熟睡しかねない。半九郎は頰をぴしゃりと両手で叩いた。

それを合図にしたように三左衛門が立ちあがり、八蔵も腰をあげた。二人は障子をあけ、廊下に出た。

半九郎は気にしなかった。いつも連れ立って厠《かわや》に行くのだ。

入れ替わりに久兵衛が戻ってきた。

「二人は厠ですか」

座りかけたが、それがしも行ってこよう、といって揉《も》み手をしつつ出ていった。

直後、半九郎は風が動いたのを感じた。なにかの気配を嗅《か》いだ気がしている。

勝手口の方向だ。

半九郎はすばやく立ちあがって刀を腰にこじ入れ、廊下に出た。

厠は、この廊下を左に行った中庭の右奥にある。暗い廊下を透かし見たが、三人の姿はない。

勝手口に向かって、一人進みはじめた。まさか、と思うが否定できない。心にかかる黒い雲はむしろ厚みを増しつつあった。

半九郎ははっとして足をとめ、柱の陰に身を寄せた。

勝手口の土間から床にあがってくる影が見えたのだ。数人いる。

いずれも闇に溶けこみやすい着物を身につけ、手ぬぐいでほっかむりをしている。腰には長脇差《ながわきざし》。いかにも身ごなしの軽い連中だ。

来やがったか、と半九郎は腹に力をこめた。しかしいったいどうやってなかに。

今はそんなことを考えているときではなかった。大きく息を吸い、一気に吐きだす。

「賊が来たぞっ。勝手口だ」

背後に向かって叫びざま抜刀した。廊下を一気に駆け抜け、賊との距離をつめる。

先頭の男に向かって、刀を振りおろす。峰は返している。これまで多くの人の命を奪ってきた連中だから情けなど無用だが、こんなやつらの血で父の形見をけがしたくない。

賊は冷静だった。長脇差を抜き放つや半九郎の斬撃《ざんげき》を撥《は》ねあげたのだ。

半九郎は戸惑った。まさか打ち返されるとは思っていなかった。この五日なにもせずにいたから腕が落ちたのか、と一瞬感じたが、それ以上に賊の腕が立つのだ。

それでも、自分に敵するだけの腕がないことはわかっている。所詮《しょせん》、押しこみを生業とする輩《やから》だった。

土間に足音をたてることなくおり立った賊どもは、底光りする目で半九郎を見つめている。四人とも長脇差をかまえ、微動だにしない。そう、賊は四人だった。

一人足りないことに不審を覚えた瞬間、半九郎は強烈な刀のうなりを背中できいた。

なにも考えず猫のように前に飛んだ。逃れられたか自信がなかった。体を二つにされ、上半身だけが飛んだ気にもさせられた。

ごろりと土間を転がり、半九郎は立ちあがった。足がついているのがわかってほっとしたが、息を継ぐ間はなかった。

賊の輪のなかに飛びこんでいたのだ。四つの光が同時に突きだされる。

半九郎は体をひねることで二人の突きをかわし、刀を横に振って残りの長脇差を打ち払った。

返す刀を賊の二人へ持ってゆく。

びしという音が続けざまに二度きこえ、うめき声をあげた二人は土間に倒れこんだ。腹を打たれた一人はかまどの横で海老《えび》のように体を折り、肩を押さえて立ちあがろうとした一人は体から力が抜けたようにがくりと膝をついた。

無傷の二人はくっと唇を嚙《か》み、うしろに下がった。

この二人には目もくれず半九郎はくるりと振り返った。

「あんたが五人目だったのか」

冷たい瞳をした久兵衛が床の上に立っていた。刀をだらりと右手に下げている。

「田岡と須藤はどうした」

眉一つ動かすことなく久兵衛は刀を握り返し、床を蹴《け》った。土間に飛びおりるや、踏みこんできた。

久兵衛の剣尖《けんせん》があがったと思った瞬間、左側に一筋の光を半九郎は見た。刀で受けようとしたが、その光が消え、今度はがら空きの右手にあらわれた。

刀は間に合わない。

半九郎はうしろに飛びすさったが、右の脇腹を裂かれた。痛みはない。着物だけで、どうやら皮膚まで刃は届かなかったようだ。

すでに次の攻撃が迫っていた。上段から打ちおろされる白刃《はくじん》に半九郎が刀をあげようとしたとき、またもや白刃は視野から失《う》せ、斜め下から稲妻のはやさで近づいてきた。

上体を思いきりそらすことでこれもなんとか避《よ》けたが、下顎に鋭い痛みを感じた。袈裟《けさ》斬りが来た。これはそのまま振りおろされている。がきんと撥ねあげた。

間髪入れず左から逆胴が来た。これも受けとめた。さらに袈裟斬りが続き、次に胴を狙《ねら》われた。

いずれもかろうじて対応できたが、寸前まで見極めてのものだから、こちらから攻勢に出るすべはなかった。

久兵衛は疲れを知らず、次々に剣を繰りだしてくる。

半九郎はその攻撃にひたすら耐え続けたが、いつからかいやな冷たさが背筋を這《は》うのに気づいている。

久兵衛が発する気が体を冷えさせていた。久兵衛は、射程にとらえた獲物を撃ち殺す間を計る練達の猟師だった。

どこで決着をつける気なのか。

袈裟斬りと逆胴の連続技を打ち返したとき、一瞬の間があき、左側からあの光が再びやってきた。ついに久兵衛は決めにかかったのだ。

半九郎は一か八《ばち》かに賭《か》けた。光を怖《おそ》れることなくその方向に身を寄せる。斬られるかと身のすくむ思いがしたが、白刃はやってこず、目の前には、胴から一転逆胴に刀を払おうとする久兵衛の姿があった。

半九郎はここぞとばかりに刀を振りおろした。

手応《てごた》えは十分ではなかった。久兵衛もさすがで、ぎりぎりで体をひらいたのだ。たたらを踏むようにして踏みとどまった久兵衛は体勢を立て直し、刀をかまえようとした。だが踏ん張ることはできない。とまる寸前の独楽《こま》のようにふらついている。

半九郎は目をみはった。

久兵衛の腹から、血まみれの臓腑がはみだしつつあった。半九郎の剣が腹を斜めに裂いたのだ。

久兵衛の顔には驚きが貼《は》りつけられている。

その表情が苦悶《くもん》にゆがみ、重さに耐えきれなくなったように刀を投げ捨てた。酔ったような足取りであとずさり、なにもないところでつまずいてどすんと土間に座りこんだ。

手のひらを傷口に当て、苦い顔で首を振る。

「読まれちまったか。傘張りやっていたほうがよかったか」

自嘲《じちょう》気味にいい、血をぺっと吐いた。

「あの話は本当だったのか」

「腕がよかったのもな。でも悔いはない。もともと畳の上で死ぬ気はなかった。こんな死に方こそ似合いさ」

眠るように目を閉じた。かすかに笑いを残した口許《くちもと》から血のよだれが垂れている。

半九郎は慎重に近づき、息絶えているのを確認した。小さくため息が出た。

まだ無傷の賊が残っているのを思いだし、鋭く振り向いた。

二人の姿はなく、ただ勝手口から冷たい風が吹きこんでいるだけだ。

刀で打たれた二人は土間にうずくまり、いまだ動けずにいる。

廊下には店の者が寄り集まり、こちらをこわごわとうかがっていた。

そのなかにあるじの与左衛門を見つけた。

「はやく奉行所に知らせを。二人逃げた」

あわてたように首をうなずかせた与左衛門の指示で若い手代《てだい》が身をひるがえした。

半九郎は縄をもらい、土間の二人をきつく縛りあげた。それからどういうからくりだったか、与左衛門に語った。

与左衛門は牛が歩くようにのそのそと近づき、久兵衛の死骸《しがい》を見おろした。

「このお人が押しこみだったなんて……」

信じられなさが一杯のつぶやきを背に半九郎は廊下を渡り、厠に向かった。

予期してはいたが、さすがに暗澹《あんたん》とした。

二人は厠近くの庭に、血だまりをつくって倒れていた。

三左衛門は背中から心の臓を一突きにされ、八蔵は振り向きかけたところを殺《や》られたらしく、左の鎖骨を斬り割られている。

もともと無口な二人だったが、これでは声をあげることすらできなかっただろう。

もう大丈夫と思ったが、一応は警戒して翌日の昼まで秋葉屋に居残った。

逃げた二人がつかまったとの話を、昼食を一緒にとった与左衛門からきいた。

見捨てられた二人が居どころをぺらぺらしゃべったらしい。久兵衛が五人組の首領だったという。

「それにしても里村さま、ありがとうございました」

与左衛門があらためて頭を下げた。横で妻のお袖《そで》も手をついている。

「いや、あれが俺の仕事だ。当然のことをしたまでだ」

謙遜《けんそん》でなく、いった。

「とんでもございません」

与左衛門は大仰《おおぎょう》に手を振った。

「もし里村さまがいらっしゃらなかったら、今頃手前どもは息をしておりません。いくら感謝してもしすぎということは」

与左衛門は五両の金をくれた。

約束よりだいぶ多くうれしかったが、死んだ二人のことを思うと、半九郎は素直に喜べなかった。

三

町を歩きながら、今日が何日だったかを考えた。

六日も同じところにいたせいか、日にちの感覚がない。指を折って計算する。いい歳をしてこんなことをしていると、俺はおつむが弱いのか、と本気で思う。

どうやら三月十日だ。

天気はよく、雲は北の低い位置にわずかに見えるだけ。太陽は傾きはじめているが、まだ十分すぎるほどまぶしい。

昨日の雨が久兵衛のいった通りいいお湿りになったようで、埃《ほこり》っぽかった町にはすがすがしい風が吹き渡っている。いかにも春らしい陽気に江戸は包まれていた。行きかう人々の表情も浮き立ったように明るい。

住み慣れた本郷菊坂台町《きくざかだいまち》に帰ってきた。

町の名は実に美しく、半九郎は気に入っている。

なんでも、昔このあたりには菊づくりに従事する者が多く住まっていたらしく、一面菊畑だったという。

半九郎が今歩いている道は西に向かうにつれくだってゆくが、その坂の下に広がる町は菊坂町と呼ばれている。

「里村さん、仕事は終わりましたか」

自身番から顔をのぞかせ、家主の徳兵衛《とくべえ》が声をかけてきた。

歳は五十ちょうど、名が示す通りの人情に厚い家主で、店賃《たなちん》が滞《とどこお》ったときもいやな顔することなく受けてくれる。

半九郎は手招きにしたがって畳に腰をかけ、茶を喫した。勧められるままに煎餅《せんべい》にも手を伸ばし、五枚をばりばりと食べた。

「中食はまだでしたか」

驚いて徳兵衛が見る。

「食ったが、あまりにこの煎餅がうまいので。いや、しかし本当にうまい」

人が喜ぶのをうれしがるたちの徳兵衛は顔をほころばせた。

「そうでしょう、そうでしょう。なにしろ手前の幼なじみがつくっていますからね」

半九郎は礼をいって、自身番をあとにした。

長屋は権兵衛店《ごんべえだな》といい、七つの部屋が向かい合う、江戸のどこにでもある裏店だ。部屋の戸がひらいている。

半九郎は黙って敷居をまたぎ、土間にそっと立った。

奥の障子があけ放たれ、夜具《やぐ》が小さな庭の物干しに干されている。心地よい風が入ってきている三畳の部屋は、見ちがえんばかりにきれいに掃除されていた。

手ぬぐいで姉《あね》さんかぶりをした奈津《なつ》は、庭に面している縁側を拭《ふ》いている。

半九郎は腕組みをして、よく動く形のいい尻を眺めた。

「ちょっと里村の旦那《だんな》、なに見てるのさ」

隣家の女房のおことがうしろから笑いかけた。

気づかなかった。まったく用心棒がいいざまだな、と半九郎は内心、反省した。

「なにも見てなんかいない。徹夜明けで、ぼうとしただけだ」

「いい景色に見とれるのにいいわけなんかしなくてもいいのよ、旦那」

気安い調子でいって、おことは路地を出ていった。どことなく猫を思わせる顔つきの三十女で、夫の辰吉《たつきち》は腕のいい飾り職人だ。

立ちあがって姉さんかぶりを取った奈津が半九郎を見つめていた。きらきらと黒目が輝いて、表情が生き生きとしている。

いい女だな、と半九郎はこれまで何度目にしたか知れない顔を見て、思った。

広い額にきりっとした眉、高い鼻は聡明《そうめい》さを感じさせるし、やや垂れ気味の目に少し厚めの唇は、思いやりにあふれた心を覚えさせる。

「またいやらしい目で見てたんでしょ」

「見ちゃ悪いか」

いいわけするのも面倒くさく、半九郎はひらき直った。

奈津はにっこりと笑った。

「お帰りなさい」

すぐに顔をしかめ、自分の顎に触れた。

「怪我《けが》を?」

半九郎はさわってみた。かすり傷にすぎず、秋葉屋で膏薬《こうやく》を塗ってもらっている。少しひりひりする程度で、痛みはほとんどない。

脇腹を裂かれた着物は、代わりを秋葉屋が都合してくれた。今、身に着けているのがそうだ。

「診《み》せて」

奈津が部屋のまんなかに正座をし、半九郎は奈津の前にあぐらをかいた。

奈津が発するいい匂《にお》いがする。心の奥底から入道雲のようにむくむくとわきあがってきた押し倒したい気持ちを、半九郎は腹と拳《こぶし》に力をこめることでぐっとこらえた。

実際、一度押し倒しかけて、頰を思いきりひっぱたかれた。そのときはこれで二度と会えなくなるのかと暗澹《あんたん》としたがそんなことはなく、こうして留守中の掃除にも来てくれる。

このあたりが女心のよくわからんところだな、と半九郎は考えている。

「またなにか企《たくら》んでるでしょ」

傷の具合を診ながら奈津が軽くにらむ。

「ばれたか」

奈津は幼なじみで、気心は知れている。

歳は二つ下の二十二。半九郎が物心ついた頃には同じ長屋で暮らしていた。その後、半九郎父子はその長屋を引っ越したが、奈津とのつき合いは絶えることなく続いてきた。

「店は？」

半九郎はきいた。

血がにじんでいるようで奈津は手ぬぐいに唾《つば》をしみこませて、傷を拭いた。半九郎は少し顔をしかめた。

「しみた？お休みをいただいたの。半月ぶりよ」

奈津は住みか近くの一膳飯屋《いちぜんめしや》で働いている。気立てがよく美人でしかも働き者だから、店の看板娘になっている。

看板娘というには歳がいきすぎている気がしないでもないが、そのことを半九郎は口にしたことはない。

「大丈夫ね、これなら」

少し身を引いて、半九郎を心配そうに見る。

「刀傷でしょ。危ない目に？　着物も新しくなっているし」

半九郎は秋葉屋でのできごとを正直に語った。

奈津は息を飲んだ。

「あの五人組が秋葉屋さんに……それで同業の方が二人も」

奈津は涙をためて、半九郎を見つめている。

両の瞳に半九郎を思いやる気持ちが一杯につめこまれている気がして、半九郎は我慢がきかなくなった。意を決して奈津の手を握り、力をこめて抱き寄せた。

またひっぱたかれることを用心したが、奈津は逆らわなかった。

半九郎は奈津を畳の上に寝かせた。奈津は覚悟を決めたように目を閉じている。

こんなにうまくいっていいのか、と半信半疑ながらも半九郎が帯に手を伸ばした瞬間、ぱちんと派手な音が耳元でした。

半九郎はよろけ、左の頬を押さえた。手加減なしだった。少しめまいがする。

「まったく懲りない人」

起きあがり、裾を整えた奈津は目に怒りをたたえている。

「許嫁《いいなずけ》なんだからいいじゃないか」

「誰が許嫁よ。それに簡単にひっぱたかれて、そんなのでよく用心棒がつとまるわね」

「女だから油断したんだ」

「ちょっとした油断が命取りとなる、っていつもえらそうにいっているのはどなたでしたかしら」

むっと半九郎は黙りこんだ。口では勝てない。

そんな半九郎をしり目に奈津は立ちあがった。帰るのかと思ったが、また姉さんかぶりをし、拭き掃除をはじめた。

惚《ほ》れてなかったらこんなことしないよな、と半九郎はてきぱきと働く奈津を見て思ったが、まあその気になるまで待つしかないか、と今日のところはあきらめた。

その夜、半九郎は奈津の心づくしを胃の腑におさめた。

二人で食べたかったが、奈津は父が待っているから、と帰っていった。半九郎は途中まで送っていった。

食事を終えると、一気に睡魔が襲いかかってきた。半九郎は倒れこむように夜具に横たわった。日を一杯に浴びた夜具があたたかい。

夢を見た。あの夢だ。昨夜ほど明瞭なものではなかった。父の顔もぼんやりとし、半九郎たちはどこにも行き当たることなく、山中の同じ場所をぐるぐるとまわり続けていた。

季節はいつなのだろう、と夢を見ながら半九郎は考えた。父は汗を一杯にかいているが、夜気がずいぶん冷たいことから冬だろう。せいぜい春のはじめか。

大きな身震いに目が覚めた。

すでに夜は明けている。夜具から尻と足が出ていた。

半九郎は上半身を起きあがらせた。季節は初夏に近づきつつあるが、まだときおり今日のように冷えこむことがある。

また身震いがきて、半九郎はくしゃみをした。風邪《かぜ》をひいたか、と思ったが、ここ十年ばかりひいた覚えはない。

半九郎は肩を抱くようにして、体をさすった。こうして父が幼い頃、寒がりの自分をあたためてくれたことを思いだした。

半年前に亡くなった父十兵衛《じゅうべえ》。

とてもやさしい人で敵など一人もいなさそうに思えたが、その父が何度も引っ越しを繰り返したのは、追われる身だったからだろう。

なぜ、どこから逃げてきたのか。誰に追われていたのか。すねに傷持つ身だったのか。

長いことずっとききたかったが、いいだせないままに父は他界してしまった。朝飯を終えて立ちあがった瞬間、うめき声とともに畳に崩れ落ちたのだ。卒中だった。

それきり意識は回復せず、翌々日、父は帰らぬ人となった。

父が死んだことですべては終わったのだろうか。自分は逃げる必要はないのか。

もし一緒になったとき、奈津にも危害が及ぶかもしれない。そのことが半九郎に所帯をもつことを躊躇《ちゅうちょ》させていた。

また、自らの根っこがどこにあるのか、一人のうちに探りたい、との強烈な思いもあった。

そこには、会ったことのない母が住んでいるかもしれない。

子供の頃、父に母のことをたずねたことはある。半九郎を産んで死んだとだけ父は答えた。

父のいいにくそうな顔から嘘《うそ》であることを直感したが、父に苦しい思いをさせるのがいやで、母のことをきいたのはそのときのただ一度きりだった。

父は腕が立った。半九郎も、厳しくしこまれた甲斐《かい》があって剣は父に似た。父も剣の腕を活《い》かして、用心棒をしていた。

四

秋葉屋からの礼金でしばらく仕事をせず、ただ長屋でごろごろしていた。のんべんだらりとすごすのは性《しょう》に合っている。

その日も、太陽が高くなってもまだ夜具のなかにいた。今日は何日だったかな、と天井を見つめて考えたが、わからなかった。

からりと音がして、戸がひらいた。

「半九郎のおっちゃん」

長屋の子供が六人ばかり戸口に鈴なりになって、のぞきこんでいる。

半九郎は鬢《びん》をぼりぼりとかいて、起きあがった。

「おまえら、何度いったらわかるんだ。兄ちゃんと呼べ。ところで、今日は何日だ」

「三月十五日だけど」

一番年上で八歳の虎之助《とらのすけ》が答えた。

「半九郎のおっちゃん、たいへんなんだ」

また呼びやがったな、と半九郎は思ったが、虎之助の口調には緊迫感があふれている。

「なんだ、どうした」

「凧《たこ》がひっかかっちゃって」

「そのくらい自分たちでなんとかしろ」

「凧を取りに屋根にのぼったはいいけど、おりられなくなっちゃったんだよ」

「誰がどこの屋根にだ」

半九郎は答えをきくや、子供たちを連れてすぐに向かった。

近所の寺の屋根で、足をすくませているのは孫吉《まごきち》だった。孫吉は長屋の右隣に住む浅太《あさた》郎《ろう》、おきく夫婦の一人息子で七歳だ。

おきくは夕飯におかずをお裾わけしてくれるし、下帯の洗濯もときにしてくれる。留守中のことを頼んでもいる。そういう事情を抜きにしても、放《ほう》っておくわけにはいかない。

寺は妙連寺《みようれんじ》といい、このあたりの寺にしては広い境内は無人だった。住職や若い修行僧、寺男の姿はなく、参拝者もいない。少し冷たい風が吹き渡り、ぐるりを取り囲む木々を騒がせているだけだ。

好都合だった。人に見つからないうちに終わらせたほうがいい。

半九郎は本堂を見あげた。

押し潰《つぶ》されるような錯覚を覚えるほどの圧倒的な高さだ。

「虎、なんでとめなかったんだ。孫が高いところ駄目なの知っているだろう」

「あいつ、自分で行くっていい張ったんだ。おきみちゃんがいたから」

孫吉は七つの割にはがっしりとした体格をし、背も虎之助より五寸は高い。力も強く、虎之助としてはうなずくしかなかったのだろう。

それにしても、と半九郎は本堂の屋根を見つめて思った。いくら好きな子にいいところを見せたかったとはいっても、七つの子があがれただけでも奇跡に近い。

本堂の右手にまわる。

そこには松の大木が植わっている。孫吉はこの木をのぼっていったのだ。

松のたもとにおきみたち三人が居残っていて、半九郎を見つけるや上を指さした。

孫吉は傾斜の先端にいた。こちらに尻を見せて狛犬《こまいぬ》のように這いつくばっている。屈は最も高い屋根瓦《やねがわら》の端にひっかかっていた。

半九郎はためらうことなく松に手をかけた。なんの迷いもなくひょいひょいと猿のようにのぼってゆく姿に、子供たちが歓声をあげる。

五間《けん》ほどあがると、屋根と同じ高さになった。

横に伸びた枝と屋根のあいだには一尺ほどの隙間《すきま》がある。半九郎は折れやしないかと危《き》惧《ぐ》しつつも枝を渡り、屋根に飛び移った。

一際《ひときわ》強い風にあおられて体がぐらりと揺れ、子供たちが悲鳴をあげたが、半九郎はなんの恐怖も感じていない。

屋根からは、緑深い江戸の町が眺められた。武家屋敷や寄りかたまって建つ町家《ちょうか》の屋根が見渡す限りずっと続き、将軍の住まう巨大な城も一際近く感じられる。

思わず声を洩《も》らしたくなるようなすばらしい景観だが、見とれている暇はない。

「助けに来たぞ」

孫吉に背中を見せて、おぶさるようにいった。孫吉はいやいやをしている。

「はやくおぶされ」

「だってまだ凧が」

泣きそうな顔でいう。

確かに、凧を取り戻さなかったら怖い思いをしてここまで来た意味がなくなってしまう。

半九郎は思っていたよりきつい傾斜にとまどいながらも、凧にたどりついた。凧を手に戻ると、今度は孫吉も素直におぶさった。

けっこう重い。枝がもつかと思ったが、幸い大丈夫だった。

地上におり立ったときは、さすがに汗びっしょりだった。それなりに緊張していた自分を知った。

「さすがだね、半九郎のおっちゃん」

虎之助が痛いほどに太ももを叩く。

「次は虎、おまえが行け。いくら孫のためとはいえ、ただ働きはかなわん」

着地したとき変にひねったらしく、腰に鈍い痛みがある。

「どうかしたの」

虎之助が心配そうにきく。

「なんでもない。じゃあな、虎」

「あれ、帰っちゃうの。一緒に遊ぼうよ」

「また今度だ」

山門を出て、腰をさすってみた。痛みはなく、どうやらたいしたことはなさそうだ。

道は町屋の立ち並ぶ通りに入った。

「里村半九郎か」

半九郎は足をとめ、呼びかけられた方向を見た。

三十前後の浪人が懐手《ふところで》をして、道脇のしもた屋の軒下に立っている。

不穏な雰囲気を察して、半九郎は身がまえかけた。

「兄を殺したそうだな」

「俺がおぬしの兄を?」

「わからんのも無理はないか。まったく似ていない兄弟だからな」

半九郎は黙って男の言葉を待った。

「林田久兵衛よ」

半九郎は目の前に立つ男を見つめた。

久兵衛には確かに似ていない。目も兄とはくらべものにならないほど鋭いし、顔も大ぶりだ。特に顎が張っている。兄は月代《さかやき》をちゃんと剃《そ》っていたが、弟は総髪《そうはつ》にしている。

唯一、似ている点といえば背格好だ。この弟もかなりの長身で、盛りあがった肩はよく鍛えられているのがわかる。

「久兵衛の弟がなにか用か」

半九郎がいうと、男は意外なほどほがらかに笑った。

「いい草《ぐさ》だな。あんたの命よ。俺に入り用のものなどほかにない」

天気のことでも口にするような口調だ。

「おっと、そんな顔をせずともいい。今はやる気はないんだ。こんな真っ昼間の往来で、刀を抜くわけがない」

半九郎は油断しなかった。腰を落とし、いつでも相手をできる姿勢をとった。

男はそんな半九郎をじっと見ている。

「なるほど、兄が殺られたのもわからんではないな」

不敵に笑った。

「しかし、果たして俺に通用するかな」

男は厳しい一瞥《いちべつ》を半九郎にくれてからきびすを返し、のんびりとした歩調で雑踏のなかに紛れていった。

半九郎は見送った。いやな汗がじっとりと背中を濡らしている。いうだけのことはあって、男は遣《つか》い手だった。

(腕を確かめに来たか)

妙な疲れが全身にあり、なんとなくだるさを覚える足を運んで長屋に帰った。

戸口の前に人が立っていた。

思わず目を凝らしたが、そこにいたのは祥沢寺《しょうたくじ》の寺男で、彦三郎《ひこさぶろう》という若者だった。

半九郎より五つ若い十九歳だが、物腰には落ち着きとやわらかさがあり、ものいいにも大人びたものがあって歳より上に見える。

「おや、風邪でもひかれましたか」

彦三郎が声をかけてきた。

「ずいぶん青い顔をされていますが」

半九郎は久兵衛の弟のことはいわず、妙連寺でのできごとを語った。

「そうでしたか。あまり危ない真似《まね》はされないほうがよろしいのではないですか。せっかくのお休みなのに、骨休めになりますまい」

「その通りだな。今日は？」

「住職がお呼びです」

半九郎は彦三郎とともに道を急いだ。

祥沢寺は妙連寺から二町ほど東に行ったところにあり、妙連寺ほどではないが広い境内を誇っている。

本堂の左に位置する庫裡《くり》の奥の間に通され、住職の前に腰をおろした。

「秋葉屋ではご活躍だったそうだな」

五十五という年齢の順光《じゅんこう》は生臭坊主《なまぐさぼうず》といっていいが、檀家《だんか》だけでなく近所の者の面倒見がいいことで知られている。半九郎たち浪人の世話もしてくれており、付近の用心棒たちの仕事の振りわけを一手に引き受けている。生前の父も厄介になっていた。

「ええ、おかげさまで」

半九郎は素直に頭を下げ、順光を見つめた。

なにしろ顔が大きいのが一番の特徴だ。その上につるつるにしたやや赤っぽい頭が乗っている。やや下がり気味の細い目と眉、団子っ鼻に人のよさがあらわれ、分厚い唇に人情味が見えているが、ひとたび腹を立てるとまさに烈火のごとくとの言葉がぴったりの姿になる。体は肥えてきつつあるが、筋骨はがっしりとしており、立ち居振る舞いは歳よりはるかに若い。

「おぬしの働きで、あの五人組をお縄にできたそうではないか。秋葉屋に推薦したわしも鼻が高い」

笑みをおさめた順光が一転、眼光鋭くにらみつけてきた。半九郎は身が引き締まるのを感じた。

自らの瞳の威力に満足したように順光はにたりと笑った。

「呼んだのはほかでもない。仕事の件だ」

「はあ、ありがとうございます」

「なんだ、浮かぬ顔だな。どうかしたか」

半九郎は、林田久兵衛の弟があらわれたことを話した。

順光はいらだたしげな表情になった。

「ときにいるんだよな、そういう逆うらみをする馬鹿者が」

苦々しげに言葉を吐き、ゆっくりと首をうなずかせた。

「わかった。その林田久兵衛の弟を捜しだし、なんとかしよう。おまえも久兵衛以上の遣い手に狙われているのでは、落ち着くまい」

ほっとしたが、気にかかることがあった。

「なんとかするというのは?」

「今のところいい方策も浮かばんが、改心させられるいい方法がきっと見つかろう。まあ、まかせておけ」

「はあ、改心ですか。よろしく願います」

半九郎は頭を下げた。

「半九郎、飯は食ったか」

「まだです」

「では、食いながら仕事のことを話そう」

順光は立ちあがった。

導かれるままについてゆくと、参道脇に建つ一軒の蕎麦《そば》屋に入った。

店の名は近間《ちかま》庵《あん》。順光の店だ。

順光は蕎麦切りが大の好物で、食べたくなったらすぐにうまいのをという自らの欲求を満たすため、十五年ほど前にここへ店をだしたのだ。それだけに、抜群に腕のいい二人の蕎麦職人を雇っている。どうやら他店から強引に引き抜いたようで、当時はそれなりの騒ぎになったらしい。

二十畳ほどの座敷には、十名ほどの客がいた。

順光は一番奥の障子際に席を取り、小女《こおんな》に酒と蕎麦切りを四枚注文した。半九郎に向かって、にやりと笑う。

「蕎麦切りには酒が一番合うからな」

「昼間から大丈夫ですか」

半九郎はまわりを気にした。

「わしが大の酒好きなのを知らん者など、この店の馴染《なじ》みにおらん。飲まずにいたら、逆に体を壊したのか心配されてしまうわ」

小女がチロリと杯《さかずき》二つを持ってきた。

「飲むか。ああ、好きではなかったな」

順光は手酌でちびりとやった。

「ああ、こりゃうまいな」

ぱちんと額を手のひらで叩く。もう一杯干してから、本題に入った。

「話というのはほかでもない。秋葉屋がまたお願いしたいと申している」

「また押しこみの用心ですか」

「いや、今度は秋葉屋本人の警護だ」

蕎麦切りがやってきた。当然二枚ずつと思ったが、順光は一枚だけ半九郎によこした。

「どういうことです」

「どういうこともなにも、わしが三枚食べるんだ。わしはいつもそうだぞ」

「いや、秋葉屋の件です」

順光は照れたように頭をかいた。

「腕を見こみ、名指ししてきたんだ。詳しい話はじかにきいてほしいんだが、何者とも知れぬ者に命を狙われているらしい」

五

半九郎は一通の文《ふみ》を手にしている。

いや、実際には文といえるようなものではなかった。ただ「秋葉屋を殺す」としか書かれていないのだから。昨日の夕方、天蓋《てんがい》をかぶった虚無僧《こむそう》が手代に手渡したという。

手跡自体、なかなかの達筆に思え、これは一筋縄ではいかぬのでは、との思いを半九郎はひそかに抱いている。

「命を狙われるような心当たりは本当にないのか」

「必死に考えましたが、一向《いっこう》に」

「商売敵はどうだ」

「もちろん競《せ》り合いは激しく厳しいですが、だからといって殺されなければならないようならみを持たれるとはとても。商売はまっとうにやっています」

「店のなかは？」

いわれた意味がわからないとばかりに与左衛門は首を傾《かし》げたが、すぐに目をみはった。

「奉公人が手前にうらみを、と？　いえ、しかし、他の店とはくらべものにならないほど手厚く遇していますし、それに実直な者ばかりで、自分で申すのもなんですが、手前をとても慕《した》ってくれています。ですので、手前にうらみを持つ者など一人もいないと思うのですが。いえ、それはもう断言できます」

「うらみでなくとも、たとえばおぬしが死んで得をする者はいないのか」

与左衛門は下を向き、考えこんだ。

「手前が死んで身代《しんだい》を継ぐ者は、せがれの幸太郎《こうたろう》ということになります。でもまだ十七で商売を覚えている最中でして手前をとても頼りにしていますし、ここで手前に死なれたら途方に暮れてしまうことでしょう。なにより、手前を殺そうなどと露ほどにも思わないでしょうし。それは妻も同じです」

与左衛門は顎をひとなでした。

「あとは店を自由にできる筆頭番頭の仙右衛門《せんえもん》ですが、あとほんの一年ほどで暖簾《のれん》わけをすることに決まっています。手前が最も信頼を置いている者ですし、ここまで実直につとめあげて、あと一年辛抱すれば自分の店を持てるというときに、罪人への道を選ぶことはないでしょう」

半九郎は与左衛門と二人、奥の座敷で向き合っている。ちらりと襖《ふすま》に目を向けた。

「こちらのほうはどうだ」

半九郎は小指を立てた。

「妾《めかけ》を囲っているのだろう?」

「ええ、今は一人だけですが」

与左衛門は小声で答えた。

「その女に別れを切りだし、それで、なんてことはないのか」

「別れるなんて今は考えておりません。おしまとはうまくいってます」

「昔、無慈悲に捨てた女はどうだ」

「無慈悲に捨てるだなんてそんな。手前は女と切れるときは、常に最善の心配りをしています。行き届いた配慮といいますか……」

「手切れ金か」

「そういうことです。よこしまな気持ちを持たれないよう、いつもかなりの額を。ですからうらみを買うとは思えませんし、いずれも心根のやさしい者ばかりでした。こんな物騒な文を書くなんて、まずないものと」

文の字は確かに男のものに思える。半九郎は腕組みをし、間を置いた。

「虚無僧のほうはどうだ。心当たりは？」

「まるでございません。文を渡された手代も、天蓋を抜きにしても、はじめての人ではないか、と申しています」

「奉行所には？」

「出入りの岡《おか》っ引《ぴき》には話をしました。それなりに目は配ってくれると思いますが、命まで守ってくれるとはとても……」

与左衛門は上目づかいに半九郎を見た。

「あの、この前の押しこみに関しているなんてことはございませんでしょうか。あの連中にも家族はおるでしょうし」

半九郎は心中、苦笑いした。

「それは心配なかろう。あの一件でうらみを持たれるとしたらおぬしではなく、この俺だからな」

「はあ、そういうものでございましょうか」

半九郎は問いを続けた。

「なにか、そうだな、犯罪が行われたところを見てしまったなどということは?」

「いえ、目にしていたら、すぐに自身番なり奉行所なりに届けます」

「その通りだろうが、おぬしがまだその場面の意味に気づいていないだけのことかもしれんぞ」

与左衛門は眉根を寄せた。

「いえ、ここ最近、そのような怪しげな場面に出くわしたことはありません」

そうか、といって半九郎は再び文に目を落とした。ふと気づいた。

「しかし、妙といえば妙だな」

「なにがです」

「命を狙うにしてはずいぶん親切だということさ」

与左衛門は少し考え、なるほどという顔をした。

「その通りですね。本当に命を取る気なら、こんな文、いらないですものね。警戒させるだけですから。となると、うちの繁盛ぶりをやっかんでいる者のいやがらせの類《たぐい》でしょうか」

「かもしれんな。どうする、秋葉屋。このまま帰れというなら、俺はそれでいいぞ」

「とんでもございません。せっかく里村さまに来ていただいたのですから。それに」

与左衛門は真顔でつけ加えた。

「やはりこれは本気の文のような気がしてなりません」

半九郎は再び店に泊まりこみ、与左衛門がどこへ行くにもついてゆくことになった。


その後、五日のあいだなにも起こらず、与左衛門の身辺は静かなものだった。

「やはりいたずらだったんですかね」

得意先との昼間からの宴会に向かっている与左衛門がのんびりという。

「かもしれんな。これまでなんの気配もない」

実際、誰かの視線を感ずるとか不審な人影を見るということは一度もなかった。

「だが油断はできんぞ。こちらの気がゆるむのを待っているだけかもしれん」

奈津に会えない点を除けば、この平穏ぶりは半九郎にとってありがたいことこの上なかった。このままずっと続いてほしかった。

七日目のことだった。

「今夜、おしまのところへ行きたいんですが」

夕暮れ間際、他出先から店に戻る途中、与左衛門がささやいた。

「場所は？」

「本所菊川《きくかわ》町です」

菊川町というのがどのあたりかはよく知らないが、本所ならせいぜい半刻《とき》（一時間）ほどの距離だろう。川向こうだから近くはないが、さほど遠くもない。

「いえ、一刻もあれば十分です。たまにはかわいがってやらねば、寂しがりますから」

「泊まりか」

「夜の他出は控えたほうがいいと思うがな。女のことをお袖は承知か」

「滅相《めっそう》もない。あれは悋気持《りんきも》ちですから」

「文の主、おぬしは否定したが、実は女房なんてことはなかろうな。妾を持つのは恥ずべきことではないし、俺なんかにはうらやましい限りだが、おぬし、かなりお盛んのようだから」

「悋気持ちは悋気持ちですが、虫も殺せぬ心根の持ち主です。あのような文を書くことすらできますまい」

半九郎はお袖の容貌《ようぼう》を思い起こした。

たおやかな感じのする女で悋気持ちというのは意外な気がするが、これまで何度か話をかわして心根のやさしさは伝わってきている。確かに、あのような文は似合わない。

「他出の理由は考えてあるのか」

「得意先との宴会です。まあ、いつも同じですがね。でも本当に今宵《こよい》、宴会があるんですよ。はやめに失礼させていただく気でおりますが」

反対したところで一人でも行く決意をかためているのは見て取れた。

本所菊川町三丁目にある妾の家には、五つ（午後八時）すぎに着いた。こぢんまりとしたしもた屋で、おぼろ月のような淡い灯《あか》りが路上に洩《も》れている。雰囲気のいい家で、小唄《こうた》の師匠でも住んでいそうだ。

家の西側は、上総請西《かずさじようさい》で一万石を領する林《はやし》家の下屋敷に接している。道をはさんだ北側は菊川町二丁目で、斜向《はすむ》かいにこぢんまりとした稲荷《いなり》がある。

水の匂いが濃く漂っているのは、北側に竪川《たてかわ》、東側を横堀川が流れていることもあるが、このあたりに多く建ち並んでいる武家屋敷のぐるりを水路がめぐっているためもある。

竪川沿いには材木問屋がたくさんあり、竪川が大川に注ぎこむあたりに目をやると、切りそろえられたおびただしい材木が天を突いているのが夜空に浮かぶようにして見えた。

戸口に立った与左衛門は、気安い様子でなかに声をかけた。すぐに戸がひらき、いそいそと若い女が顔を見せた。

二十くらいの器量よしだ。気持ちがやさしそうで、どうやら与左衛門は似通った顔かたち、気質の女を選んでいるようだ。

与左衛門は半九郎を振り返り、よろしくお願いします、というように頭を下げた。にっこりと半九郎に笑いかけた女は、与左衛門を追ってなかに入っていった。

半九郎は提灯《ちようちん》を吹き消した。

明るさが急速にしぼんで、あたりは夜の腕《かいな》にきつく抱かれた。

まるで番犬だな、と半九郎はなんともなまめかしく感じられる家の灯《ひ》をにらみつけて、思った。怪しい者がやってきたら刀という牙《きば》をかざして吠《ほ》えかかる。

それにしても、と思う。あのおしまという女はおそらく奈津より若い。いくら金があるとはいえ、与左衛門のような五十すぎで肥満気味の男があぁも簡単に若くてきれいな女を手に入れるというのは、いったいどういうことなのか。

しかも、どうやら与左衛門がおしまの気持ちをつかんでいるらしいのが、若い半九郎にはなんとなく腹立たしい。

一刻半後、満足げな顔で与左衛門は出てきた。女は艶《つや》っぽさを明らかに増していた。

二人はぐずぐずと別れを惜しんでいる。

いつからか吹きはじめた冷たい風のなか長いこと待たされて、いい加減じれていた半九郎は大きく咳払《せきばら》いをした。

「ああ、これは申しわけありません」

与左衛門はすまなさなど微塵《みじん》も感じさせない顔でいい、おしまに向き直った。

「さあさ、おまえはもうなかに入りなさい」

与左衛門をうらめしげに見つめて、おしまは渋々といった風情で家へ戻っていった。

「お待たせしました」

「まったくだ」

半九郎は提灯に火を入れた。

「おや、ご機嫌斜めのようですな」

「当たり前だ。この風のなか、半刻も長く待たされたのだから。おぬしはぬくぬくとあの女とよろしくやっているというのに」

半九郎はまわりを警戒しつつ歩きだした。

道は両側が武家屋敷になっていて、人けはほとんどない。そして暗い。今すぎたばかりの辻《つじ》番所の灯りが、両側に続いている無愛想な黒板塀《くろいたべい》をわびしく照らしている。

「里村さま、ご内儀は？」

うしろから与左衛門がきく。

「おらん」

ぶっきらぼうに答えた。

「好きなお方は？」

「おぬしに答える必要はない」

ははあ、といって与左衛門は笑った。

「どうやらうまくいっていないようですね。というより、うまくものにできていないといった感じですかな」

半九郎はすばやく振り返った。

「わかるのか」

「そりゃあもう。亀《かめ》の甲より年の功と申しますから」

闇のなか、与左衛門の表情は自慢げに輝いている。このままだと、どうすれば女とうまくやれるものか滔々《とうとう》ときかされそうだった。

「ところで、あの女はなにを」

「生花の師匠です」

「へえ、あの若さで。繁盛しているのか」

「いえ、とても暮らしてゆけるだけの稼ぎは。ですので、手前の世話になっているわけでして」

道は越後《えちご》新発田《しばた》溝口《みぞぐち》家の下屋敷に突き当たって、右に折れた。半町ほど北へ進むと、今度は左に曲がる道が口をあけている。

「妾というのは世話をする者がいるのか」

「手前の場合、なじみの口入《くちいれ》屋が」

「ふーん。そういうものなのか」

やはり一割の斡旋《あっせん》料を取るものなのか、と口にしかけたとき、不意にいやな気配を半九郎は感じた。それが殺気と気づくのにときは要しなかった。

半九郎は足をとめ、手で与左衛門を制した。

ずいと二人の侍が角の暗がりから出てきた。二人とも深く頭巾《ずきん》をしている。

あらわれやがったか、と半九郎は提灯を消した。刀に手を置き、鯉口《こいぐち》を切る。

二人は、半九郎と与左衛門を左右から包みこむような位置を取った。

背筋を一筋の冷たい汗が流れるのを半九郎は感じた。遣える。まさかこんな者たちが出てくるとは。

半九郎は二人を注視した。このどちらかが久兵衛の弟ということはないのか。

一人は半九郎とほぼ同じ長身、もう一人は三寸くらい低い。二人とも筋骨が隆々とし、身ごなしも軽そうだ。

半九郎は心のなかでうなずいた。二人の影はあの弟とは重ならない。

「秋葉屋を置いてゆけ。そうすれば命は助けてやる」

右側の侍がしわがれた声で半九郎にいう。

「それもいいな」

「ちょっと里村さま、そんな」

「心配するな」

二人に厳しい瞳を向けて半九郎はいった。

「俺はこの商売に命を賭《か》けておる。もしここでおぬしを見捨てて逃げたら、この先生きてゆくすべはない」

どんな強敵が相手だろうと、しっぽを巻くような真似だけはすまい、と心にかたく誓っている。

「お頼みしますよ、里村さま」

与左衛門はすがりつかんばかりだった。

「ふん、無益なことを」

右側の侍がつぶやき、すらりと刀を抜いた。もう一人も抜刀し、正眼《せいがん》にかまえた。

半九郎はじりじりと下がり、与左衛門を塀際《へいぎわ》まで持ってきた。そっとささやきかける。

「いいか、ここを決して動くな」

与左衛門がうなずくのを目に入れて、半九郎は刀を抜いた。

「どうして秋葉屋を狙う」

踏みこもうとした右側の侍の機先を制するように鋭くいった。

「ほう、わからんのか。考えが足りんようだな」

左側の侍がくぐもった声をだした。

「続きは冥土《めいど》で考えろ」

いい放った左側の侍がすすと間合《まあい》をつめ、袈裟に斬りかかってきた。同時に右側の男も胴を狙ってきた。

半九郎は袈裟斬りを撥ねあげ、胴を叩き落とした。相当のはやさがなければできない芸当だが、半九郎は軽々とやってのけた。

半九郎は冷静に、ここは与左衛門を守ればいい、と考えていた。これだけの遣い手を二人相手にして、勝つのはむずかしい。いや、まず無理だ。

ひたすら守り続ければ、二人にも疲れが出るはずだ。もしくは人が通りかかってくれるかもしれない。

上段からの打ちおろしを撥ねあげ、胴を打ち払い、突きをかわして半九郎は耐え続けた。久兵衛のときと状況が酷似している。

どのくらいときが経過したか。

二人の動きは鈍らない。

どころか、さらに鋭さを増してきていた。剣にはむきだしの敵意、殺意がこめられ、頭巾越しにも必死の形相《ぎょうそう》が見えるようで、二人のすさまじいまでの執念が読み取れた。ここでどうしても与左衛門を討ち果たすつもりでいる。

守っているだけでは埒《らち》があきそうになかったが、まずいことに、半九郎のほうに疲れの色が見えはじめていた。どことなく足の運びがおかしくなってきていて、わずかにもつれるような感覚がある。長屋でだらだらしていたつけがまわってきたことを実感した。

こりゃいかんな、とさすがに気持ちに焦《あせ》りが出てきた。このままではいずれ倒されることを半九郎は知った。

左側から胴が来た。それを打ち払うや半九郎は左手で脇差を抜き、袈裟斬りの体勢に入っていた右の侍に向かって投げつけた。男は首を振るようにして避けた。

実際には投げてはいなかった。相手の体勢を少しでも崩せればという狙いだった。

狙い通り、右側の侍に隙が見えた。半九郎は気合とともに右手一本の突きを浴びせた。侍はかろうじて避けた。左足が流れたのを見逃さず、半九郎は足を踏みだし、上段からこれも右手一本での打ちおろしを見舞った。

それも侍はかわしたが、それは半九郎が期待した動きだった。

半九郎はさらに深く踏みこみ、男が動く方向に左手の脇差を突きだした。

半九郎の狙いに気づいて男は体をよじったが、さすがにこれは避けきれなかった。脇差が男の右の脇腹に吸いこまれてゆく。

しかし手応えから、せいぜいかすり傷にすぎないのがわかった。だが、男に与えた動揺は手に取るように理解できた。

もう一人が驚いたように刀を振りおろしてきた。半九郎の思いがけない反撃に心が揺れており、すでに体の軸がぶれている。

半九郎は余裕をもってかわし、胴に刀を持っていった。

男はあわててよけたが、その分動きに無理が出て、足を滑らせた。

半九郎は容赦なく刀を頭の上に落としたが、男はかろうじて打ち返した。半九郎は袈裟斬りを見舞おうと体勢を決めたところで、ぴたりと動きをとめた。男は体を反転させるや飛びすさり、すでに半九郎の間合から逃れていた。

「ひくぞっ」

しわがれた声がし、二人は体をひるがえしかけた。

それでも与左衛門を討てなかったことに無念の思いがあるのか、しばらくそこにとどまって半九郎とにらみ合う形になったが、半九郎がまだやるのかとばかりに一歩踏みだした途端、二人はさっと走りだした。強風に飛ばされる凧のような勢いで闇へ駆けこんでゆく。

半九郎は逃げる二人を見送った。先の憂いを消し去るためにもつけてゆきたいところだが、ここに与左衛門を一人置いてゆくわけにはいかない。

実際のところ、守りきったという安堵《あんど》感で一杯だった。とてもではないが、追ってゆけるだけの力は残されていなかった。

半九郎は、緊張が解けてどっとあふれ出てきた汗をぬぐった。息が自分のものでないように荒い。

何者だやつらは、と激しく肩を上下させながら思った。殺し屋だろうか。

刀をおさめる手が小刻みに震えていた。筋という筋がこわばりきっている。

与左衛門がへなへなと座りこんだのを背中で感じた。振り向いて手を貸す。

「帰るぞ。休んでいる暇はない」

ようやく息が落ち着いてきた。

「ありがとうございました、里村さま」

与左衛門はふらふらと立ちあがった。

「しかし秋葉屋、いったいどんなうらみを買っているんだ」

半九郎は強くいった。

「やつらもいっていたように、考えが足らんのではないか。もう一度よく頭をしぼってみろ」

「いや、しかし手前は……」

与左衛門は戸惑うばかりだった。

六

その後、さらに五日のあいだ警護をした。

あの二人は姿をあらわさず、なにも起こらなかった。不審な気配も感じない。

三月二十七日の朝、得意先へ出かけようとする与左衛門にいつものようについたとき、こちらに一目散に駆けてくる者に半九郎は気づいた。

与左衛門をかばって前に立ち、そっと刀に手を置いた。

どことなく見覚えがある男だった。

里村さま、と男は大声で呼びかけてきた。その声で半九郎は思いだした。

「平七《へいしち》ではないか」

奈津の長屋の隣人で、生業は確か刻み煙草《たばこ》売りだ。歳は三十すぎ、気のいい男だった。

「たいへんです、里村さま」

「なんだ、どうした」

平七は息を切らしつつ語った。

「まことか、それは」

「本当です。お奈津さん、昨日の夜から長屋に帰ってきていないんですよ」

それで奈津の父親から、半九郎に知らせてくれるよう頼まれたのだという。

奈津はなんの理由もなく一晩家をあけるような娘ではない。しかも足が不自由な父親を夜のあいだ一人きりにするなど、絶対にあり得ない。江戸でいつ起きても不思議ではない火事のことを常に考えているからだ。

まちがいなく奈津の身になにか起きたのだ。半九郎は確信した。

走りだそうとした背中に声がかかった。

「里村さま、行ってしまわれるのですか」

半九郎は与左衛門を振り返った。

「すまん、秋葉屋。命より大事な女だ。用心棒のことは和尚《おしよう》に話してくれ。すぐに腕利きをつけてくれるはずだ」

半九郎は平七とともに道を急いだ。

鎌倉町から東に向かい、永富《ながとみ》町の道を北へ入る。横大工《よこだいく》町の道を右にとって鍋《なべ》町の通りを左へ曲がり、再び道を北へ向かって通新石《とおりしんこく》町、須田《すだ》町と抜けて筋違御門《すじちがいごもん》に出た。

神田川にかかる筋違橋を渡り、正面に口をあけている道を進んで広小路を通り、神田旅《はた》籠《ご》町の細い道を入る。

ここまで、およそ四半刻の半分ほどかかっている。よく見知っている道筋なのに、ずいぶん長く感じられた。

ここ神田金沢《かなざわ》町に奈津は住んでいる。千助《せんすけ》長屋といい、半九郎の長屋と同じ裏店だ。

奈津の店は一番奥だ。戸はひらいており、奈津の父助左衛門《すけざえもん》は半九郎を待っていた。

会うのは久しぶりだったが、挨拶《あいさつ》もそこそこに真向かいに座る。

彫りの深い端正な顔をやや青ざめさせて助左衛門は事情を語った。

昨日、つとめ先の岩代《いわしろ》屋からの帰りがおそく、こんなことは一度もなかったために心配になった助左衛門は、不自由な体に鞭打《むちう》って店に行ってみた。主人にもう二刻以上も前に帰ったことを知らされ、行きちがいになったかと長屋に戻ったが、奈津は帰っていなかった。半九郎のところかとも思ったが、半九郎に会いに行くときは必ずそのことを告げてゆく娘だった。

助左衛門は奈津の帰りを寝ずに待った。気がついたら夜が明けていた。考えたくはなかったが、娘になにか災難が降りかかったのはどうやらまちがいなかった。

それで奈津のことを誰より想《おも》ってくれており、助左衛門も気心が知れている半九郎に使いをやったのだ。

「自分で動けたらいいのだが、わしはこの通りだから」

無念そうにいう。歳は四十八だが、一気に十ばかり老けたような面持《おもも》ちだ。

以前は半九郎と同じ用心棒稼業だったが、今は竹編細工の内職をしている。妻は、奈津が幼い頃に病死したときいている。

「いえ、それがしを頼りにしていただき、とてもうれしいです」

五年ばかり前、ある商家の用心棒をつとめていた助左衛門は押しこみとやり合い、左足に重傷を負ったのだ。出血がひどく、一時は命も危ないと医師にいわれたほどの怪我で、かろうじて命をつなげることは許されたものの、用心棒を続けることはできなくなった。

長屋にかつぎこまれた助左衛門のことをきき、半九郎も駆けつけている。父親の介抱を必死にする奈津のそばにいてやるくらいしか、できることはなかったが。

半九郎の長屋よりやや広い四畳半の部屋には、大小のざるや大きめの魚籠《びく》など、すでにしあがっている竹編細工がところせましと置かれている。

助左衛門の腕はひじょうによく、注文は途切れずあるとの話を奈津からきいている。もともと器用な人で、幼い頃よく飛ぶ竹とんぼをつくってくれたことを半九郎は鮮明に覚えている。

父に用心棒の仕事を紹介してくれたのも、助左衛門だった。

必ず見つけだします、と告げて半九郎は千助長屋を出た。

道を歩きながら、奈津にほかに男はいなかったのだろうか、と考えた。

長屋にはよく来てくれたが、あれは単に幼なじみとしての好意でしかなかったのではないか。

半九郎は、奈津の姿や仕草を一つ一つ思い起こした。ともに食事をしているときや一緒に町を歩いているときだけでなく、掃除をしているときや包丁を握っているときでさえ、奈津は常に半九郎を見ていた。

あの瞳はうぬぼれでなく、自分に惚れているからだろう。用心棒という常に危険にさらされる仕事についたときから、半九郎の無事を祈ってくれていることも知っている。

奈津にほかに男などいない。いるはずがなかった。

そんな考えを持ったおのれを半九郎は恥じた。今も奈津は半九郎の助けを待っているかもしれないのに。

そうなのだ、と半九郎は思った。奈津は助けを求めている。何者かに連れ去られた、それが最も妥当な考え方だった。

身の代目当《しろ》てだろうか。

しかし、かどわかすほうだって身許《みもと》調べはするはずだ。竹編細工の浪人に金がうなるほどあると考えるとは思えない。

それとも、と半九郎は思った。なにがしかの理由で助左衛門の口封じを狙ったのか。

しかし口をふさぎたいなら、娘をかどわかすより長屋に押しこみ、助左衛門を殺したほうがはるかに手っ取りばやい。それに、いつも長屋にいてほとんど他出することのない助左衛門が、口を封じられなければならないなにかを目にするとはとても思えない。

となると、かどわかしの狙いはなにか。

半九郎は歯を食いしばった。

奈津の器量目当て。それしか考えられなかった。

半九郎は岩代屋に向かっている。

岩代屋は上野北大門町《きただいもんちょう》にあり、店は上野広小路に面している。場所、味、値段いずれもよく、それに奈津という器量よしが働いているのだから、繁盛しないはずがなかった。

店はひらいていた。

少し意外な気がしたが、八つ置かれた長床几《ながしょうぎ》がすべて客で埋まっているのを見れば納得がいった。

長床几に腰かけ、煮物や焼き魚をほおばっている顔。いずれも満足げだ。店をひいきにしてくれている客のためにも休むことなどできないのだ。

刻限も刻限だった。ちょうど昼にかかろうとしている。

それでも忙しいさなか、半九郎を見つけて店主は外に出てきてくれた。

店主の悟兵衛《ごへえ》は、半九郎と奈津の仲を知っている。半九郎も幾度も食べに来たことがあり、なじみといえばなじみだった。

「お奈津ちゃんのことが心配で休もうかとも思ったんですが……」

悟兵衛は申しわけなさそうにいった。

五十四という歳だが、客商売ということもあるのかふだんはかなり若く見える。しかし今日は眉根に深くしわを寄せ、暗い影を表情に落としている分、年相応にしか見えない。

「誰か奈津に目をつけ、悪さをしようとしていたような者はいなかったか」

できるだけ冷静に問いかけることを半九郎は自らに命じていた。熱くなって、手がかりにつながる貴重な言葉をきき逃すようなことがあってはならない。

「確かに、お奈津ちゃん目当てのお客はたくさんいました。でも、だからといって悪さをするような人がいたとはとても思えません」

悟兵衛は店を見渡した。

「なんと申しても、お奈津ちゃんがいないことを気にしてくださる方ばかりなんですよ」

半九郎はうなずいた。

「昨日、奈津が引けたのは何刻だ」

「いつも通り、六つ半（午後七時）です」

「そのときあとをつけていった者は？」

「いえ、気がつきませんでした」

「引ける前、奈津に変わったことは？　なにかにおびえていたなんてことはなかったか」

「いえ、いつもとまったく変わりありませんでした」

悟兵衛は、まったくに力をこめて答えた。

これ以上きくことはなかった。

「なにかわかったり、思いだしたりしたことがあったら必ず教えてくれ」

半九郎は岩代屋をあとにした。

道を進み、奈津と最も親しい友人であるお由真《ゆま》に会った。

お由真は奈津の一つ下で、浅草諏訪《すわ》町の茶店で働いている。

半九郎を見つけると、外に飛びだしてきた。井絣《いがすり》の小袖に、緑地に桜を散らした模様の前垂《まえだれ》をつけている。

奈津と親しいだけあって性格は素直で明るく、話していてとても気持ちのいい娘だが、今日は表情からいつもの快活さは消え失せていた。

「知っているのか」

「ええ、さっき平七さんが見えたんです。もう心配で心配で、本当なら休んでお奈津ちゃんを捜したいところだけど……」

泣きだしそうな顔でいう。

「でも私が休むと店が……ちょっとごめんなさい」

半九郎に断ってお由真は店のなかに戻った。

大川そばにあるこの店はぼた餅《もち》が有名で、見ているそばから次々に売れてゆく。お由真の手がとまることはほとんどない。

半九郎はお由真に歩み寄った。

「気持ちだけ受け取っておく。俺がお由真ちゃんに代わってきっと捜しだす。案ずるな」

半九郎は力強く請け合ってからたずねた。

「最近、奈津に会ったか」

「ええ、一昨日《おととい》も。里村さんが仕事に入っててずっと会えないのを少し寂しそうに話してました。それくらいで、あとは別にこれまでと変わったところはなにも。いつもの明るいお奈津ちゃんでした」

奈津とお由真が知り合ったのは、幼い頃同じ手習師匠についたことがきっかけだ。以来、

十三、四年ほどのつき合いになる。
「奈津にいい寄ってきた男や、目をつけていたような男に心当たりはないか」

「あれだけの器量だからいないほうがおかしいけれど、そんなことをお奈津ちゃんが話したことはないです」

きらきらと光る目で半九郎を見た。

「だってお奈津ちゃん、里村さんしか見てなかったから」

「そうか」

「なんで里村さん、お奈津ちゃんをはやくお嫁さんにしてあげなかったの。そうすれば、こんなこと起きなかったかもしれないのに」

半九郎はなにもいえなかった。

「ごめんなさい」

お由真が頭を下げた。

「誰よりも心配しているのは里村さんなのに。ほんとにごめんなさい」

ほかにも数人の友人に会った。

しかし得られるものはなにもなかった。わかったのは、誰もが奈津の無事を祈っているということだった。

薄ぼんやりと霞《かすみ》を帯びた西の空。

日がじれったげにゆっくりとおりてゆくのを、半九郎はむなしく見送った。

七

翌日も朝から江戸の町を走っていた。

だが、ただ当てもなく駆けずりまわっているだけで、奈津を見つけるのになにをすればいいという方策は、灯りもつけず一晩中考えていたというのになに一つとして思い浮かんでいない。

あっという間に昼が来た。眠気はまったくない。むしろ目はぎらぎらと冴《さ》えている。

半九郎は、薄く横に流れる綿のような雲にさえぎられていつもの輝きを放てずにいる太陽を見あげた。これと同じ日を奈津は見ているだろうか。それとも、どこか暗い場所に押しこめられているのだろうか。

腹が鳴った。朝からなにも食べずにいたので、腹が悲鳴をあげている。

こんなときでも腹はすくのだな、と半九郎はそれがおのれの薄情さに思えた。

しかし、このままなにも食わずにいれば、いずれぶっ倒れるだけだ。そうなれば奈津を救うことはできなくなる。

ちょうど上野のそばにいた。足は知らず岩代屋に向いていた。なんでもいいから腹に入れたい。

今日も客でにぎわう岩代屋にたどりついた途端、悟兵衛が外に飛びだしてきた。

「ちょうどようございました。今、里村さまに使いをだそうとしておりました」

つい先ほど悟兵衛は、驚くべき話をきいたのだ。

「二人組の遊び人ふうのお客が飯を食いながら話してくれたのですが」

その二人の男は、一昨日の夜の六つ半（午後七時）すぎ、大名駕籠《かご》のような立派な駕籠に無理矢理押しこめられた奈津を見たという。

場所は店から五、六町ほど南へいった通りで、三、四名の侍の仕業《しわざ》だった。ただごとでないのを察した二人は駕籠をつけてみようかという気になったが、もし気づかれたらばっさりやられそうな感じがどうしようもなくして、あとを追うのはやめたとのことだった。

「今日はお奈津ちゃんが店に来ているか、様子を見がてら来てくれたんです」

「その二人組は？」

詳しい話をじかにききたかった。

「飯を食い終わると、さっさと帰ってゆきました。つい先ほどのことです」

「二人の名と住みかは？」

悟兵衛はしくじったな、という表情をした。

「そうですね、きいておくべきでした。申しわけございません」

半九郎は横顔に視線を感じ、はっとしてそちらを見た。

飯をぱくついている客、静かに茶を喫している客がいるだけで、半九郎に目を注いでいる者などいなかった。

悟兵衛に顔を戻した。

「ということは、はじめての客だったのか」

なった。

「その通りです」

奈津を看板娘と知っているのに、これはどういうことか。もっとも、盛《さか》っている店だし、その看板娘である奈津の評判くらい知っていても決しておかしくはなかった。

二人の人相をきいて、半九郎は道を駆けだした。空腹は忘れている。

二人が去った方角を捜しまわったが、しかし二人らしい姿を見つけることはできなかった。

半九郎は立ちどまり、思わず唇を嚙み締めたが、二人から話をきくことができたとしても、奈津の行く先を明らかにするなどできないことに気づいた。

（三、四名の侍に大名駕籠か……）

色狂いの大名か旗本。

それが最も考えやすい。そんな者の毒牙《どくが》に奈津はかかったことになるのか。半九郎は血が逆流する思いを味わった。

全身に充満している怒りをなにかにぶつけたかった。奈津をかどわかした者たちを見つけだし、滅多《めった》斬りにしたかった。

半九郎は怒りをなんとか腹にしまいおさめて、奈津が駕籠に押しこめられたという場所に向かった。すれちがう者たちが、狂犬でも見るような目で次々に道をあけてゆく。

（ここか）

上野方向から南へまっすぐくだる道で、神田金沢町に帰るには一番近い。

東には豊前《ぶぜん》小倉《こくら》十五万石の小笠原《おがさわら》家の宏壮《こうそう》な中屋敷が建ち、西側は上総《かずさ》久留里《くるり》三万石の黒田《くろだ》家上屋敷、安房《あわ》勝山《かつやま》一万二千石の酒井《さかい》家上屋敷が並んでいて、道の両側は黒板塀と門から連なる長屋が延々と続いている。人通りは老若男女を問わず絶えることはない。

ただし、この人たちからかたっぱしに話をきいても、奈津がかどわかされた場面を見た者に当たるとは思えない。鳥を石で打ち落とすほうがまだあり得ることのように思える。

半九郎は一度長屋に戻り、はやる気持ちを抑えて刀の手入れをした。ときをやりすごすのに最も適した方法だと思っている。

父の形見は相変わらず見事だった。無銘だが、名刀といっていい出来だ。林田久兵衛とあれだけ激しくやり合ったのに、刃こぼれ一つない。明らかに一介の浪人が持てるようなものではなかった。

刀身に打ち粉をふる。

この刀に父の身許に通ずるものがありはしないか、と半九郎は手入れをしながらよく考えたものだ。この刀のことを知っている者に出会えれば、父のこともきっとわかるにちがいない、と。

しかし、今頭に浮かぶのは奈津のことだけだった。

打ち粉を奉書紙でぬぐうと、刃紋がはっきりする。刀身のまんなかに大きくゆったりとした波が二つあるだけで、ほかに目立つものはない。次に丁子油《ちょうじあぶら》をしみこませた奉書紙で、刀身に油をまんべんなく塗ってゆく。

塗り終わった刀を目の前にかざした。刀身は一気に光沢を取り戻した。

半九郎は一礼して、刀を鞘《さや》にしまい入れた。

外は日が暮れかけていた。前日の飯の残りで腹ごしらえをした。

腰に両刀を差して長屋を出、奈津がかどわかされた場所に再びやってきた。

刻限は六つ半になっていないが、予期していた以上に道は暗い。月は空にあるが、低い位置にあるために両側の屋敷にさえぎられて、光は射しこみにくくなっている。

道の両脇は墨を流しこんだように暗く、提灯を向けても灯りが闇に吸いこまれるような錯覚すら覚える。辻番所も最も近いところで、およそ一町半もの距離がある。これでは道でなにが行われようと見えはしない。

この夜の寂しさは、歓楽街の明るさと比して、とても同じ江戸の空の下にあるとは思えない。

人通りも極端に少なく、わずかに侍らしい五、六名の一団が半町ほど先を歩いているのがほのかに見えるだけだ。

かどわかしを目にした者は、遊び人ふうの二人以外にいないのではないだろうか。むしろ目撃した者がいたことが幸運にさえ感じられた。

あの連中にきいてみるか、と半九郎は侍の一団に向けて足をはやめようとした。背後に気配を感じ、はっとして振り向いた。

塀際の暗がりに男が立っている。顔は見えない。

男は、提灯を当てるより先に鯉口を切りかけた半九郎を手をあげて制した。

「抜く必要などないですよ」

落ち着いた声でいい、すっと足を踏みだした。月の光が当たり、顔が見えた。

歳は三十をいくつかすぎたくらいか。確かに殺気を発してはいない。右の頰に半寸ほどの古傷があるのが見て取れた。

ふと半九郎は男を見直した。顔に見覚えがあるような気がする。

「岩代屋ですよ」

半九郎の思いを察して男がいった。

半九郎は思いだした。長床几で茶を喫していた男。あのとき感じた視線はこの男だったのだ。

「つけていたのか」

半九郎はにらみつけた。身なりはどこにでもいる職人ふうだが、目つきが異様に鋭く、蛇を思わせる狡猾《こうかつ》な光が見えている。

「岡っ引か」

「さすがですね」

そうはいったが、別に感心しているふうではない。

「岡っ引がなんの用だ」

「秋葉屋さんに頼まれて、いろいろ調べまわっているんですよ」

与左衛門がそんなことをいっていたのを半九郎は思い起こした。

「文の一件だな」

「秋葉屋さんが里村さまを用心棒に雇ったときいて、正直、里村さまが描いた筋じゃないか、という疑いを手前は持っていました。こういっちゃあなんですが、里村さまは決してご裕福というわけではございませんからね」

なるほどそういう考え方もあるのか、と半九郎は半ば感心した。むろん、その思いは面《おもて》にはださない。

「でも、秋葉屋さんがすごい手《て》練《だれ》二人に襲われたことをきき、里村さまはなんの関係もないことを知りました。それで、いろいろとほかも当たってみたんです」

「なにかわかったのか」

半九郎は期待を持ってきいた。

「ええ、一つだけ」

男はもったいぶるように間を置いた。

「俺は急いでるんだ。話したいことがあるならとっととといえ」

半九郎の思い通りの反応に満足したように男はにたりと笑った。月光に浮かびあがったその笑みは、ふつうの町人なら怖《お》じ気《け》をふるうほど冷たかった。

「秋葉屋さんと以前、女をめぐって争った商人がいるんですよ。秋葉屋さんとは畑ちがいの商家ですがね。その商人はその女を嫁にしようとまで考えていたんですが、それが妾にするつもりの秋葉屋さんに負け、しかも秋葉屋さんはその女をほんの三月ほどでほっぽりだしたんですよ。面目丸潰れのその商人は、以来ひどく秋葉屋さんをうらんでいるようでしてね」

与左衛門は身に覚えがないといっていたが、実際にはこんなことがあったのだ。

「まあ、秋葉屋さん自身、こんなことでうらみを買ったとはまさか思ってないんでしょうけど。もうだいぶ前の話ですし」

　与左衛門をかばうようにいう。

　確かに命を狙う理由としては弱いような気がするし、この程度のことであれだけの遣い手が出てくるものかという思いもあるが、なんでこんなことで、とはたから見ればあまりにちっぽけな理由で命を奪われる者が跡を絶たないのは事実だ。

「あの二人はその商家が雇ったのか」

「雇ったというのはちょっとちがう気もしますが……」

「どういう意味だ」

　男は軽く咳払いをした。

「ともかく二人の遣い手は襲撃に失敗し、その理由は里村さま、あなたにありました」

　半九郎は慄然《りつぜん》としてさとった。

「秋葉屋から俺を引きはがすために奈津をかどわかしたというのか」

　男は深くうなずいた。

「十分に考えられます。まだ調べを進めないといけませんがね」

　半九郎は頭に血がのぼった。

「その商家を教えろ」

　男の襟元をつかみかねない勢いでいう。

「いや、ですからまだその商家が本当にやったかわからないのですよ」

「乗りこんで吐かせてやる。いや、吐かせるまでもない。家捜《やさが》しすれば奈津がいるかどうかはっきりする」

男は静かに首を振った。

「その商家に許嫁はおそらくいませんよ」

「どうしてだ」

「許嫁は三、四名の侍にかどわかされ、そして町人には許されない大名駕籠に押しこめられた」

言葉を切り、半九郎を観察するようにじっと見た。

「里村さまもこのことが気になっているはずですが」

半九郎は息を一つつき、冷静さを取り戻した。

「どこぞの武家屋敷に押しこめられているというのか。その場所を?」

「その商人は領内の特産品の取引で、ある大名家と深い関《かか》わりがあるんです。その大名は大金を借りていますから、その商家からことを依頼されたら、まず断るなどできないでしょう」

半九郎はぴんときた。

「あの二人はその大名の……」

殺し屋などではなく、れっきとした家中の士だったのだ。おそらく選《え》り抜きなのだろうな、と思った。

「許嫁はその大名家の下屋敷にかつぎこまれたのでは、と手前はにらんでいます。女一人隠しておくのには格好の場所ですし、我々の手は及びませんしね」

隠されているか、と半九郎は思った。

（少なくとも、色狂いの大名にさらわれたのではないのか……）

胸の底のほうを安堵の気持ちがほんのわずかだが、流れてゆく。

「その大名の名は？」

男は素直に口にした。

半九郎は脳裏に刻みこんだ。

「恩に着る。おぬし、名はなんと」

男は口をひらいて笑った。並びのいい、意外と思えるほどに白い歯が見えた。

「それはいいでしょう。もし気になるのでしたら、秋葉屋さんにきいてください」

半九郎は眉を曇らせた。

「秋葉屋は大丈夫なのか」

「どうでしょうかね。里村さまの代わりに新しい用心棒が二人ついたらしいですが、二人というだけで腕のほどは知れますし。今はできるだけ他出を控えるしかないんじゃないですか」

でも、といって男は口許《くちもと》に薄い笑みを浮かべた。

「里村さまも人がいいですね。秋葉屋さんの心配をするなんて。では、これにて」

男は一礼し、すっときびすを返した。すたすたと歩み去ってゆく。

「その通りだな」

あっという間に闇に飲みこまれたうしろ姿を見送って、半九郎は小さくつぶやいた。

今すぐにでもその大名屋敷へ足を運びたかったが、しかしこの刻限では無理があった。無理に気持ちを抑え、半九郎は道をとって返して長屋に戻った。

八

屋敷は芝《しば》の三田《みた》にあった。

海が近いせいか、潮の香りが濃く漂っている。まだ太陽は低い位置にあるが、寝不足気味の目ではまともに見ることのできない強い光をすでに放っていた。

屋敷の主《あるじ》は、丹波《たんば》で五万石を領する外様《とざま》。名は守就《もりなり》、歳は四十ちょうど。

そこは守就の妻子が暮らす下屋敷で、門は何人《なんぴと》をも拒否するかのようにかたく閉じられ、二人の門衛が、怪しい者は決して近づけさせないとの決意をあらわに立っている。

心を落ち着けるように息を整えて半九郎は右側の門衛に歩み寄った。

「娘を一人、捜しているのだが」

門衛はさらに表情を厳しくし、六尺棒を握り替えただけでなにも答えない。半九郎を浪人と見て、傲然《ごうぜん》と見くだしている。

「その娘は、三日前の夜から行方がわからなくなっている」

「そのことが、当家となんの関わりがあるのだ」

ようやく口をひらいたが、声は態度に劣らず傲岸《ごうがん》だった。

「この屋敷に連れこまれるところを見た者がいる」

当てずっぽうでいった。

門衛は眉をつりあげた。

「きさま、いったいなにをいっている。当家を侮辱するつもりか」

左側の門衛も寄ってきて、六尺棒を振りあげた。

「妙ないいがかりをつけるな、素浪人。とっとと帰れ。帰らぬと叩っ殺すぞ」

半九郎は一歩も引かなかった。門衛の腕など知れている。こんなおどし文句など、子猫の鳴き声と大差はない。

「なかに入れてもらいたい」

静かだが、口調には揺るぎない力強さをこめた。

「うぬごとき素浪人、入れたらこちらが咎《とが》を負うわ。帰れ、帰れ」

半九郎は身がまえるでもなく、よく吠える犬を見るように二人の門衛を眺めている。

なめられているのを知った門衛は、本気で六尺棒を振りおろそうとした。

そのときくぐり戸があき、侍が出てきた。歳は三十すぎか、精悍《せいかん》な面《つら》つきをしている。

うしろを供らしい二人が続いていた。

「どうした、なにを騒いでおる」

響きのいい、穏やかな声をしている。話がわかりそうなのを半九郎は直感し、期待を持った。

「これは内藤《ないとう》さま」

一礼した門衛が手ばやく説明した。

「この屋敷に娘御《むすめご》が」

内藤と呼ばれた侍は眉をひそめ、半九郎を見た。半九郎の腕を認めたかわずかにおっという顔をして、一歩二歩と踏みだしてきた。

かなりの手練であるのを半九郎は見て取った。おそらく久兵衛をしのぐ。あるいは半九郎すらも。

そのことで、少なくともこの前の二人組の一人でないのを半九郎は知った。もしこの侍が片割れだったら、自分はおそらくもうこの世にいない。

「それは、なにかのまちがいか勘ちがいでござろう」

半九郎の前に立って、いう。

「勘ちがいかどうか、調べさせてもらえればはっきりする」

侍は半九郎を冷ややかに見た。

「それで、もし見つからなかったときはどうするつもりかな。武家にあらぬ疑いをかけて、そのまま帰れるとはおぬしも侍なら思わぬであろう。腹を切る覚悟はおありかな」

むろんある。だが、もし奈津が見つからなかったら。

ここで切腹することになれば、奈津を救いだすことはできなくなる。それになんといっても、ここまでやってきたのはあの岡っ引の言葉でしかないのだ。

半九郎は、ここは引き下がるしかないのを知った。

「わかっていただけたようだな」

侍はにっこりと笑った。意外なほど邪気のない笑みで、男の持つ本来の性格が出ているようだ。家中の雰囲気がこの笑顔にあるいはあらわれているのかもしれない。

侍は真顔に戻った。

「しかしなぜそのような話に？　その娘御はどうやらかどわかされたらしいが」

いかにも信頼を置けそうな面つきだが、半九郎に話す気はなかった。

「お騒がせした」

軽く頭を下げて、体を返した。

道を戻りながら、あまりに無策だったことを半九郎は思った。

どうすればいいか、足を運びつつ考えた。まだあの大名家への疑いを解いたわけではない。

その足で奈津の長屋に向かった。

助左衛門ははればったい顔をしていた。

部屋のなかの竹編細工はこの前より数を増している。

半九郎の目に気づいた助左衛門は、いいわけするようにいった。

「仕事をしていないと、まったくときがたたぬので」

おそらく夜なべをしたのだろう。いたましい思いで、半九郎は奈津の父親を見つめた。

「ところで、今日は？」

一本の竹を手にして助左衛門がきく。

半九郎は、今し方《がた》行ってきたばかりの大名の名をだした。

「その大名家について、奈津どのがなにかいっていたことはなかったですか」

助左衛門は首を傾げて考えている。

「いや、なにもないな」

「大名家に関し、なにか噂《うわさ》をきいたことは?」

「わしの覚えている限りでは一度もない」

「その大名家に限らず、武家について奈津どのが話したことは?」

「いや、それも一度も」

助左衛門は、大家を通じて奉行所に届けをだしたことを告げた。浪人の娘が姿を消したくらいで真剣に調べてくれるはずもなかったが、ほかに手の打ちようがなかった。

「しかし半九郎どの」

助左衛門が手をとめていう。少しためらう表情を見せてから、ぽつりといった。

「奈津は疲れたのではないのかな」

「どういう意味です」

「身動きもろくにできない父親の世話をすることに」

気弱になる気持ちはわからないでもないが、もし目の前にいるのが奈津の父親でなかったら、見損なうな、と怒鳴りつけているところだった。

顔をわずかに険しくした半九郎を見て助左衛門は思いを察したらしく、小さく息をついた。力なくうつむき、つぶやくように言葉を洩らした。

「その通りだな。そんな娘でないことはわしが一番よく知っているのに。いや、今はわしではないのかな……」

助左衛門は顔をあげ、半九郎を見た。

半九郎は千助長屋をあとにし、一橋《ひとつばし》外にある大名家の上屋敷に行ってみた。

ごった返す雰囲気が、見あげるように高い長屋越しに伝わってきた。

門はひらいており、多くの侍や小者たちが出入りしている。取引のあるらしい商人の姿も多く目についた。

守就の帰国の日が二日後に迫っていることを、商人の一人からきくことができた。

領内の特産品を扱う商家の名も知ることができた。商人の口からはすらすらと六軒の名が出てきた。

半九郎は、一年ぶりの帰国に浮き立った様子の屋敷内をじっと見てからきびすを返し、祥沢寺に向かった。

順光は本尊を前に経をあげていた。ふだんはどすの利いたしわがれ声だが、読経《どきょう》のときはひじょうに伸びやかな声になる。声だけきいていると、いかにも高僧に思えてくるから不思議だ。

半九郎は本堂にあがって正座をし、身じろぎ一つせず広い背中を見つめていた。

不意に順光が読経をやめた。

「奈津の行方《ゆくえ》が知れなくなったそうだな」

体の向きを変え、半九郎を見た。

順光も、奈津のことは幼い頃から知っている。助左衛門に連れられてこの寺によく遊びに来ていたことを、半九郎は奈津からきいたことがある。

「ご存じでしたか」

おそらく秋葉屋から知らせが来たときだ。

「この馬鹿者っ」

いきなり怒鳴られた。

半九郎は身を縮めた。

「申しわけありません。それがしも仕事を放棄するなどしたくなかったのですが、しかしことがことですので」

順光は片膝立ちになった。大きな顔がのしかかってくるようだ。

「そんなことをいっておるのではない。秋葉屋にはおまえ以上の腕利きをつけた。なぜ奈津のことを一番に知らせなかったのかといっておるのだ。奈津がいなくなっていったい何日たつと思っておる」

「はあ、申しわけありません」

順光はどすんと座布団に腰を落とした。

「しかし、なんでこんな馬鹿者に奈津は惚れているのかな。おまえなんかにはもったいない娘で、いくらでも縁談はあるはずなのに」

いまいましげに半九郎を見据えている。

嵐《あらし》がすぎるのを待っていた半九郎はすっと顔をあげた。

「縁談を持ちかけて断られた者のなかに、奈津によこしまな思いを抱いている者はいないのでしょうか」

　順光はむずかしい顔をした。

「わからん。おまえという者がいる以上、わしが縁談の仲介をすることはないからな。しかし、もしそのような者がいたら、助左衛門がまず気づくはずだ。助左衛門はそんなことは申していなかったのだろう？」

　半九郎、と順光は静かに呼びかけてきた。

「これまでわかっていることを詳しく話せ」

　半九郎は一切隠すことなく語った。

「よくわかった」

　順光は深くうなずいた。

「それで、なにを調べてもらいたくて来た」

　半九郎は大名家の名をあげ、この家のことをお願いしたい、といった。

「よかろう。まかせておけ」

　順光はこころよく受けてくれた。

「あと、林田久兵衛の弟だが、名だけはわかった。居どころや生業はまだ調べがついておらん。兄と同じ押しこみかもしれんが。それにしても、まったくどこにいるのやら」

九

祥沢寺を出た半九郎は、道を本所に取ろうとして足をとめた。祥沢寺の塀に背中を預けている浪人に気づいている。

「よお」

浪人は気安く声をかけてきた。

「許嫁がさらわれたそうだな」

半九郎は目を光らせた。

浪人はおどけたように両手をあげた。

「おっと、待ってくれよ。俺がかどわかしたなんてことはないぜ。俺が入り用なのはあんたの命、それだけだ。女に手をだすなんてのは、最低なやつのすることだ」

「押しこみの言葉を信じろというのか」

「俺が押しこみ?」

浪人は半九郎をしげしげと見た。

「なるほど、かまをかけてきたのか。生業を知りたいのだな」

浪人は塀から背中をはずした。

「傘張りさ。腕は、兄のほうがはるかにいいが」

腕組みをし、ふふ、と余裕の笑みを洩らした。

「身許調べの手がかりを与えちまったかな。確かに傘屋を洩れなく当たれば、いずれ俺の住みかに行き当たるだろう。もっとも、兄が死んだのをきいて傘張りはやめちまったし、もう引っ越すつもりだ。あんたが住みかを探り当てた頃には、俺はもう別の場所にいる」

「きさまがどこに住もうと関係ない」

　半九郎は土を踏みかためた。

「どうする。やるのかここで、林田利兵衛《りへえ》」

「ほう、俺の名を知っているのか」

　利兵衛は右手に視線を投げた。塀越しに祥沢寺の本堂の屋根が見えている。

「和尚か。一筋縄じゃいかない癖のある坊主らしいな。あんたら貧乏浪人の世話をしては、悦《えつ》に入っているらしいじゃないか。でも、蕎麦を見る目は確かなようだ。けっこううまかったぜ」

　左手に建つ蕎麦屋に顎をしゃくった。

「ここでやるのか、だったな。今はそのつもりはない。兄を討った腕の持ち主を不意もつかずに殺《や》れると思うほど、俺は自信家じゃない。しかし、あんたが許嫁を捜しているさなかであるのを斟酌《しんしゃく》するつもりもない。隙が見えたら、遠慮なく殺らせてもらう」

　半九郎は利兵衛をにらみつけた。

「どうやら本気らしいが、俺が殺らずとも、あんたの兄貴はいつかほかの誰かに殺されていた」

「その通りだな」

利兵衛は逆らわなかった。

「あの生き方を選んだ以上、いずれ行き着く先は獄門だったただろう。それでも、あんたが兄の命のろうそくをへし折ったという事実に変わりはない」

「殺らなかったら俺が殺られていた」

利兵衛は不敵に笑った。

「わかっているさ。正直にいえば、仇討《あだうち》よりむしろあんたの腕をこの目で見てみたいという気持ちのほうが強いんだ。なら道場で相手をしようというかもしれんが、そんなのは駄目だ。命をさらしての斬り合いこそ、本物の力が引きだされるというものさ。兄とやり合ったとき、あんたもそうだったろ」

利兵衛は軽く顎を引いた。

「対決を楽しみにしている。しかし背後には注意しておくことだな。あんたなら、背中からばっさり殺られて俺を落胆させるようなことはまずないと思うが」

体をすっと返し、道を歩きはじめた。

半九郎は、ここでけりをつけてしまったほうがいいか、と考えた。

だが、遠ざかってゆく利兵衛のうしろ姿に隙はなく、また、利兵衛に勝てるという絶対の自信も持てなかった。もしここで殺されたら、と思うと、下手《へた》な手だしはできなかった。

不意に利兵衛が右手をあげた。半九郎の判断の賢明さをたたえるような仕草だ。

半九郎は苦い思いを嚙み潰した。妙に遊ばれている気がして、まったくおもしろくなかった。

利兵衛の姿が見えなくなるのを待ってから、足を進めはじめた。順光に今の話を伝えるか、と思ったが、今程度のこと、あの和尚ならそれほど手間をかけることなく調べあげるはずだった。


気がせいていると、ときがたつのが異様にはやい。

すでに初夏の日は町並みの彼方《かなた》に姿を消そうとしており、通りにはせわしげに歩く人たちの影が長く伸びている。

半九郎は麴町《こうじまち》三丁目に建つ一軒の商家の前に立った。

店の名は大崎屋。

順光に頼んでもよかったが、自分の目で確かめたいとの思いのほうが勝った。丹波《たんば》の特産である丹波大納言を主に扱っている店で、主人は京の出ときいている。

暖簾を払い、店内に入った。

「いらっしゃいませ」

すぐに手代が寄ってきたが、半九郎の浪人の身なりに戸惑いを隠せずにいる。

半九郎は店内に厳しい瞳を向けた。

なかは掃除が行き届いており、埃っぽさなど微塵もない。隅《すみ》で商談をしている様子の数名の客の穏やかな笑顔からは、店に大事にされているのがはっきりとわかる。

奥から小豆が入っているらしい大きな箱を抱えてきた丁稚《でっち》や帳面をめくる番頭など、奉公人たちの動きはきびきびしており、表情には商売に対する真摯《しんし》さがあらわれていて、見ていて気持ちがいい。どこか秋葉屋と似通っていた。

「はやっているようだな」

「はあ、おかげさまで」

手代は如才《じょさい》なく答えた。

「あの、小豆《あずき》がご入り用でしょうか。当店は小売りはしていないのですが」

「あるじに会いたい」

「旦那さまに。どのようなご用件ですか」

「あるじにじかにいう」

「あの、お約束はございますか」

半九郎は顔をぐいと近づけた。

「約束などない。いいか、あるじにききたいことがあるだけだ。金目当てなんかじゃないぞ。とにかく今すぐ会わせぬと、その首刎《は》ね飛ばすぞ。俺は気が立っているんだ。はやくあるじに取り次げ」

半九郎は殺気を全身にみなぎらせて、刀に手を置きかけた。半分本気だった。

「わ、わかりました。し、しばらくお待ちくださいませ」

手代は逃げるように床の上にあがり、奥につながる廊下の暖簾を払った。

待つほどもなく駆け戻ってきた。

「あの、これをどうぞ」

手代は紙包みを握らせようとする。

「いらん」

語気荒く振り払った。

「金目当てじゃないといっただろうが。いいか、俺はあるじからききたいことがあるだけだ。何度も同じことをいわせるな」

また手代は奥の暖簾を払った。

今度はしばらくときがかかった。出入りの岡っ引でもよんでいるのかな、と思ったとき、ようやく手代が姿を見せた。横に番頭らしい中年男がつき添っている。

その中年男が一歩出て、頭を下げた。

「あるじがお会いになるそうです。どうぞ、こちらへ」

半九郎は奥の間に通された。

庭に面した八畳間で、大きくひらかれている南側の障子からの風が熱くなった体をさますのにちょうどよかった。

半九郎は刀を左側に置き、厚い座布団の上にあぐらをかいた。

「茶も出んのか、ここは」

毒づいたとき廊下から男の声がかかり、すっと襖があいた。

五十前後と思えるふくよかな顔つきの男が入ってきて、正面に腰をおろした。おどおどしており、左側に置かれた刀を見て目がひきつった。

「大崎屋五郎兵衛《ごろべえ》でございます」

頭を下げ、上目づかいに半九郎を見た。

「里村半九郎だ」

半九郎は堂々と名乗った。

「あの、里村さま、ききたいことがあるとのことですが、あの、いったいどのようなことでございましょう」

江戸暮らしが相当長いのか、上方なまりはほとんど感じられない。

「おたかという女を覚えているか」

半九郎はずばりといった。

「は？　おたかでございますか」

半九郎は薄く笑った。

「とぼけんでもいい。こちらも調べた上で申している」

実際のところ、女のことは与左衛門にきくのが最も手っ取りばやかったが、与左衛門ではしらばくれかねず、半九郎は本所のおしまのところへ行き、世話をした口入屋の名をきいた。

美濃屋《みの》という口入屋で、そこの主人を脅すようにして、与左衛門と女を張り合った商家の主人の名をききだしたのだ。

「いいか、手代にもいったが、俺はゆすりに来たわけではない。正直にさえ話してもらえればいい」

「いえ、あの、とぼけたわけではございませんで。今、思いだしました。はい、よく覚えております」

「おぬし、おたかのことで秋葉屋をうらんでいるそうだな」

信じられない言葉を耳にしたとばかりに五郎兵衛は目をみはり、腰を浮かせた。

「滅相もございません。あれは正面から張り合って、力及ばず手前が敗れたのでございます。あのことで秋葉屋さんにうらみを持つなんてそのようなことは決して」

半九郎はじっと見つめた。

「嘘をいうとためにならんぞ」

「いえ、決して嘘など申しておりません」

半九郎は刀を引き寄せた。

「その首、刎ね飛ばすがいいか」

五郎兵衛は亀のように首を縮みこませた。

「いえ、嘘などついておりません。どうか、お信じいただきますよう」

必死の表情で額を畳にこすりつけた。

人が嘘をついているかどうか見極められるほど長く生きてはいないが、目の前の商人が偽りを口にしているとは思えなかった。

半九郎が刀を持ちあげると、五郎兵衛はびくりと体を震わせた。

半九郎は刀を自らの右側に置いた。

「よくわかった」

静かに告げた。

こわごわと五郎兵衛が顔をあげる。

「おぬしが秋葉屋にうらみを抱いていないのはな」

青かった五郎兵衛の顔に赤みがわずかだが戻りつつある。

「いや、でも、里村さまはそのようなことをききにこちらまで?」

「秋葉屋が命を狙われているのは、その様子では知らんようだな」

「えっ、秋葉屋さんがお命を。まことでございますか」

はっと五郎兵衛は気づいた。

「まさか、手前が秋葉屋さんを、と里村さまはお考えになって……」

半九郎は肯定も否定もしなかった。

「いや、そのようなことは決して。手前は争いに負けて、むしろよかったとすら思っているのですから。いえ、これは決して強がりではございませんよ。おたかを逃したあと、おたかと同等か、いやそれ以上の女を後妻に迎えられたからです。跡取りもようやくできまして、ですから今はとても幸せで、この幸せを自らぶち壊すような愚かな真似をするなど決して……」

五郎兵衛は、濡衣《ぬれぎぬ》をかけられた者が自らの無実を晴らそうとするかのような必死の面持ちだ。

これが芝居だったらたいしたものだが、大事な跡取りのことまで持ちだした以上、真実を吐露しているのはまずまちがいなかった。

「よくわかった。騒がせてすまなかったな」

半九郎は刀を手に立ちあがった。

「あの、もうよろしいので？」

拍子抜けしたようにいう。

「うん、もういい」

半九郎が嘘をついていないのを読み取って五郎兵衛はほっとしているが、表情には興味の色が強く出てこようとしていた。

「あの、本当に秋葉屋さんはお命を？」

「ああ、とんでもない遣い手にな」

半九郎は、例の大名のことをきいてみるかと思ったが、やめておいた。五郎兵衛から、こちらが探っていることが洩れることも十分に考えられる。

「秋葉屋さんはご無事なのですか」

五郎兵衛が真摯にきく。

「死んだという話はきかんから、大丈夫なのだろう。では、これでな。俺が来たことは忘れてくれ」

半九郎は体を返し、襖に手をかけた。

「あの、これを」

膝立ちになった五郎兵衛が袖の下に紙包みを入れようとする。

「いらん。金目当てで来たわけではないことは申した」

半九郎は大崎屋の暖簾を払った。

道を歩きつつ、大崎屋はまちがいなく関わっていないことをあらためて思った。あの岡っ引の見こみちがいだったのか。

神田鎌倉町にやってきた。

すでに夜がすっぽりと町を包むようにおりていたが、あたりは家々から洩れだす灯りで提灯が必要ないほどに明るい。人の往来も繁《しげ》くあり、昼間から飲んでいたらしい酔客の甲高い声がそこかしこからきこえてくる。

秋葉屋はまだひらいていた。

店の前に立ったとき、横に人影を感じた。

浪人が軒下の光の届かない場所に立っていて、瞳をぎらりとさせて歩み寄ってきた。若い。とはいっても、半九郎より二つ三つ上だろうか。

ご同業か、と半九郎は思った。

「秋葉屋になにか」

浪人が緊張した声音できく。少し顔がこわばっている。用心棒として場数を踏んでいないせいではなく、おそらく半九郎の腕を見抜いているためだ。

だとすればかなりの手練《てだれ》ということになるが、なるほど、順光が半九郎以上というだけのことはあって、すばらしい筋骨の張りと腰の落ち方をしている。

「あるじに会いたい」

「なに用かな」

「話をききたいだけだ。なに、心配いらぬ。俺もこの店で用心棒をしていた」

浪人の顔にうれしげな光が射した。

「では、もしや里村どのか。ご活躍は耳にしている」

半九郎は奥に通された。

廊下を渡る際、もう一人の用心棒が半九郎がすごした部屋に所在なげにいるのが見えたが、こちらも外の浪人と同じ歳の頃と思える若さだった。軽く会釈をしながら視線を走らせたが、こちらも相当遣えそうだった。

ただし、あの二人の遣い手がまた襲ってきたとき、果たして与左衛門を守りきれるかどうか。あの岡っ引がいったような心許《こころもと》なさを、半九郎が感じたのも事実だった。

客間に通された。大きめの丸行灯《あんどん》が隅に灯《とも》されている。さすがに明るく、床《とこ》の間《ま》に下げられた水墨画の掛軸を鑑賞するのに不自由さは感じない。

用いられている油は半九郎がつかっているような鰯《いわし》油ではなく上質の菜種《なたね》油のようで、いやな臭いもしなければすすも出ていない。さすがに内証の豊かな油問屋だった。

「いらっしゃいませ、里村さま」

与左衛門が揉《も》み手をしながらあらわれ、向かいに腰をおろした。

「ところで今日は？　手前に話をききたいとのことですが」

半九郎は与左衛門の顔を眺めた。相変わらずつやつやと血色がよく、なにか異常があったようには見えない。

「この前はすまなかったな」

半九郎は頭を下げた。

「どうぞ、お顔をおあげください」

与左衛門はゆったりとした笑顔を見せた。

「手前も里村さまがいなくなられてまこと心細い思いをいたしましたが、順光和尚がすばらしい手練を二人もつけてくれましたので」

「二人組の襲撃はないようだな」

「おかげさまで」

どうぞ、と与左衛門は茶を勧めた。

半九郎は大ぶりの茶碗《ちゃわん》を手にした。気持ちが落ち着くあたたかみが手のひらにじんわりと伝わってきた。

「ここに見えられたということは、では、大事な娘御のほうは解決を?」

「いや、まだだ」

「そうですか。気がかりですなあ」

心配などまるでしていそうにない他人事《ひとごと》そのものの口調にかちんときて、半九郎は目を光らせて与左衛門を見た。

「おや、なにか気にさわることを申しましたか」

与左衛門が身を引き気味にきく。半九郎は瞳から力を抜き、黙って茶を喫した。

「うまい茶だな」

与左衛門は安堵したように笑った。

「里村さまのお見えですから、最上のものをだすよう命じたのですよ」

半九郎は茶碗を静かに置いた。

「命を狙われねばならん理由は見つかったのか」

与左衛門は困った顔をした。

「手前も必死に考えたのですが、一向に」

そうか、といって半九郎は与左衛門を見た。

「ところで、出入りの岡っ引の名は？」

与左衛門の頬を陰が走ったように見えた。

「源吉《げんきち》親分といいますが」

「話はきいたか」

「もちろんでございます」

与左衛門は悲しげな顔になった。

「まったくもって残念でなりません」

「でも、どうやら大崎屋が刺客を差し向けたというわけではなさそうだぞ」

与左衛門はきょとんとした。

「えっ、大崎屋さんが刺客を差し向けたのではない？　えっ、いったいなんのことです」

「だから、その源吉から話はきいたのだろうが。同じ商人から命を狙われたことが、残念でならなかったのだろう？」

「いえいえ、ちがいますよ、里村さま」

与左衛門は激しくかぶりを振った。

「源吉親分が殺されたからですよ」

なにっ、と半九郎は驚いた。

「いつのことだ」

「昨夜です。死骸が見つかったのは今朝《けさ》のことですが。昨夜から戻らないのを心配して、朝はやくから捜しに出た家人が見つけたそうですよ」

ということは、あれからすぐあの男は殺されたのか。

「場所は?」

与左衛門は右手を伸ばした。

「ついそこの竜閑《りゅうかん》橋のたもとに浮いていたそうです。親分の住まいからほんの一町も離れていないところですよ。うしろからばっさりとの話をききましたが」

かなりの遣い手だな、と半九郎は思った。脳裏に浮かんできたのはあの二人組だった。

「ですから、奉行所も親分のお仲間も犯人はお侍と考えて必死に調べまわっていますよ。昨日、親分が見知らぬ侍と立ち話をしていたところを見た者もおりまして、その侍の行方を追っているみたいですが、さすがに昨日の今日ですから、つかまえるどころか目星もついていないようです。竜閑橋近くに限ったことではないですが、夜は人通りも絶えますから、目にした者も期待できないようでして」

与左衛門は湯飲みをさすった。

「里村さま、源吉親分のことでなにかご存じのことでも。大崎屋さんが刺客を、というのはいったいなんのことです」

半九郎は、昨日源吉からきいた話をした。おたかに関することだけを話し、大名家のことは伏せた。

「源吉親分がそんなことを……」

与左衛門は湯飲みを口に持っていった。もう中身が入っていないことに気づいて顔をしかめ、湯飲みを畳の上に戻した。

「でも、それは親分の勘ちがいでしょうね」

平静な口調で話した。

「手前が大崎屋さんとおたかを争ったのは事実ですが、あのあと大崎屋さんはほかの商人と争ってもっといい女を手に入れましたから。今は本妻におさまって、確か待望の跡取りも。それに、いくらなんでもあの程度のことで命を取ろうとするなんて、穏やかな大崎屋さんでなくともあり得ないでしょう」

不思議そうに首をひねる。

「親分らしくないですね。そんなのは調べればすぐにわかることなのに」

不意に与左衛門は顔色を変えた。

「でも、まさかあの文の一件で親分が殺られたなんてことは……」

「わからんが、もしやということは十分に考えられる」

「そんな……だったら手前が親分に頼んだせいで……」

「あまり気に病まんことだ」

半九郎は与左衛門の肩を叩いた。それから、釈然としないものを感じつつ秋葉屋を辞した。

源吉が殺された理由はなんなのか。おそらく首を突っこみすぎたゆえだろう。ただし、大崎屋が奈津のかどわかしに関係していないのは、与左衛門の言から一層はっきりとした。

だとしたら、残るのは一つだった。

十

夜は深まっている。

刻限は五つ（午後八時）を少しすぎたあたり。芝三田の界隈《かいわい》はひっそりとし、人の往来は途絶えている。

空は南からゆっくりと進んできた厚い雲にどんよりとおおわれ、月や星の瞬《また》きは見えない。大気にはわずかに湿っぽさが混じっていて、いずれ雨が降りだすかもしれなかった。

半九郎はきびきびと歩いている。身なりはきっちりとしており、いかにも用事で道を急ぐ大名家の家士といった風情だ。一目で浪人とわかるなりでは、至るところに設けられている辻番の前を行きすぎることはできない。

着物は父の形見で、押入の奥に大事にしまってあったものだ。なつかしい父の匂いがし、幸せな気分に包まれたが、すぐに半九郎は気持ちを引き締めている。着物はあつらえたようにぴったりだった。

目当ての下屋敷にやってきた。

塀際を歩き、最も近い辻番の灯が届かないところで立ちどまった。懐から手ぬぐいをだし、顔を隠す。長身を利して塀に手をかけ、一気にのぼった。忍び返しなどはなく、乗り越えるのはたやすかった。

地面におり立ち、身を低くして気配をうかがう。

そこは裏庭で、さまざまな樹木と昼間はとりどりの色で目を楽しませているはずの無数の花が植えられている。武家屋敷の常で人のざわめきは届かないが、まだ屋敷うちの者たちが寝静まっている気配はない。

この屋敷に奈津はいる。

いないとしても、この大名家が奈津のかどわかしに関係していることはまずまちがいない。大崎屋の筋をたどってこの大名のことを調べた源吉は、奈津をかどわかした真の理由を突きとめたのだろう。そして口をふさがれたのだ。

半九郎は一本の大木の陰に移動した。ここでときがたつのを待つつもりだった。

どこからか鐘がきこえてきた。

九つ（午前零時）の鐘だ。

もういいだろう、と半九郎は判断した。そろそろと動きはじめる。樹木の切れたところは一気に駆け抜け、あらかじめ目星をつけておいた人けのまったくない部屋の縁側に近づいた。

気配を嗅いでから縁側に飛び乗り、すばやく障子をあけ、身をなかに滑りこませる。障子をすぐに閉めた。

部屋は暗い。どこに奈津はいるのか。

奈津のことを考えたら、いても立ってもいられなくなった。名を大きく叫びたい衝動に駆られた。拳を握り締めることでかろうじてその衝動を抑えた。

動きだそうとして、はっと足をとめた。どこかで風が揺れたような気がしている。じっとしたまま五感を研《と》ぎすませた。

勘ちがいだったのだろうか。

気配は消え失せている。少し過敏になっている自分を覚えた。足を踏みだし、奥の襖に腕を伸ばす。

半九郎はまた動きをとめた。手を刀に置く。

どこからか人のあわただしい足音がきこえてきた。こちらに向かってきている。

気づかれた。まちがいない。しかしなぜ。

考える間もなく体をひるがえし、障子をあけ、庭に飛び出た。

右手から廊下を走ってくる人影が一つ見えた。少し離れたうしろを十名近い侍が続いている。何人かが龕灯《がんどう》を持っており、廊下や庭先を照らしだすその光が、あと数瞬でここまでやってくるのがわかった。

「あそこだ」

先頭の侍が声をあげた。

半九郎は木々のあいだを抜け、花を踏みにじって庭を駆けた。いつからか雲はすべて流れ去り、月が顔を見せていた。

塀まであと三間《けん》まで迫ったところで、右側から影が走り寄ってきた。

「曲者《くせもの》っ」

鋭い気合とともに斬りかかってきた。

半九郎はかろうじてよけたが、その斬撃のあまりの鋭さに驚き、侍に向き直ってまじまじと見てしまった。

あの内藤と呼ばれた侍だった。やはりすごい遣い手だったが、見立てが当たったところでうれしくもなんともなかった。

半九郎は抜刀した。刀をつかわなければ、内藤の攻撃をはね返すことは絶対にできない。

刀を正眼にかまえた内藤は、半九郎を見据えている。刀身に月が映っていた。

「ここ二刻ばかり妙な匂いを嗅いでいるようで、どうにも落ち着かなかった」

内藤は心持ち剣尖をあげた。

「きさまのせいだったか。どうやらどこぞの家中のようだが、おとなしく縛《ばく》につけば命は助けてやる。なぜ忍びこんだかとっくりときかせてもらうがな」

内藤は、自分がまだ誰か気づいていない。ここでつかまるわけにはいかなかった。

「逃げるなら斬る」

半九郎の思いを察して内藤がいった。声は本気だ。

半九郎はかまわず体を返し、駆けだした。

行く手を数名の侍がばらばらとさえぎる。半九郎は方向を変えたが、直後、手綱《たづな》を思いきり引かれた馬のように立ちどまった。目の前に内藤がいた。月の輝きを受けて、反転する鯉のように一筋の光が頭上できらめいた。

がきん、と顔のすぐ横で刀が打ち合う音がし、火花が雪のようにぱっと散った。

半九郎は生きている自分を知った。自らに棲《す》む獣の本能がさせた動きだったが、最初にかわしたのとは比較にならない猛烈な斬撃で、撥ねあげられたのが不思議だった。月がなかったら、まちがいなく体を両断されていた。そして、父が厳しく鍛えてくれていなかったら。半九郎は父に感謝した。

「何者だ、おぬし」

どうして殺れなかったのか不可解でならぬ、という調子で内藤が問う。

「場数を踏んでいるな」

内藤はおやっという感じで顔を傾け、半九郎を斜《はす》に見た。

見破られたか、と半九郎が思った瞬間、剣尖をわずかに下げる動きを見せた内藤が身を躍らせ、上段から打ちおろしてきた。

半九郎は体をひねって避けたが、内藤の剣は長刀を思わせるほどに伸びてきて、とっさに顔を振った半九郎の鬢《びん》をかすめていった。

半九郎は体勢を整え、内藤の次の攻撃に備えた。内藤は再び刀を正眼にかまえて、動かない。

はらりと顔から手ぬぐいが落ちてゆく。半九郎は、地面できれいに二つにわかれた手ぬぐいを呆然《ぼうぜん》とする思いで見た。

「やはりな」

内藤が納得顔でうなずく。

「この前の浪人だな。本当にこの屋敷に娘がいると思っているのか。馬鹿め」

激しくののしった。

「いや、それともあれは口実か。ほかに狙いがあるのか。それに、そのなりはなんだ。娘が目的なら、なぜそんな格好をしている」

半九郎に説明する気はない。説明したところで信じるかどうか。

半九郎は瞳を内藤に据えたまま、意識を他の侍に向けた。いずれも内藤の腕を信頼しきった顔をそろえている。

「きさま、まさか殿のお命を狙っているのではあるまいな」

いきなり話が飛躍した。

ということは、と半九郎は気づいた。殿さまは、今この屋敷にいるのだ。ふだんは上屋敷にいることが多い殿さまがどうして。

そうか、と半九郎はさとった。おそらく、一年離ればなれになる妻と嫡男《ちゃくなん》に別れを告げに来ているのだ。そして内藤は殿さまの信頼が特に厚く、常にそばに控えているのだろう。

「命を狙われねばならぬような覚えがあるのか」

半九郎はいい放つや、左へ飛んで侍の群のなかに入りこんだ。あわてて斬りかかってきた侍の懐に飛びこみ、刀の柄《つか》で顎を痛烈に叩いた。侍はだらしない悲鳴をあげて、半九郎の視野から消えていった。

一気に侍の輪を突破し、これまでの半生で最もはやく駆けた。夜気が顔を打ってゆく。内藤が追いすがってくるのを背中で感じた。あとたった三間の距離なのに、埒はじれったいほどゆっくり近づいてくる。

内藤の足の運びは予想以上に軽やかで、すぐうしろに来ていた。今にも刀が振りおろされるのでは、と半九郎はひやりとしたものを背筋に覚えた。

ついに内藤の間合に入ったのを察した半九郎は次の瞬間、燕《つばめ》が向きを変えるはやさで横に跳躍した。

ものすごい風のうなりが、寸前まで体があったところを通りすぎてゆく。

ちょうど出てきた雲に月は隠れ、あたりは再び闇に包みこまれた。半九郎は内藤が自分を見失ったことを知った。

目当ての松の大木に手をかける。急いでのぼろうとしたが、気が焦り、足が滑った。

「きさま、おのれ」

半九郎を再び視野に入れた内藤が駆け寄ってくる。憤怒《ふんぬ》の形相をしているのは声の調子からはっきりとわかった。

すでに半九郎は一間ほどの高さまであがっていた。太い枝を足場に腕に思いきり力をこめ、梯子《はしご》をつかうように次々に枝をのぼる。

ばしっと音がし、今足を離したばかりの枝が真っ二つになって地面に落ちていった。

半九郎は四間ほどあがったところで下を見た。

侍たちはさらに数を増やしており、二十名近くいた。

弓を、という内藤の声がし、それに応じて二人の侍が駆けだした。

射られてはかなわない。半九郎は塀との距離を測った。

二間ほどか。飛べない距離ではないが、下手な落ち方をすれば命を失いかねない高さではある。

「飛ぶぞ。外へまわれ」

半九郎の意図を知った内藤が叫んだ。十名ほどが身をひるがえし、走りだした。

躊躇してはいられない。半九郎は怪鳥になった気分で枝を蹴った。

一か八かの賭けだったが、たがうことなく塀の上におり立つことができた。足の裏から膝まで痛みが突き抜けてきて、体が少しふらついた。

あきらめず内藤がまっすぐ駆け寄ってきている気配が伝わってきた。

痛みをこらえて半九郎は塀を飛びおりた。

ぴゅっと風切り音がして、振り返ると、塀の上に突きだされた刀が見えた。

右手の道先に、門からばらばらと出てきた侍たちの姿が影になって動いている。こちらに駆けてこようとしていた。

背後に人の動く風を感じた。

見ると、内藤が塀を乗り越えようとしており、すでに片足を塀の上に乗せていた。すさまじい執念だった。

これ以上やり合いたくはなかった。足から痛みは抜けている。

半九郎はだっと走りだした。きさま待てっ、と内藤が鋭く声を放った。

これでとまる者がいたら顔を見たいものだ、と半九郎は腹のなかで舌をだしつつ、ひたすら足をはやく動かすことだけを念じた。

うしろで内藤が路上に飛びおりたらしい足音がきこえたが、それだけだった。

夜は半九郎の味方で、厚い扉をがっしりとおろしてくれた。闇に溶けこんだ半九郎はまるで夜盗と化したように、真っ暗な町を疾駆した。


どのくらい走ったものか、半九郎は速度をゆるめ、うしろを振り返った。

内藤は追ってきていない。走るのをやめ、歩きながら息を整えた。

しかしとんでもなく強いのがいるものだな、と世の広さをあらためて思った。

奈津があの屋敷にとらわれているのなら、いずれまた内藤とやり合わなければならない。

正直、勘弁してもらいたかったが、あの男を叩き伏せることができたら、という剣士としての本能がふつふつとわきあがってきて、再度の対決を期待する気持ちが田を浸す水のように心を占めてゆく。

もっとも、内藤に勝つためには、うんと腕をあげなければならない。厳しく鍛え直さなければ、勝利など望むべくもなかった。

よし絶対に勝ってやる、と決意を新たにしたとき背後から声がかかった。

「あの、もし……」

身がまえかけたが殺気は感じられず、半九郎は振り向いて声の主を見つめた。

男が一軒の商家の軒下に立っている。雲は空からきれいに取り払われて月が再び顔をだしているが、その光のせいで逆に軒下は濃い暗がりになっており、顔は判然としない。

ただ、鼻筋が通った形のいい鼻だけがちらりと見えた。どうやら身なり正しい侍のようだ。

「なにかな」

半九郎は、この侍は何者だと自問しつつ、相手が口をひらくのを待った。まさかあの大名家の家中ではあるまい。

「あの、その……」

なにかいいかけたが、侍は戸惑ったように首を力なく振った。しばらく下を向いていたが、再び顔をあげたときにはなにがしかの決意がほのかに見えていた。

その決意は瞬く間に躊躇にかき消され、侍は遠慮がちな会釈を一つすると、そのままなにもいわずに闇のなかへ姿を消していった。よく鍛えられているらしい張った両肩が印象的だった。

いったいなんなんだ、と半九郎はいぶかしい思いで、侍のうしろ姿を見送った。

長屋に戻ってきた。

怪しい者の気配がないか、戸をあける前に確かめる。

それよりも奈津が来ていないか、期待があった。必要以上の力をこめて戸をひらいた。

誰もいない。ただ闇が重く居座っている。期待していた分、むなしさだけが募《つの》った。

畳にあがって行灯に火を入れた。怪我をしていないか、下帯一つになって確認した。頬にわずかな痛みがあった。手ぬぐいを刀で払われたときできた傷だ。たいしたことはない。半九郎は唾を塗りこんだ。

そのほかにはどこにも傷はなく、父の着物にもほつれ一つなかった。

着替えをし、行灯を消して夜具に横たわる。疲れきっていたが、内藤との戦いの残り火が体を火照《ほて》らせて、なかなか寝つけなかった。

無理に目を閉じ、奈津のことをあれこれ思い起こしていた。

もう二度と会えないのでは、との絶望に似た焦燥《しょうそう》に気持ちが高ぶり、さらに目が冴えてきたが、奈津の笑顔を思いだしていたら、母親に抱かれた赤子のように気分が穏やかになり、いつの間にか眠りに引きこまれていた。

十一

鳥の声に目が覚めた。

障子越しに初夏の日が射しこみ、部屋には明るさとあたたかさが満ちていた。

すばやく起きあがる。腹が減っていた。飯を炊き、味噌汁《みそしる》もつくった。飯はともかく、具もろくに入っていない味噌汁はしょっぱいだけでこくがまるでなく、奈津がつくるものとはくらべものにならなかった。

ただし、包丁が達者な奈津に失敗がなかったわけではない。あれは一年半ほど前の冬のことだ。味噌汁には大根が入っていた。きつかった用心棒仕事が終わって昼すぎに帰ってきたとき、いつものように奈津が来ており、半九郎を見るや昼食の支度に取りかかってくれたのだが、そのときつくってくれた味噌汁がとにかく塩辛かったのだ。

一口飲んで思わず戻しそうになったが、奈津がどういう心持ちで食事の支度をしたかわかっていた半九郎はなにもいわず飲み干している。

そのとき終えたばかりの仕事はわけありで、それまでとは比較にならない危険をともなっていた。盗賊稼業から足を洗い、仲間から姿をくらました男の警護だった。

その男は仲間のことを誰にも話す気はなかったが、そうは思わなかった仲間はついに男の居場所を突きとめ、口を封じにかかったのだ。

身辺に切迫した危険を感じた男は順光にすべてを語り、半九郎たち腕利きが三名、警護についた。男は半九郎たちに、賊が襲ってきたら必ず一人残らず殺してくれるよう強く依頼した。

この時点で半九郎たちは男の正体を知らなかったが、おりたいならおりてもよいと仕事の前に順光からいわれた上に、受けたあとには相当の心づもりでかかるようきつく命じられたこともあって、今回の仕事の危うさは十分に理解していた。

警護して四日目の深夜、六名の賊が男の住みかに押し入ってきた。いずれも身ごなしの鋭い手練ばかりで、応戦した半九郎たちはかろうじて三人を打ち殺したのみで、残りの三人には手傷を負わせたものの、討ち果たすことはできなかった。半九郎たちは追いすがったものの、三人は闇のなかへ駆けこみ、姿をくらました。

男にはかすり傷一つなかったが、表情には深い傷をこうむったような苦いものがあらわれていた。

深夜とはいえ町なかのことで、さすがにあたりは騒然となり、近くの町人が自身番に届けて、町奉行所が探索に乗りだすことになった。男は与力《よりき》や同心に探索など必要ないことをいったが、三つの死骸が残されていたことでその言がきき届けられることはなかった。逃げた三人は翌日、隠れ家に潜伏しているところを捕縛されたが、男のことを奉行所に告げたために男はとらえられ、結局死罪になった。

金は十日分の前払いだったからただ働きにならずにすんだし、元盗賊の警護についたことで奉行所からきついお叱《しか》りは受けたが、なにも知らなかったこと、そして順光が裏から手をまわしてくれたこともあって大事には至らなかった。

半九郎は仕事のことを一言もいわなかったが、奈津は半九郎の様子、態度からかなりむずかしい仕事であることを察しており、無事帰ってきた半九郎の姿に泣きたいほど安堵していて、実際には食事の支度どころではなかったのだ。

すぐに半九郎と一緒に食べはじめた奈津だったが、味噌汁に口をつけて驚いたように顔をしかめた。いつもなら必ずけちをつけるはずの半九郎がなぜなにもいわなかったのかその理由を知って箸《はし》を置くやにじり寄り、半九郎の胸に頭を預けた。

命のやりとりをした余韻がいまだに残っていた半九郎は血がたぎるのを感じ、我慢しきれなくなって奈津を畳に押し倒した。最初にひっぱたかれたのはこのときだった。

　奈津のことを思いだしたら、また胸が湿ってきた。それを振り払うように飯をかきこみ、味噌汁をがぶりとやった。

　食事を終えると、いついれたのか覚えがない茶を土瓶《どびん》からじかに飲み、口をすすいだ。味は別におかしくはなかった。

　刀を腰に差し、戸をひらいて路地に出る。

　とはいっても、どこをどう捜せばいいのか。また下屋敷に行くしかないのか。行ってどうするのか。忍びこめるはずもない。

（弱気になっても仕方ない）

　半九郎は大きく伸びをし、朝の清澄な大気を胸一杯に吸いこんだ。

「半九郎のおっちゃん」

　横から呼びかけられた。見ると、孫吉が立っていた。

「奈津ねえちゃんの行方がわからないんだって」

　半九郎はうなずいた。長屋の子供たちからも奈津は慕われていた。

「見つかりそう？」

「必ず見つけだす」

　半九郎は断言した。

「頼むよ、半九郎のおっちゃん。なんてったって、奈津ねえちゃんは俺の許嫁だから」

「なにをいっている。孫はおきみだろうが」

「振られちゃった」

「だからって乗り替えるつもりか。奈津は俺の許嫁だ。おまえになんか渡すか」

「でも、俺、奈津ねえちゃんの胸、さわったことあるんだぜ」

「なんだと」

「やわらかくて気持ちよかったな」

「この餓鬼、こんなときに」

半九郎は足音荒く歩み寄った。

「嘘だよ、半九郎のおっちゃん。俺がそんなことするわけないだろう」

肩から力が抜けた。

「わかっているさ。わざと怒って見せたんだ」

「半九郎のおっちゃん、強がってるね」

反対側から声がした。今度は虎之助だった。

「孫に先んじられてものすごく腹が立ったくせに」

図星だった。

「うるさい。俺は忙しいんだ。おまえらの相手をしている暇なんてない」

「半九郎のおっちゃん」

虎之助が声を落として呼びかける。

「俺たちに手伝えることないかい。俺たちも奈津ねえちゃんが心配なんだよ」

半九郎は胸が熱くなり、二人を交互に見た。

ただし、この子らをつかうことなどできるはずもない。危険な目に遭《あ》わせるかもしれず、だけでなくもし万が一命を失わせるようなことにでもなったら、取り返しがつかない。奈津を無事に取り返したところで、生涯悔やむことになる。

「おまえらは頼りになるから手伝ってもらいたいところだが、残念ながら今はなにもないんだ。今は気持ちだけ受け取っておく。なにか手がかりを見つけたら、必ず手を借りる。それまで待っていてくれ」

「約束だよ、半九郎のおっちゃん」

「危ないことでもなんでもやるからさ。妙連寺の屋根にのぼれっていわれたら、きっとのぼってみせるよ」

「気持ちはよくわかった」

半九郎は路地を出て、表通りを歩きはじめた。

一橋に行った。

旗本屋敷の塀脇にかたまって生えている三本の松の一番端の陰から、上屋敷を眺めた。守就の帰国は翌日に迫っていて、今日も屋敷内はあわただしい雰囲気に満ちていた。商人たちもいつもと変わらず数多く出入りしている。

商人のなりをして屋敷に入ってみるかという気にもなったが、内藤にもし出会ったら、一発で見破られてしまうだろう。

「半九郎のおっちゃん」

なにっ、と半九郎は振り返った。

虎之助と孫吉がうしろに立っていた。

「おまえら、つけてたのか」

力が抜ける思いだった。半九郎は鬢をぼりぼりとかいた。

「あのお屋敷に奈津ねえちゃんが？」

虎之助が小さく指をさして、きく。

「馬鹿、はやく帰れ」

「なんなら、俺たちが忍びこんで探ってこようか」

孫吉が決意をあらわにいう。

「手がかりはなにもつかめてないといっただろうが。奈津がいるかはわからん」

「それをはっきりさせるためにも俺たちが」

「見つかったら首が飛ぶぞ」

さすがに二人はひるみを見せた。

「帰るぞ」

その機を逃さず半九郎はいった。この二人と一緒では目立って仕方ない。

「えっ、でも」

虎之助が不満げに頬をふくらませる。

「いいから、二人ともとっとと来い」

半九郎は二人の手をきつく握った。

「痛えよ、半九郎のおっちゃん」

虎が悲鳴をあげ、孫吉は必死にふりほどこうとした。

半九郎は有無をいわさず二人を引きずるようにして往来を歩いた。

「いいか、もし奈津があの屋敷に閉じこめられているとしてだ、おまえらが忍びこんで屋敷の者に見つかったらどうなる」

「すぐ逃げだす」

虎之助が答えた。

「逃げだせればいいが、つかまったら？」

「首が飛ぶんだろ」

孫吉がいい、虎之助が異を唱えた。

「でも、子供の首をほんとに刎《は》ねるかな」

「刎ねるんだ。だがそれだけじゃすまん」

二人は機嫌を損ねた馬のようで、納得させないと手が重くて仕方なかった。

「屋敷の者は、おまえたちを殺す前になぜ忍びこんだかききだすだろう」

「しゃべるもんかい」

「石を抱かせられるぞ」

殺人、放火、関所破りなど重罪の者に限って行われる拷問《ごうもん》で、そのむごさ、きつさを親から説教の際にきかされている二人は顔を見合わせて黙りこんだ。

「いくらおまえたちが辛抱強くても、石を抱かせられたら吐いてしまうさ」

半九郎は小さく笑った。

「二人とも、そんな情けなさそうな顔をするな。俺も同じだし、耐えられる者などほとんどおらん。とにかく、探索の手が思いのほか伸びてきていることを知った屋敷の者は、奈津をどこか俺たちの手が及ばん場所に移すかもしれん。もしそうなったら、もう一生奈津の顔を拝めなくなるだろう」

口にしたら、本当にそうなりそうな気がして半九郎はひどく悲しい気分になった。

「泣くなよ、半九郎のおっちゃん」

慰め顔の虎之助が見あげている。

「泣いてなんかいない。だが、虎、俺を悲しませたくないんだったら、危ない真似は絶対にやめてくれ。孫、おまえもだぞ」

二人は首を深くうなずかせた。

「もっとも、あの屋敷が奈津のかどわかしに関わっているか、本当にはっきりしていないんだ」

半九郎はいい終えて、気づいた。

「おまえら、もう自分で歩いてくれ」

十二

二人の子供は長屋前までやってきたが、またどこかへ遊びに行った。あれだけいったから、まさかまた一橋へ行くなんてことはないだろうが、少し心配だった。

戸口に立った半九郎は空を仰ぎ見た。

まだ高い位置に日はあり、あたたかな光を江戸の町にまんべんなく降らせている。戸をひらいて、なかに入る。畳に座り、たたんだ夜具に上体を寄りかからせて、これからどうするか考えた。

なにも思い浮かばず、夜具を枕にごろりと横になって天井を見あげた。見馴れたしみが今日はやけにくっきりと目に映った。

待てよ、と思った。岡っ引の源吉を殺した侍。やはりあの屋敷の者なのか。それとも、屋敷とはなんの関係もない侍なのか。

ここで考えていても答えが出るはずがなかった。奉行所や源吉の仲間が血眼で捜しているはずの侍を自分が見つけだせるか心許ないものはあったが、動かないよりはいい。

半九郎は勢いをつけて起きあがった。土間に立ち、瓶《かめ》から一杯の水を飲んでから長屋を出た。

四半刻もかからずに秋葉屋に着いた。

与左衛門に会う。

すぐ秋葉屋をあとにして、目当ての長屋の前に立った。

秋葉屋からおよそ六町ほど離れた小柳《こやなぎ》町二丁目にある長屋で、甚兵衛《じんべえ》店《だな》といった。全部で十四の店がせまい路地をはさんで向かい合っている。

半九郎は、ちょうどまんなかに当たる右手の四軒目の障子戸を叩いた。戸には大工と大書されている。

すぐに戸があき、三十すぎと思える女が顔を見せた。細面《ほそおもて》でややきつい印象を受けるが、目鼻立ちは整っていて、若い頃は近所の男たちに相当騒がれただろうことが想像できた。

「あら、どなたさまでしょう」

一度きいたら忘れることのなさそうな高い声をしている。

「お有佳《ゆか》さんか」

「そうですけど、なにか」

若い娘のように小首を傾げる。

「ききたいことがある。源吉親分のことだ」

眉をひそめ気味にしたお有佳は警戒するようにわずかにうしろへ下がった。

「怪しい者じゃない。ここへは秋葉屋の紹介で来た」

お有佳は目を見ひらいた。

「秋葉屋さんが……」

半九郎は名乗り、続けた。

「以前、住みこみで奉公していたそうだな」

「ええ、台所働きが主でしたけど」

お有佳は戸を大きくあけた。

「ここじゃなんですから」

「いや、ここでいい。旦那は仕事なのだろう。女一人のところに入るのは」

「そんな遠慮なんかいらないですよ」

お有佳は半九郎をさえぎった。

「うちの人は半年前、屋根から落ちて死にましたから」

「えっ、そうだったのか。すまんことをいった」

女からにじみ出ている色香は、夫を失って間もない後家《ごけ》のものなのか。

「いいんですよ。死なれた当初は悲しくて悲しくて、涙で体が溶けちゃうんじゃないかと思うほどでしたけど、今は気持ちも落ち着きましたから。どうぞ、なかへお入りくださいな。お茶くらいだしますから」

話をきくのに気分を害させるのもまずかろう、と半九郎は勧めにしたがった。

四畳半と三畳という二間《ふたま》のつくりで、なかはよく片づいている。障子戸を閉めたお有佳は土間に立ち、湯を沸かしはじめた。

「気をつかわんでいいぞ」

お有佳がだした薄っぺらな座布団に正座をして、半九郎はうしろ姿に声をかけた。

「いえ、私が飲みたいんですよ」

ふと気づいて、半九郎は鼻をくんくんさせた。男出入りがどうやらあるようで、女の甘い匂いに混じって男臭さというべきものが漂っている。

だろうな、と半九郎は思った。あれだけの器量の上、それでなくとも独り者が多い江戸者が放っておくはずがなかった。

湯が沸き、お有佳が茶を持ってきた。

「さあどうぞ、里村の旦那」

なれなれしく名を呼んでお有佳は茶碗を半九郎に持たせた。

半九郎は口をつけた。

「うまいな」

お有佳はにっこりと笑った。

「でしょう、里村の旦那」

目尻に深いしわができたが、そのしわが逆に愛嬌《あいきょう》をもたらしていて、女としてのかわいげのようなものが色濃く出てきている。お有佳自身どうやらそのことはわかっていて、わざとこの笑顔をつくったようだ。

ただし、遊女の媚《こ》びに通ずるものが感じられないでもなく、居心地の悪さをなんとなく覚えた半九郎は背筋をすっと伸ばして、お有佳と距離をあけた。

「源吉親分のことだが」

「ああ、そうでしたね」

お有佳は笑みを消し、真顔になった。

「源吉が殺される前、源吉と立ち話をしていた侍を見たそうだな。その侍のことをききたいんだが」

「でもそのことでしたら、親分のお仲間や奉行所の方たちに話しましたけど」

「よくわかっている。でも、もう一度話してもらいたいんだ」

「そりゃかまいませんけど、でもたいしたことじゃないですよ」

赤くぼってりとした唇を湿らせてからお有佳は話しはじめた。

お有佳が、源吉と侍が立ち話をしているのを見たのは一昨日《おととい》の昼すぎのことだった。

表通りから一つひっこんだ裏路地で二人は話をかわしていたという。ひそめた話し声で内容はわからなかったが、なんとなく人目を避けるような怪しげで胡散臭《うさんくさ》い雰囲気が二人には漂っていた。

「なにかお侍が受け取らせようとしてましたけど、親分はそれを拒否してましたね」

「なにかというと？」

「袱紗《ふくさ》に包まれてましたけど、中身がなにかは……。そのあと侍が私に気づいて、二人はさっさと離れてゆきました」

半九郎はうなずいた。

「その侍に見覚えは？」

「ありませんよ。あったら、とっくに奉行所の人たちに話してます。もっとも、横顔くらいしか見てないんですけどね」

「横顔でもいい。特徴を話してくれ」

鼻はさほど高くなく、耳はけっこう大きい。眉毛は濃く、目は切れ長のように見えたとのことだった。

「このくらいですね、覚えてるのは」

「年格好は？」

「歳は三十すぎくらいでしょうか。背はすらりとした長身でしたね。でも、里村の旦那よりは低いかしら」

「身なりは?」

「それはもうしっかりとしたものでした」

「俺のような浪人ではないのだな」

半九郎は自分の着物に目を落とした。

お有佳は頬をゆるめた。

「里村の旦那は、そんなない方をされるほどみっともない格好ではないですよ。でも、あのお侍はれっきとしたどこかのご家中でしょうね」

「家紋は?」

「はっきりとは見えなかったです」

ほかにきくべきことがあるか考えたが、思いつかなかった。半九郎は礼をいい、長屋を辞そうとした。

「あら、まだいいじゃありませんか」

お有佳がいきなりしなだれかかってきた。半九郎は、後家の濃密な匂いにからめ取られるような気がした。

「いや、急いでいるんだ」

立ちあがろうとしたが、お有佳は意外なほどに力が強く、その腕から逃れられない。

「今、お酒をだしますから」

「酒は飲めん」

「そんな遠慮などいらないですよ」

「遠慮などしておらん。本当に飲めんのだ。こら、手を放せ」

その言葉に反発するようにお有佳はますます力をこめてきた。半九郎は座ったまま、じりじりと壁際に追いつめられた。

「お願いしますよ、里村の旦那。旦那のような若くてがっしりとしたお人はあたしの好みなんですよ」

甘い吐息が耳元にかかって、半九郎はどきりとした。

「馬鹿をいうな。こら、やめろ」

ひっぱたけるものならひっぱたきたいところだが、女に手をあげるのは本意ではない。

「いいじゃありませんか、里村の旦那。哀れな一人暮らしの女を慰めると思って」

お有佳にずるずるとのしかかられ、殴りつけるかと腹を決めかけたとき戸がひらく音がした。

目をやると、土間に男が立っていた。

一瞬、半九郎は美人局《つつもたせ》かと思ったが、それは勘ちがいにすぎなかった。

「誰が一人暮らしだっ、このあまっ」

男が吠えるように怒鳴った。

「昼飯に戻ってくりゃあこのざまだ。若い男と見て、悪い癖だしやがって。また俺を殺しやがったな」

お有佳は背中を思いきりはたかれたように飛びあがり、男のほうを見た。

「ちがうんだよ、あんた。あたしゃこのお侍に手込めにされそうになったんだ」

男は足音荒く畳にあがってきた。

「いや、俺はそんなことしておらんぞ」

半九郎は起きあがり、あわてて弁解した。

「わかってますよ、お侍」

穏やかにいった男は半九郎の前に来て、片膝をついた。

「今日はなんの用でいらしたんです」

半九郎は説明した。

「ほう、親分のことで」

男は眉を曇らせた。

男が大工らしい身なりをしていることに半九郎はようやく気づいた。

「もう話はすんだんですね。では、お引き取り願えますか」

「むろんだ」

「しかしお侍。いくら話をききに来たといっても、女が一人のところにあがりこむなんざ、いい了見とはいえんでしょうね」

「その通りだ。すまなかった」

男としていわずにいられなかったのが理解できたので、半九郎は抗弁することなくさっさと部屋を出た。

とにかくびっくりしていた。あんなことははじめてで、今も胸がどきどきしている。ああいう女を女房にしている男というのはどんな気持ちなのだろう。しかし、とすぐに思った。それでも一緒にいられるということは、やはりすばらしいことにちがいない。

道を歩き進めているうちに動悸《どうき》はおさまり、源吉に思いが向かった。

(源吉は一昨日の夜、俺と会う前にその侍に会っていたんだよな)

しかし一言もそんなことは話さなかった。

秋葉屋や奈津と関わりがないことだから、話さなかったというのが最も考えやすいが、果たしてそうなのだろうか。

渡されそうになって拒否したという袱紗の包み。ふつうに考えれば、なにかを依頼して断られた、ということになろうか。

とにかく、その侍を捜しだすことだった。

十三

本石町《ほんごく》一丁目にある源吉の家に行ったが、ちょうど葬式の最中だった。

源吉の家は二丁目で湯屋を営んでいるそうで、その儲《もう》けが大きいのか、家はけっこうな構えだった。このあたりを仕切る親分の住みからしかった。

通夜からの流れでずっと葬儀は続いているようだが、それでも弔問客が絶えることのない家を眺めて半九郎は腹のなかで舌打ちした。さすがにあの悲しみで表情を一杯にした者たちのなかに入って、話をきくだけの厚かましさは持っていない。

道を戻った。

足を運びながら、やはり守就の家中しか考えられんな、とあらためて思い、一橋へ行くか、と足を向けかけた。

「ちょっと、お侍」

うしろから声をかけられた。

振り返ると、往来のまんなかに目つきの鋭い男が立っていた。どことなく身なりが源吉に似ている。歳は二十代半ばくらいか。

「先ほど家のほうをご覧になっていましたが、なにかご用だったんですかい」

どうやら源吉の手下のようだ。さすがに目ざといな、と半九郎は思った。

「源吉親分のお仲間か」

男は半九郎をじろりとねめつけるようにした。

「親分をご存じなんですかい」

「存じているといえばその通りだが、深いつき合いはない。一昨日の晩、はじめて会った」

「一昨日の晩？」

男は目を光らせた。

「誤解しないでもらいたい」

半九郎は手短に、どういう出会いだったかを説明した。守就の家中のことは伏せ、奈津のかどわかしと大崎屋のことを口にした。

これで大崎屋に人が行くのは確実だろうが、五郎兵衛が源吉殺しに関わっていないのは明白なので、たいした迷惑はかかるまい。

きき終えた男の顔に同情の色が浮かんだ。

「そうですかい。許嫁がかどわかされたんですか。それは心配ですねえ」

「おぬしのほうもまだ悲しみが癒《い》えたわけではあるまい」

「まあ、その通りですがね」

男は暗い顔を一瞬したが、すぐに首をひねった。

「しかし妙だな」

「どうした」

「確かに、親分は秋葉屋さんから文の一件を頼まれていました」

言葉を切り、半九郎を見つめた。

「でも十日ほど前ですが、町内の年寄りが路上で巾着《きんちゃく》を奪われるという一件がありましてね。たいした額を取られたわけじゃないんですが、うしろから殴られて大怪我を負ったその年寄りは親分が子供の頃から世話になっていた人でして、それで今はそちらに力を入れてたんですよ。だから大崎屋さんのことをよく調べられたな、と思いましてね」

「親分も、確信はないとはいっていたがな」

「そうなんですか」

半九郎は目の前の男をあらためて見た。半九郎を完全に信用したわけでもないだろうが、瞳から不審の色は薄れかけている。

ところで、と半九郎はいった。

「親分と話していた侍のほうはどうだ。見つかりそうか」

「侍のことも秋葉屋さんですか」

「そうだ」

男は苦い顔になった。

「見つかりません。さっぱりですよ」

すぐに歯を食いしばった。

「でも絶対に見つけだします。この手できっと獄門台に送ってやりますよ」

気づいたように半九郎を見た。

「お侍はその侍に関してなにかご存じのことが?」

「いや、さっき話した以上のことはない」

そうですか、と男はいった。

「お侍は、秋葉屋さんの文の件で親分は殺されたと考えていらっしゃるんですかい」

「今のところはなんともいえんな。おぬしと同じでさっぱりだ」

「失礼ですが、お名をうかがっても?」

今さら隠すべきことでもなかった。この男が秋葉屋に行けばわかることだ。

半九郎の名を脳裏に刻みつけた男は小腰をかがめた。

「増蔵《ますぞう》と申します。親分の手下をつとめております」

きっぱりと、おります、といった。そこに男の決意があらわれている気がした。

半九郎は増蔵と別れた。

知らず吐息が出た。増蔵たち探索を専門とする者が束になっても侍を見つけられないのに、自分一人が動いたところでとてものこと捜しだせるはずがないことがさすがに理解できたからだ。またもや、どうしようもない無力感に全身をとらわれた。

半九郎は唇を嚙み締めつつ長屋に戻った。

戸に手をかけたところで思い直し、二町ほど歩いて、田畑に囲まれた空き地にやってきた。

広々とした空き地で、これまで幾度となく浴びた心地いい風がゆったりと吹いている。色濃く漂う土の香りが体に巻きついてくるような感じがして、子供の頃、奈津たちと泥遊びをしたときの記憶がよみがえり、なんとなく気持ちが落ち着いてきた。

地面に這いつくばっているような百姓の姿が、あちこちに見える。水やりや雑草取りに精をだしているようだ。

今、なにが畑でつくられているかは知らないが、百姓たちがああいう地道な仕事をしてくれるからこそ自分たちの腹が満たされることに、半九郎は強く感謝している。

こういう気持ちは父に植えつけられたものだ。幼い頃から父は百姓衆を敬うよう半九郎に厳しく教えこんできた。半九郎はその教えを、半紙に吸いこまれる墨のように自然に心へしみこませている。

空き地のまんなかに立ち、ほかに人がいないことを確かめる。息を整え、姿勢を決めた。刀に手を置き、気合をこめてすらりと抜いた。

正眼にかまえ、それから刀を徐々に上段まで持ってゆく。

声をだし、一心不乱に振りおろし続けた。

最後がいつだったか思いだせないほど久しぶりの稽古《けいこ》で、これなら体がなまらないはずがないことを反省しつつも半九郎は気持ちのいい汗が体を濡らしてゆくのを感じた。

どれぐらい振り続けたものか、さすがに腕が重くなった半九郎は刀をだらりと下げて、あたりを見まわした。

日はすでに大きく傾いて西側の木立の陰に身を隠そうとしており、江戸の町は空に黒い幕を引かれたように徐々に暗くなりつつあった。

いつのまにか百姓たちも引きあげたようで、冷たさすら感じさせる風が田畑の土を吹き払っている。

汗は気持ちよさをとうに越え、大降りの雨に打たれたように着物をぐっしょりとさせている。体が急速に冷えてゆく。

長屋に帰り、水を数杯飲んで喉の渇きを癒してから着替えを持ってなじみの湯屋である月の湯へ行った。

湯が汚い湯屋は多いが、ここには文助《ぶんすけ》という働き者の湯汲《ゆく》みのじいさんがいて、湯はいつも新しい。おそく行けばさすがに汚れているのは仕方ないが、ほかの湯屋が数日も湯の換えをしないのとくらべたら、はるかに良心的だ。

また、湯の汚れを暗さでごまかすために浴槽の壁に一尺四方の明かり取りしかない湯屋がほとんどだが、月の湯にはその三倍近い大きさの明かり取りが壁の高いところに設けられていて、そこからときに月を眺めることもできる。月の湯という名はここから来ているらしい。

半九郎は洗い場で汗を存分に流し、新しい湯につかってこわばった体をほぐした。

湯には四半刻ばかりつかっていた。湯からあがると湯屋の二階へ行き、体を休めた。

湯屋はどこもそうだが、男湯の二階が広い座敷になっていて、八文だせばいくらでもそこにいることができたし、出がらしとはいえ茶も飲み放題だ。

長屋の者や近所の知り合いも多く来ていて、いろいろ世間話をした。

将棋や碁を楽しむ者も多く、長屋の向かいに住む勘吉《かんきち》に将棋の勝負を挑まれたが、以前甘く見てあっという間に詰まれたことがある半九郎は断った。

「逃げるんですかい、半九郎の旦那」

勘吉は腕のいい左官で、歳は三十一。独り者で、女遊びや博打《ばくち》がすごく好きだ。当然、この将棋も金を賭けることになる。もっとも茶代にすぎないが。

「おぬしは俺には強すぎる」

正直な思いだった。将棋は虎之助にすら歯が立たず、本当に並べることができる程度でしかない。

「十兵衛の旦那は必ず受けてくれましたぜ」

「父はそれだけ強かったからな。おぬし、いつも負けていたではないか」

「だから、半九郎の旦那から取り戻そうとしているんですよ」

そう、父は抜群に強かった。その血を受け継いでいないことに半九郎は若干の寂しさを覚えたこともある。

月の湯を出た。重い着物を脱いだように、疲れがきれいさっぱりと取り払われている。気分もすっかりよくなっていた。

町は夜に包まれていた。人通りはほとんど絶えている。町屋から路上にこぼれ落ちる灯りで、提灯はなくとも十分だった。

歩きながら空を見あげた。

雲はなく、きれいに晴れている。光る砂が満面にちりばめられたような空の中央に、奈津の顔を思い浮かべた。

今、どこでどうしているのか。風呂には入れているのだろうか。

角を折れ、ほとんど灯りが見えない小路に入った。それでも星明かりのおかげで歩くのに不自由はなかった。

体からあたたかみを一気に奪う寒けが背筋を襲ってきた。

強烈な剣気だった。すでに刀は雷のはやさで振りおろされている。

半九郎は、やられたっ、と思った。油断していた。もはや間に合わないことを知りつつも、上体を無理に下げようとした。

がきん、と頭のすぐそばで刀が打ち合う音がし、火花がぱっと散った。火花は一瞬、星の瞬きと重なり合った。

斬撃はやってこず、半九郎は体を両断されていない自分を知った。

すばやく前に進んで刀を抜くや、体をひるがえした。

星の光を浴びて立っていたのは、利兵衛だった。刀を右手でだらりと下げている。

「きさまか」

半九郎は険しい瞳でにらみつけた。

「ちょっと待ってくれよ」

利兵衛はしなやかな動きで刀をおさめた。

「救ってやったのに、そりゃないいんじゃないのか」

「救ってやった?」

「あんたを殺そうとしたやつは、もう逃げていったよ。深く頭巾をしていたな」

利兵衛は小路の入口の角を指さした。

刀が激しくぶつかり合ったのは、利兵衛が何者とも知れない者の斬撃を撥ねあげたからだ。こうして息ができている理由はほかに考えられない。

利兵衛がにやりと笑った。

「納得できたようだな」

頭巾か、と半九郎は思った。思いだされるのはあの二人組だ。

「一人だったか、その頭巾をしていたやつは」

「ああ」

あの二人組とは別の者の仕業か。それとも、二人組の一人なのか。

半九郎はまだ刀を手に握ったままだ。

「なぜ俺を救った」

利兵衛は口許をゆがめ、うそぶいた。

「あんたは俺の獲物だからな。しかし見損なったかな。あれをよけられんようじゃ、俺の斬撃も無理だろう」

「しかし、なぜここに」

口にして半九郎は気づいた。

利兵衛はにやりと笑った。

「そういうことだ。あんたの命を取ろうとした者同士、鉢合わせをしたというわけだ」

利兵衛は暗い小路を振り返った。

「しかしありゃ何者だ。えらい遣い手だったが」

半九郎は答えなかった。

「なんだ、誰かわかってないのか。だが、あれだけの遣い手を持ってくる以上、相当なうらみを買っているのはまちがいないぞ。頭を冷やしてよく考えるんだな」

利兵衛はきびすを返して歩きだそうとした。思いだしたことがあるように振り向く。

「あの祥沢寺の坊主、順光とかいったか、俺のことをいろいろ調べまわっているようだが、うっとうしくてかなわん。やめるようあんたからいってくれんか」

「いってもいいが、そんなことしたら調子に乗ってさらに調べまくるぞ。あの住職、人のいやがることが大好きだから」

ふん、といって利兵衛は肩をすくめた。

「仕方あるまい。どのみち、俺の居どころを見つけられるはずもないからな。あんたも俺をつけようなんて下手な考えは起こさんことだ」

すたすたと歩きはじめた。

つけたところでまかれるのはわかっている。半九郎は背後に十分な注意を払いつつ、利兵衛とは逆の方向へ歩きはじめた。

湯屋を出たときのさっぱりした感じなどどこかに行ってしまった。今はまたいやな汗が背中に貼りついている。

長屋に着いた。

まだ夜は浅く、そこかしこから煮物や焼き魚などの夕食の残り香が漂ってくる。

腹の虫が鳴き、空腹に気づいた。ただし、今から飯を炊くのが面倒に思えるほど、疲れている。

戸をあける前になかの気配をうかがう。

誰もいないことが確信できてから、静かにひらいた。さらに疲れを重くする冷たい闇がどっしりと腰をおろしている。

畳にあがり、灯りもつけずに横になった。目が慣れるにつれ、天井が見えてきた。

命を狙われたのは、自分が何者とも知れない侍に近づきつつあるゆえか。それとも、なにか別の理由があるのだろうか。

十四

翌朝の四つ（午前十時）前、半九郎は一橋に来ていた。

守就の上屋敷の近くに立っている。ここに来るたびに身を寄せる、旗本屋敷脇の松の陰だ。

横にお有佳がいて、半九郎に腕をかたくからませている。ここに来る前に神田小柳町二丁目に行き、旦那が仕事に出ていることを確かめてから連れだしたのだ。

こんなところをもしあの旦那に見られたら金槌《かなづち》で叩き殺されかねず、半九郎は引きはがそうと何度も試みたが、お有佳は蛸《たこ》のようにぴったりとくっついて離れない。

やがて門が大きくひらき、露払いを先頭に守就の行列が上屋敷を出てきた。

行列はゆっくりとした歩調で道に出て、南へ向かって進んでゆく。まず東海道を目指すのだ。

「どうだ、あのなかに例の侍はおらんか」

お有佳は行列をじっと見ている。瞬きさえしていない。

半九郎も凝視した。

守就の駕籠を中央に動く百五十名ほどと思える行列のどこかに、奈津がいるのか。

もしいるとするなら、重臣のものらしい駕籠か、あるいは長持のなかだろうか。ほかに女を一人隠しておけるような物は見当たらない。

守就の駕籠のそばに内藤がいた。

さすがに抜きん出た遣い手だけに、牛の群れに混じる駿馬《しゅんめ》のようにその姿は際立ってい
る。あるじに危害を加える者が近寄ってこないか、あたりに厳しい目を配っていた。

顔を見られたくはなく、半九郎はさりげなくお有佳の陰に隠れるようにした。

行列は屋敷から徐々に離れてゆく。

追いかけたかったが、確信もないままに江戸を離れることはできない。

「どうだ、いるか」

お有佳にたずねる。

「ちょっと待って」

お有佳は侍の顔を一人ずつ凝視している。本気で捜しだそうとしてくれていた。

半九郎は思わず感謝の眼差しを向けた。

「なに」

視線を感じてお有佳が見返した。

「いや、なんでもない。続けてくれ」

半九郎は再び行列に目を当てた。当てながら、和尚の調べはどこまで進んでるのだろう、
と考えた。あの和尚のことだから、手抜かりはないだろうが、少しばかりときがかかりす
ぎているように思えてならない。

うしろから近づいてくる足音に気づいた。

鋭く振り返る。

半九郎の険しい瞳に戸惑ったように立っているのは祥沢寺の彦三郎だった。お有佳を見て、戸惑いはさらに大きくなった。

「いや、彦三郎、この人はお有佳さんといってな。これには深いわけがあるんだ」

「そうよ、彦さん。私たちは、それはそれは深いわけありなのよ」

お有佳が身をくねらせる。

「こら、妙なことをいうな。例の侍はいたのか」

お有佳はかぶりを振った。

「いないわ」

「確かか」

「確かよ」

気を悪くしたようにお有佳はいい、腕から力をゆるめた。それに乗じて半九郎は彦三郎に向き直った。

「和尚か」

「ええ、お呼びです」

守就の家中に関して、なにかわかったことがあったのだろうか。いや、それしか考えられない。

「お有佳さん、すまんが一人で帰ってくれるか。送りたいが、大事な用ができた」

「ちょっと冗談でしょ。人をこんなところまでひっぱりだしておいて、一人で帰れだなんて。この前の続きをするんでしょ。そのつもりで一所懸命に捜したのに」

「本当に大事な用なんだ」

半九郎は真顔でいい、懐から巾着をだして一朱を握らせた。

「えっ、こんなにいいの」

お有佳の顔は輝いている。色以上に金が好きらしい。とにかく助かった。

「足を運んでもらった手間賃だ。とっておいてくれ」

「足で手間賃か。おもしろいわね。じゃあ遠慮なく」

お有佳は大事そうに懐にしまい、じゃあね旦那、と手を振って歩きだした。心なしか足取りがずいぶんと軽い。

半九郎は遠ざかりつつある行列に一瞥《いちべつ》をくれてから、彦三郎とともに道を急いだ。

「どうして俺がここにいると？」

歩を進めながら彦三郎に問う。

「和尚が、半九郎は一橋だろう、とおっしゃったんです」

彦三郎は興味深げな目を向けてきた。

「里村さま、一つきいてもよろしいですか」

「駄目だ」

半九郎はにべなく拒否した。

寺に着き、半九郎は庫裡の奥の間に通された。

すぐに順光が姿を見せ、向かいに腰をおろした。半九郎が一礼すると軽く会釈を返し、じろりと見た。

「その傷はなんだ」

順光は自らの頬を指で示した。

この和尚をごまかすことはできない。半九郎は正直に話した。

順光は眉をひそめた。

「下屋敷に忍びこんだか。まったく無茶をするものよ」

順光は、半九郎がほかに怪我を負っていないか、一瞬はかる目つきをした。

「顔を見られたのか」

「はい」

「そうか。ま、仕方あるまい」

順光はさっそく語りはじめた。

「例の大名だが、別に悪い評判はきかん。というよりむしろ評判は抜群にいい」

殿さまの守就は四十歳。十年前に死去した正室とのあいだに十八歳の嫡男が一人。八年前に沼里《ぬまざと》家中から新たに室を迎え、その室とのあいだに子が三人。一番上は男子で七歳。あとは五歳と三歳の女の子。

夫婦は仲むつまじいとの評判。家臣をかわいがる殿さまで、領民からも慕われている。

趣味らしい趣味は一つ。刀剣集めで、これには凝っており、だいぶ力を入れている。

「だからといって、ためし斬りと称して辻斬りをするような人物ではないな。外様だが、公儀ににらまれるようなことをしたことはこれまで一度もない」

「女のほうはいかがです。夫婦仲がいいといっても、女にだらしないということは？」

「女好きという噂はない。側室は国許《くにもと》に二人ばかり置いているらしいが、これくらいなら大名としては少なすぎるほうだろう」

順光は右耳の下をぽりぽりとかいた。

「それに、守就公が奈津をかどわかしたとするなら家臣があるじの命を受けてか、あるじの意を迎えるためにやったということになるが、しかしあの家中は守就公のからりとした性格もあってか、そんな陰湿なことをやるようにはとても思えんのだ」

「和尚の感触では、無実だと？」

順光は苦い顔でうなずいた。

「いくら奈津が美貌《びぼう》と申しても、一介の浪人の娘をかどわかさなければならん理由があるようには思えん。美しい女なら、奈津でなくともいくらでも手に入るだろうし」

半九郎は考えこんだ。一つひっかかったことがある。

順光が右の眉をあげた。

「なんだ、どうした」

「八年前に殿さまが室を迎えた先は沼里といわれましたが、それは駿河《するが》の沼里ですね？」

「そうだ。それが気になるのか」

「ええ、沼里というのは、亡くなる間際に父が一度だけ口にしたことがあるのです。そのとき、沼里がもしかしたらそれがしの故郷なのか、と考えました」

「沼里がおぬしの故郷……」

順光はそっと目を閉じた。

やがてゆっくりとひらき、よく光る瞳で半九郎をじっと見た。

その仕草になにか感じるものを半九郎は覚えた。

「沼里に関してご存じのことが?」

「いや」

順光は言葉少なに答えた。

なんとなくだが、嘘をついていると半九郎は思い、順光を見返した。

順光は軽く咳払いをした。

「十兵衛はほかになにかいっていたのか」

「いえ、別になにも」

本当は、父は人の名らしいのを口にしている。うなされた父は、父にしか見えない誰かに呼びかけていたのだ。それは沼里に住む人ではないのか。

あるいは、このことが奈津のかどわかしにからんでいるのだろうか。

しかし父が沼里の出としても、自分を連れて江戸にやってきたのはもう二十年以上も前のはずだ。今さら関係することがあるとは思えない。

いや、ちがうのか。昨日の何者とも知れぬ者の襲撃を半九郎は思いだした。

「知り合いに大目付がいる。奈津の一件を話しておくのも悪くないと思うが」

順光の言葉に半九郎は目をみはった。

「顔が広いのは存じていましたが、そんな大物まで知り合いとは……」

「幼なじみにすぎん。おぬしと奈津みたいなものだ」

「僧侶《そうりょ》と大目付が幼なじみ？」

「そんな不思議そうな顔をするな」

順光は、八百六十石取りの旗本の五男だったという。

この身の上では万に一つの幸運が舞いおりてこない限り家督はおろか、他家への婿入りさえ期待できない。将来に望みはなく、同じような旗本の子弟と徒党を組み、さんざん悪さをしてついに親に勘当された。

「もっとも、通っていた道場の一人娘に手をだしたのが決定的だった。しかし俺のなかでは遊びなどではなく、ともに将来のことを語り合ったりしたものだったが、残念ながら道場主にはわかってもらえなかった。父のもとへ怒鳴りこんできたのだ。これで、それまでかばい続けてくれていた父もついに堪忍袋の緒を切ることになってな」

順光はわずかに悔いる顔になった。

「それが十九のときだったが、堅苦しい旗本など、勘当されてむしろせいせいしたものよ。幸い腕は抜群に立ったし、やくざ者から度胸を買われていたこともあって、用心棒仕事にこと欠くことはなかった。剣だけでなく、弓矢や鉄砲の修行までしていたから、なにしろ怖いものなしだった。もっとも、賭場《とば》での仕事は喧嘩《けんか》がごくたまにある程度で刃傷沙汰《にんじょうざた》など滅多になく、酒と女に浸りきったような毎日だったから、若い身の上にはそれなりに楽しかった」

順光の瞳には昔を懐かしむ色がのぞいている。

「だが、それがある日、不始末をしでかしたわけでもないのに、なぜか急にお払い箱になってしまってな。だけでなく、ほかからもまったく声がかからなくなった。わけをたずねても誰も答えんし。貯《たくわ》えなど一銭もあるはずもなく、その日の暮らしにも窮したわしはある夜、一人の坊さんに酒手《さかて》を無心したのだ。無心といっても脅しと変わりはないが、ただこれがえらく強い坊さんでな、こてんぱんにのされた。それまで生きてきて、はじめて味わった強さだった」

「そのお坊さんというのは」

「そう、前のご住職応順《おうじゅん》さまだ。これもなにかの縁だろうとこの寺に連れてこられ、飯を食わせてもらった。それから懇々とさとされて、ついには頭を剃られた。もっとも、住職との出会いは、はなから仕組まれていたものらしいがな」

半九郎は頭をめぐらせた。

「では、もしやお父上が？」

「ああ。勘当したといってもやはり我が子、行く末を心配していたのだな。仕事がなくなったというのも、父と住職の差し金よ。住職は今のわしと同じで、やくざ者に実に顔がきいたからな。それがもう三十年以上も前のことだ」

「以前の名乗りをうかがっても？」

「別に隠さねばならんような恥ずかしい名ではないぞ。宮本敏之丞《みやもととしのじょう》といった」

へえそんな立派な名だったのか、と半九郎はあらためて目の前の僧侶を見つめた。

「知り合いの大目付というのは、昔の遊び仲間だ。やつもわしと同様、なんの望みもない四男だった。家としてはわしの家よりはるかに大身《たいしん》だったが。家を継いでいた長兄がはやり病で亡くなったあと、二人の兄も長兄を追うように次々と逝《い》ってしまってな、それで家督を継ぐことになったのよ」

順光は一つ息を入れた。

「大目付が旗本中の俊秀から選ばれるのは知っているだろうが、やつはもともと抜群に頭が切れた。職掌柄《しょくしょうがら》か今は冷たい印象があるらしく、人として好きではないという者も少なくないようだが、話をしておいて損はないと思う」

少し考えてから半九郎はかぶりを振った。

「いえ、今はまだ確証はありません。奈津の行方知れずとの確実なつながりが見つかったそのとき、お願いします」

いいながら、半九郎は一つ思いだしたことがあった。

「あと、守就公が命を狙われねばならんようなもめごとを抱えているか、それも調べていただけませんか」

「なんだ、そのようなことを耳にでも?」

半九郎は内藤とのやりとりを述べた。

順光は了承してくれた。

「ああ、それから例の林田利兵衛だが、行方はいまだにわかってない。兄と同じでどうやら傘張りを生業にしてたらしいが、それがつい先日、それまで住んでいた長屋を引き払ったらしいのだ。近所づき合いはそれなりにしていたようだが、誰も行き先は教えてもらっておらん」

「その利兵衛ですが、昨夜あらわれました」

半九郎は、目をみはった順光に経緯《いきさつ》を語った。

「ふむ、利兵衛がおまえを助けたのか」

順光はかたく腕を組み、むずかしそうな顔をした。

「今はその幸運を喜ぶべきだろうな。しかしその襲ってきたというのは何者かな。心当たりはないのだな」

「今のところは」

順光は頬をふくらませ、鼻から太く息を吐いた。

「利兵衛にしろその何者かにしろ、気をつけてくれ、としか今はいえんな。半九郎、殺されることだけはなんとしても避けろ。おまえが死んだら、奈津も死ぬ」

十五

翌日の朝、五つ（午前八時）を少しすぎた頃になってようやく半九郎は起きだした。さすがにここ数日の疲れが出ていた。

飯を炊こうと土間におりたとき、障子越しにきき覚えのある声がした。

「里村の旦那、いらっしゃいますかい」

戸をあけると、増蔵が立っていた。

秋葉屋にも住まいがどこか明かしておらず、少し驚いたが、その程度のことを調べるなど、この男にとって朝飯前なのだろう。

「こんな朝はやくからすいませんね」

軽く頭を下げる。

「かまわんが、どうした」

増蔵がなかをのぞき見るようにした。

「お一人ですかい」

「ああ、入るか」

半九郎は夜具をたたみ、窓をあけてはたいた座布団に増蔵を座らせた。

「男の一人暮らしで茶もだせんが、勘弁してくれ」

半九郎は増蔵の向かいに腰をおろした。

増蔵は物珍しげに見まわしている。

「見事になにもないですね」

「火事が出たとき、このほうが身軽でよかろう。今日は？」

半九郎は水を向けた。

そうでした、という顔で増蔵は首を上下させた。

「昨日、帰国の途についた大名家の侍の顔を、お有佳さんに確かめさせたそうですね」

「ああ。それが？」

「なんでこの前そのお大名のことを話してくれなかったんです」

「確証がなかったんだ」

「確証をつかむのが手前どもの仕事なんですがね」

「大名では、町方《まちかた》は手がだせまい」

「そりゃそうですが、渡り中間《ちゆうげん》に話をきくとかそれなりに手はあるんですよ」

そういう手があったか、と半九郎は後悔した。しょせん素人《しろうと》だった。

「それに、手がかりをものにするためには、忍びこんだっていいんですよ」

「おいおい、きき捨てならんことをいうな。つかまったら首が飛びかねんぞ」

「つかまるもんですかい」

自信ありげだった。

半九郎は増蔵をじっと見た。

「岡っ引や手下には裏の道を歩いてきた者が多いときくが、おぬしもその口か」

増蔵は答えず、小さく笑みを洩らしただけだった。

「しかし、忍びこむのはやめておいたほうがいいぞ」

「どうしてです」

「とんでもない遣い手がいる」

「とんでもない遣い手ですか」

おうむ返しにいって増蔵は半九郎に顔を近づけた。

「その侍が親分を殺した、ということはないんですかい」

「その遣い手は昨日、あるじの駕籠に寄り添うようにしていたが、お有佳によれば、源吉親分と立ち話をしていた侍は行列にはいなかった」

「そうですかい」

少し残念そうにいった。

「その大名に目をつけたのは、親分がなにか話したからですか」

「その通りだ」

半九郎は源吉の言葉を語った。

増蔵は意外そうな表情になった。

「親分が、里村さまの許嫁をかどわかしたのがあの大名の家中ではないか、とおっしゃったんですかい……」

増蔵は畳をにらみつけるようにして考えこんでいたが、やがて膝をぽんと叩いた。

「わかりました。あっしのほうでもちょいと調べてみますよ」

立ちあがりかけて、口をとがらせるようにつけ加える。

「里村の旦那、もし次になにかつかんだときは必ず教えてくださいましよ」

「ああ、きっとだ。約束する」

増蔵はそそくさと帰っていった。

半九郎は飯を炊き、腹ごしらえをした。おかずはたくあんと梅干しだけだった。

久しぶりにいれた茶を喫し、壁に背中を預けていると、今度は彦三郎がやってきた。

また順光のお呼びだった。

「半九郎、飯は食ったか」

いつもの客間に落ち着くや、順光は問いかけてきた。

「どうせろくなもの食ってないんだろう。ちょっとつき合え」

連れていかれたのは近間庵だった。

順光はまた四枚を頼み、一枚を半九郎によこした。小気味よく蕎麦切りをすすりあげて
三枚をあっという間にたいらげ、孫を見守る年寄りのように目を細めて酒を飲んでいる。

「朝からよくそんなに入りますね」

「あと十枚は軽いな。……おい、人を化け物みたいな目で見るな。おまえもとっとと食え。

伸びたら、せっかく心をこめて打ったものが台無しだぞ」

半九郎は順光の勧めにしたがった。

「ところで、半九郎」

食い終わった半九郎を、順光が怖い顔でにらんでいる。

「おまえ、奈津のほかに女がいるらしいな。少し歳はいっているそうだが、えらいべっぴ
んだそうじゃないか」

「彦三郎ですね」

「告げ口というわけじゃないぞ。あいつも奈津を心配してのことだ。おまえ、岸壁のふじ
つぼよろしくぴったりと体を寄せ合っていたそうだな」

「寄せ合っていたなんてとんでもない。あれは向こうが勝手に」

半九郎はお有佳をなぜあの場所に連れていったか、説明した。

「なるほど、辻褄《つじつま》は合っているな」

そうはいったがまだ疑わしそうだ。

「あれがやましいことだったら、彦三郎に口どめしていますよ」

「確かに、おまえならそのくらいやりかねんな。わかった、信じよう」

うなずいた順光は話しはじめた。

「例の家中だが、守就公が命を狙われねばならんような争いは起きていないな。他家からうらみを買っているようなこともない。昨日も話した通り、平穏そのものの家中だ」

「そうですか」

「調べが足りんといわれてしまえばそれまでだが、しかし本当になにも出てこんのだ。そういう類のものがあれば、最初の調べで確実に出てきたはずだ。おまえがじれるほど、十分ときをかけて調べたからな」

順光は、下を向きそうになった半九郎を見て強い口調で続けた。

「むろんもう少し突っこんで調べてみるがな」

第二部　沼里

一

またなにもできずに一日が終わった。

守就の行列が江戸を発《た》って二日すぎている。日がたつにつれ、守就を追うべきだったか、という気持ちは降り積もる雪のように重く心にのしかかってきている。

朝、いつものように飯を炊こうと土間に立ったとき、障子戸に人影が映った。半九郎は身がまえかけた。

穏やかで落ち着いた声が障子越しに届いた。

「里村どのはおいでですか」

きき覚えがある。どこでだったか思いだせないままに半九郎は戸をあけた。

若い侍が立っている。

半九郎は目を見ひらいた。

「おぬしは」

侍は例の下屋敷からの帰りに、町屋の軒下から声をかけてきた鼻筋の通った男だった。

今は横から射《さ》す朝日に照らされ、顔がはっきりと見える。

面長ですっきりと剃《そ》られた月代《さかやき》が少し輝いていた。目はやや細く、どことなく公家《くげ》のような高貴さを感じさせ、形のいい唇は薄く、ずいぶんと赤みが濃い。歳《とし》は二十を越えたくらいか。

「それがしがどこの家中かは、きかずともおわかりでしょう」

侍の言葉は江戸のもので、どうやら在府の者であるようだ。

「どうしてここを」

「この前、つけさせていただきました」

半九郎は心中、唇を噛《か》んだ。あまりの迂闊《うかつ》さに自らを殴りつけたかった。

ただし、侍に殺気や害意は感じられない。半九郎は招じ入れようとしたが、侍はここでかまいませんと固辞した。

「お一人ですか」

侍は半九郎の肩越しに三畳間を眺めてから、半九郎に目を戻した。

「見ての通りだ」

「用件というのはほかでもありません」

侍は唇を湿し、唾《つば》を飲みこんだ。

「かのおなごをかどわかしたのは」

そこで言葉をとめ、躊躇《ちゆうちよ》した。

「我があるじの命にしたがった者たちです」

迷いを断つように一気にしゃべった。

半九郎は一歩踏みだしかけた。

「我があるじはとにかく女癖が悪く、常に新しい女を求めているのです。卑賤《ひせん》は問わず、ただ美しければいいのです」

悲しさと情けなさが入り混じった目を土間に落とした。

「そして、その要求に応《こた》えようとする家臣はいくらでもいるのです」

半九郎は冷静になれ、と自分にいいきかせた。

「しかし、かなり評判のいい人らしいが」

「評判のよさは表向きのものにすぎません」

皮肉な笑みを口許《くちもと》にたたえ、それを即座に消した侍はいいにくそうに続けた。

「かのおなごはあるじに気に入られ、国許に連れ去られようとしています。重臣の駕籠《かご》に入れられて……」

行列を見送ったとき、そう考えた自分を半九郎は思い起こした。

「もっとはやく来たかったのですが、いえ、来るべきでしたが、なかなか踏ん切りがつきませんでした。申しわけござらぬ」

侍は深々と頭を下げた。すっと顔をあげ、半九郎を見つめる。

「行列を追いますか」

「むろん」

「では、それがしから助言を」


「まことか」

侍は訥々《とつとつ》と語り、半九郎はきき入った。

「では、これにて失礼いたします」

話すべきことはすべて話したといわんばかりに侍は逃げるように戸口を出ていった。

半九郎はしばらく気が抜けたようになっていたが、すぐに我に返った。急がねばならない。

大家の徳兵衛に会って道中手形を至急だしてくれるよう依頼し、それから祥沢寺を訪れた。

話をきいた順光は大目付に話を通すことをいったが、半九郎はとめた。

「どうしてだ」

「大目付が動いたことを知れば、証拠隠しに走るかもしれません。証拠隠しは奈津を殺すことを意味します。それがしからつなぎがあるまで待ってください」

「わかった。だが、なにか変事が起きたら必ず知らせをよこせ」

「早飛脚《はやびきやく》をだします」

今日にも発ちたかったが、旅支度に追われた上に手形も出ず、出立《しゅったつ》は翌日になった。

四月三日の日がのぼって二刻後、手形を懐にしまい入れた半九郎は長屋を飛びだそうとして、足をとめた。

「半九郎のおっちゃん」

虎之助と孫吉の二人が路地に立っていた。

「あのお大名を追うんだね」

虎之助がいう。

「大丈夫かい、一人で」

半九郎は二人を見直した。

「まさかおまえら、ついてくる気じゃなかろうな」

「できるならついていきたい」

孫吉がいい、虎之助が真顔でうなずいた。

「駄目だ」

半九郎はきっぱりと告げた。

「おまえたちを危ない目に遭わせるわけにはいかん。それに正直いえば、一人のほうが身軽だ」

「俺たちでは足手まといになると？」

虎之助が不満げに口をとがらす。

「その通りだ。妙連寺の屋根からおりられなくなって、俺を頼るような餓鬼どもを連れていけるわけないだろう」

「だったら俺だけでも」

「なんだよ、ずるいぞ、虎ちゃん」

「仲間割れはよせ。とにかく俺を信じてまかせておけ。必ず奈津は連れ帰る」

半九郎は表通りに飛びだした。

品川をすぎたあたりで、侍の言葉を思いだした。

「箱根《はこね》の関を抜けてしばらく行くと、下山《しもやま》神社という無住の社《やしろ》があります。参勤の往き帰り、代々の殿は参拝することがならいとなっています。戦国の昔、先祖が出陣した際、たまたま通りかかったその神社にお参りしたところ、大きな手柄をあげることができたことに由来します。そこで我があるじを待ちかまえるのが、手立てとして最もよろしいのではないでしょうか」

確かに大名行列に追いつき、仮に駕籠に声をかけることができたとしても一介の浪人を相手にしてくれるはずがない。

しかもあの内藤がいる。下屋敷と同じ対応が待っているだけだろう。下手をすれば、またやり合うことになりかねない。

神社で待ちかまえたとしても同じかもしれないが、侍の次の言葉が半九郎に本殿近くにひそむことを決断させた。

「女癖を除けば決して愚かなお方ではなく、いえむしろ聡明《そうめい》なお人なので、許婚《いいなずけ》が追いかけてきたと知れば、きっと返してくれるはずです」

半九郎としてもおとなしく奈津を返せば、ことを荒立てる気はなかった。

(しかし、もししらばっくれたりしたら)

半九郎は決意をかためている。

ていた。

二

小田原《おだわら》宿で守就の行列に追いついた。

ちょうど日が暮れる頃で、宿場は旅人と客を呼び入れようとする宿の者とでごった返していた。

街道沿いには宿屋がまさにびっしりと並び、旅籠《はたご》だけでざっと百軒近くはあるのでは、と思われた。

本陣は四軒あり、そのなかでもいかにも由緒がありそうな片岡本陣に、守就は部屋を取っていた。本陣以外には認められていない冠木門《かぶきもん》が、四間《けん》ほどの幅を持つ街道をいかめしく見おろしている。

怪しまれない程度に半九郎は片岡本陣の近くをうろついたが、さすがに警固は厳しく、本陣に入りこむ方法などなかった。

半九郎は、片岡本陣近くの北見屋という旅籠をその日の宿とした。侍とはいえ浪人に一部屋が与えられるわけがなく、当然、ほかの旅人五名と相部屋だ。

明日はいよいよ守就と対決だと思うと胸が高鳴るものがあって、なかなか寝つけなかったが、旅の疲れがやがて半九郎を眠りの海にいざなっていった。

翌日、夜が明ける前に北見屋を出た。七つ（午前四時）にはまだ四半刻《とき》（三十分）近くあるくらいの刻限だ。

片岡本陣の前を通る。

守就の家中もすでに目を覚まし、あわただしく出立の準備をはじめていた。

大名は旅の費《つい》えを節減するために少しでも先に進むことを考えてとにかく朝がはやく、七つ立ちは常のことだった。

正直いえば半九郎は深夜、この本陣に忍びこむことを考えないでもなかった。しかし忍びこんでどうにかできるものではないことは、この前の下屋敷で思い知った。

仮に半九郎が忍びの術や偸盗《ちゅうとう》術を身につけているとしても、内藤の網から逃れられるとは思えない。

半九郎は当初の予定通り、下山神社で守就を待ち受けることにし、道を急いだ。

暗いなか、道は箱根にかかった。

さすがに話にきく難所で、だらだらとのぼり坂が深い木々のあいだをずっと続いているのが、白々とした靄《もや》のなかぼんやりと見える。

歩くことを苦にするなどこれまで一度もなかったが、なるほど、これでは馬を雇ったり駕籠で行く者がいてもおかしくはなかった。この刻限では、さすがにそういう姿はほとんど見えなかったが。

道がようやくくだりになり、芦《あし》ノ湖《こ》が目に飛びこんできた。初夏のまぶしい陽射《ひざ》しを受けて、湖面は魚鱗《ぎょりん》のようにきらめいている。

その向こうに富士山があった。

江戸で見るよりはるかに大きく、美しさも際立っていた。雪は冬にくらべたら減ったとはいえ、まだたっぷりと残しており、その白さは目に痛いほどだった。

やがて箱根の関所が見えてきた。多くの旅人が、屋根のついた門の前で待っている。近づくと、門前には六尺棒を持つ足軽が二人いるのが見て取れた。

しばらく外で順番を待ってから、なかに入る。

芦ノ湖側に面番所《めんばんしょ》という入母屋《いりもや》づくりの建物があり、そこで手形を見せた。別に怪しまれることもなく、思っていた以上に楽に抜けることができた。

下山神社は関から五町ほど行った街道沿いにあった。

さほど広くもない境内で、鳥居をくぐるとすり減った石畳が十間ほどまっすぐに続き、その突き当たりに本殿が建っている。

それなりの大きさの本殿は里の者の手が入っているようで小ぎれいだが、大きな手柄をあげられる御利益《ごりやく》があるようには見えない。どこにでもある無住の神社だ。

本殿の横に立つと、東海道が深い谷をはさんで見渡せた。ちょうど道が『つ』の字のようになっているのだ。のぼりくだりの旅人の姿が多く目につく。

半九郎は目を転じ、西の方向を見た。

本殿が邪魔をして景観はよくないが、この先六里ほど行けば沼里がある。どんな街なのか。今すぐ行ってみたい気持ちに駆られた。

その思いを振りきるように目を東へ戻した。

まだ行列は見えてこない。日はさらに高くなり、箱根路の深い緑が目にまぶしい。

ふと妙な気配を感じたように思い、本殿を振り向いた。

誰もいない。気のせいだったか、と半九郎は小さく首を振った。

所在なげに立っている半九郎を、里の者らしい二人の百姓が鳥居のそばから妙な目で見ている。半九郎が軽く会釈してみせると、驚いたように姿を消した。

立っていることに疲れを覚え、半九郎は手近の石に腰かけた。日当たりがよく、あたたかい。早起きをしたせいか、少々眠い。

半九郎は街道に目をやり、行列がまだ見えないことを確かめた。

三

はっと目を覚ました。

どこにいるのか一瞬わからなかった。あわてて立ちあがり、街道を見つめた。

行列は来ていない。

ほっと胸をなでおろしたが、すでに行きすぎたのでは、とうしろを振り返った。

行きかう旅人の姿が目立って多くなっているだけで、去りゆく大名行列は見えなかった。

太陽の位置を見る限り、うたた寝をしていたのは、足を急がせる旅人が五町ばかりを進んだくらいのあいだでしかない。

半九郎は自らの頰《ほお》を、ぱちんと平手で殴りつけた。こんなときでも眠ってしまう自分に腹が立った。奈津に向ける思いの浅さが見えた気がしている。

やがて守就の行列が見えてきた。

宿場を離れた行列は、侍や小者たちがぶらぶらとただ道を歩いているようにしか見えなくなる。

騎馬も何騎か見えるが、馬上の士ものんびりしたもので、規律といったものはほとんど感じられない。纏《まとい》や槍《やり》、弓、挟箱《はさみばこ》を持つ者たちのうしろにいくつもの長持が見える。

重臣の三つの駕籠も見えてきた。あのどれかに奈津が閉じこめられている。

じっとにらみつけたが、奈津の姿が透けて見えてくるようなことはなかった。

行列はだんだんと近づいてきて、守就の駕籠が大きく見えてきた。距離は一町もない。

あの駕籠におさまっている大馬鹿者が奈津をかどわかした。そう思うと、胸倉をつかみ思いきり殴りつけたかった。いや、斬《き》り殺したかった。

その衝動を半九郎は抑えこんだ。身動き一つせずに瞳《ひとみ》を凝らす。

体に静かな闘志が満ちてきていた。じき最期のときがやってくるかもしれないのに、心は凪《な》いだ海のように落ち着いている。

守就の駕籠のそばに内藤がいる。

上屋敷を出立したときと同じく、厳しい顔をしていた。主君を警護している最中は一瞬たりとも緊張をゆるめることはない、とその表情は語っていた。

半九郎は再び背後に妙な気配を嗅《か》いだ。気配は先ほどよりはっきりしている。

振り向いた瞬間、背中を思いきり押されたようなどんという轟音《ごうおん》がし、本殿の屋根の上から白煙がぱっとあがった。

鉄砲だった。

自分が狙《ねら》われたと思い、半九郎は身を伏せかけたが、すぐに鉄砲の狙いは別にあることに気づいた。

まさか。半九郎は行列に目を向けた。

血相を変えた家臣たちが、守就の駕籠に寄り集まっている。駕籠かきたちは腰を抜かしている。近くで土下座をしていた旅人たちもなにが起きたのかとあっけにとられた風情で、様子を探ろうとしている。

（いったい誰が）

半九郎は再び屋根に目をやった。

屋根の端に、一筋の煙を吐いている鉄砲の筒先が見えている。

（まさか、もう一発）

半九郎は手近の木に手をかけるや、一気に屋根へのぼった。

誰もいない。鉄砲が取り残されたようにぽつんと置かれているだけだ。

半九郎は屋根を渡り、向こう側を見おろした。

何者かはとうに眼下の深い森へ逃げ去ったようで、影さえ見えなかった。

屋根を戻り、鉄砲を拾いあげた。

伊《い》、と銘らしきものが刻んである。狙撃《そげき》した者の名の一部かと思ったが、それではあまりに間抜けすぎる。

鉄砲を片手に屋根をおりた。

「いたぞっ、あそこだ」

地面に足が着いた途端、鋭い声を背中できいた。振り返ると、境内は侍で満ちていた。守就の家臣たちだ。誰もが食い殺しかねない厳しい目を半九郎に向けている。

勘ちがいしていることを半九郎は知った。

「待て、俺ではない。賊《ぞく》は向こうに逃げていった」

本殿の裏を急いで指さした。

「きさまか」

唇をわななと震わせている侍を半九郎は見た。

内藤だった。あまりの激しい怒りに、こめかみに青筋が立っていた。

「きさま、やはりあのとき殿を狙って」

おのれ、といい放って抜刀し、斬りかかってきた。

半九郎は鉄砲を投げ捨て、刀を抜いた。内藤の強烈な振りおろしを二度、三度とはじき返す。腕がしびれた。

それは内藤も同じだったようで、息を一つ小さく洩《も》らして攻撃の間をあけた。

「待て、ちがう。罠《わな》だ」

この機を逃さず半九郎はいった。

巧妙にここまで導かれた自分を感じている。あの鼻筋の通った侍。いったい何者なのか。

本当に守就の家中なのか。そんなわけがなかった。

そうなると、と内藤と対峙《たいじ》しつつ半九郎は気がついた。奈津をかどわかしたのは、自分をここまで来させるための方策でしかない。

（この俺を大名殺しの犯人に仕立てあげるために。しかしなぜ俺が）

守就は奈津をかどわかしてなどいない。あの行列のどこを捜しても奈津はいないのだ。

「たわ言を」

叫ぶようにいって内藤がまた斬りこんできた。上段からの打ちおろしだったが、それはすぐさま袈裟《けさ》斬りへと変化した。

半九郎がそれを打ち返すと、間髪入れず逆胴が来た。

半九郎はこれも打ち払った。

半九郎の守りの強さにいまいましげに歯ぎしりした内藤は、膝《ひざ》を折り気味に体勢を低くし、刀をうしろに引いた。刀が内藤の陰に隠れて見えなくなった。

内藤の背後には、侍たちがつくるとてつもなく厚い壁がある。たとえ十名殺したところで破れはしない。

守就は死んだのだろうか、と半九郎は冷静に考えたが、内藤たちの血走った目を見れば答えは自《おの》ずから明らかだった。

もしここでとらえられたら、と半九郎は思った。奈津は取り戻せなくなる。

いや、とらえるどころか内藤は半九郎を殺す気でいる。ここでどんな釈明をしても、信じてもらえる雰囲気ではない。

どうすればこの場を脱せられるか。

半九郎は内藤を見つめた。

怒りと憎しみの炎が燃え盛る瞳と姿勢には、なにか必殺の剣をつかいそうな気配が濃厚に見えている。

どんな技をつかうのか剣士の一人として興味がないわけではなかったが、今はそんな余裕を持っていられるときではない。

半九郎は踏みこむと見せて、さっと体をひるがえした。ここは逃げるしかなかった。幸い、背後はがら空きだ。賊と同じように深い森に逃げこんでしまえば、内藤といえども追ってこられまい。

「きさま、待てっ」

下屋敷と同じ怒号を発して内藤が追ってきた。他の侍も内藤に続いている。

半九郎は本殿の裏にまわり、そこから森へ向かった。草がはげたようになっているか細い道を一気に駆けた。

道とはいえない道はすぐ森へ入った。日が射さず、かぐわしいような湿ったような木々の濃密な匂《にお》いのなか、必死に足を運んだ。

ほかの侍はともかく、内藤は振りきれていない。それは振り返らずともわかった。半九郎は、内藤の息づかいをはっきりとき取っている。

内藤の守就に寄せる思いは、半九郎を殺すという執念に変わっていた。

だが森はさらに深さを増し、木々の影は濃くなってゆく。今はほんの二間ほどしか離れていないが、半九郎の姿は内藤からだいぶ見えにくくなってきているはずだ。

ブナらしい大木が目についた。大人が十人手をまわしても届きそうにない太い幹の向こう側に走りこみ、そこから左手に鎮座する大岩の陰に駆けこんだ。

すぐに方向を変え、体にからみつく枝を茂らせている藪《やぶ》を一気に突き破った。

突き破ったら、そこに地面はなかった。正確には急なくだり坂になっていて、半九郎は猪突《ちょとつ》の勢いで斜面をほとんど転がり落ちた。

どしんと尻が松らしい木に当たったところが斜面の終わりだった。半九郎は手をかくようにして立ちあがり、上を見た。

内藤の姿は見えないが、すぐにでも顔をのぞかせそうな気がして、半九郎は松のうしろに身をもたれさせるようにして隠れた。

息を整え、耳をすませる。

追っ手の声や物音らしい響きが遠ざかってゆくのがわずかに届く。

松から顔をだし、また上を眺めた。

内藤の姿は相変わらず見えないが、これでまいたと考えるのは早計だろう。油断は命取りになる。

半九郎は松から背中を離し、走りはじめた。走りながら怪我《けが》をしていないか探ってみた。

かすり傷一つ負っていない。

ほっとしたが、今自分が置かれている状況に思いが行き、暗澹《あんたん》とするものを覚えた。

四

鉄砲に刻まれた伊という銘。

今のところ、これしか手がかりらしいものはない。名の一部であるのはまちがいない。伊兵衛《いへえ》、伊右衛門《いえもん》、伊造《いぞう》、伊ノ助《いのすけ》、伊ノ吉《いのきち》、伊太郎《いたろう》くらいか。

鉄砲に関してほとんど知識はないが、あの鉄砲はさほど上等なつくりではなかった。猟師のものではないだろうか。

いつ内藤たちに出くわすかわからないままに山中を彷徨《ほうこう》した。道らしい道に出ない。どこまで行っても山のなかだ。

腹が減った。

考えてみれば、朝からなにも腹に入れていない。奈津に朝食の大事さを何度もきかされてそれなりにつくるようになっていたが、こうしてどことなく足に力が入らなくなってきているのがわかると、奈津の言の正しさを実感する。

日はすでに頭上にある。

初夏とはいえ、山中の風はひんやりとし、かなり体を冷えさせる。このままどこの里にも行き当たることなく、山中で夜を明かすことになるのはぞっとしない。

不意に半九郎は、岡っ引の源吉が殺されたわけに思い当たった。

源吉も、半九郎を下山神社に誘いだす片棒をかついだのではないか。

ないのだろう。

奈津をかどわかした真の理由に行き当たったわけではなく、単に口を封じられたにすぎ
源吉と立ち話をしていたという侍。あの鼻筋が通った侍ではないのか。いやまちがいな
くそうだ、という確信を半九郎は持った。

（いったいやつは何者だ）

半九郎は、やつと一度でも会ったことがあるかを考えた。

一面識もない。

それはまちがいなかった。少なくとも、記憶に残る形で会ったことはない。

（しかし、会ってもいない男のうらみを買うようなことがあるのか）

半九郎は歩きながら、必死に男のことを考え続けた。

なにも思いだせないままに、いきなりひらけた場所に出た。

頭上をおおっていた幕が一気に引かれたように太陽が顔に当たり、そのまぶしさに半九
郎は顔をしかめた。

目が慣れるにつれ、そこが山里であることがわかった。

小さな里で、八軒の家がそれぞれ半町ばかりの距離を置いてぽつりぽつりと斜面にしが
みつくように建っている。家の前につくられているせまい畑では、数名の年寄りが丸い背
中を見せていた。

半九郎は里の入口に建つ一軒の戸口に立ち、訪《おとな》いを入れた。

台所にいたらしい四十すぎと思える女が、腰に提げた手ぬぐいで手を拭《ふ》きながら出てき

た。

肌が真っ白で、瞳が黒々としている。若い頃は鄙《ひな》にはまれなという言葉がぴったりの美しさだったことがうかがえたが、今はそんなことを考えている場合ではない。

女は半九郎を警戒の目で見ているが、それは旅姿の見知らぬ侍に対する用心にすぎない。物腰は落ち着いていて、守就が狙撃され死んだことは伝わっていないようだ。

「人を捜しているのだが」

できるだけ軽い口調を心がけた。

「はあ、どなたをでしょう」

女はわずかに身を引きつつ問うた。

「名に伊のつく猟師を知っているか」

女は少し考えただけだった。伸びをするように半九郎の肩越しに指をさす。

「あの山を越えた先の岩島という里に、伊造さんという人がいることはいます……」

なんとなく歯切れの悪いいい方だ。

「でも、行方知れずになってしまってるんですよ。抜群に腕のいい猟師なんですけど、いったいどうしてしまったのやら」

今回の件に、この伊造という猟師の行方知れずが関係していないはずがない。一発で当たりを引いたことを半九郎は知った。

「行方知れずになったのはいつだ」

勢いこむことなく平静にきく。

「はっきりとしたことは知らないですけど、もう半月はたっているんじゃないですか」

礼をいって半九郎は、岩島への道を教えられた通りに向かった。

森のなかを、草に隠れそうな細い道が続いている。のぼりくだりがかなりきつい。深く茂る木々のあいだからこぼれるように見える太陽の方角から、西へ向かっていることを知った。

途中、厚い雲が空に流れこんできて日が陰り、森のなかは一気に夕暮れどきのように暗くなったが、大気は雨の匂いも気配もはらんでいない。厚いだけで雨を降らせる雲ではないようだ。

半九郎はほとんど小走りのように足を進めている。

額の汗を手の甲でぬぐったとき、一陣の風が吹き渡り、背筋に冷えを感じてなんとなく立ちどまり、うしろを振り返った。

追っ手の姿は見えず、物音もしない。

半九郎は息をついて、再び歩きだそうとした。はっと気づき、首を振り向かせた。

景色に見覚えがある。

(どういうことだ)

まわりを見渡して、また道に目を戻した瞬間、すんなりと答えが出た。

(俺は父と一緒にこの道を歩いている……)

半九郎は確信した。

またここに戻ってこられたことに、身震いするような運命を感じた。まちがいなく父が導いてくれたのだ。

あの日、父が今とは逆の方向へ向かっていたことも知った。江戸の方向だ。やはり父は沼里から逃げてきたのではないか。

ゆっくりと味わうようにもう一度景色を見つめる。しっかり咀嚼《そしやく》し、腹におさまったのを確かめてから足を踏みだした。

しばらく行くと泉がある。そのことが歩いているうちに、ふつうに理解できた。泉は大きな岩の陰に湧《わ》いていて、清冽《せいれつ》な冷たさで喉《のど》を潤してくれた。水にはわずかに甘さが感じられ、甘露《かんろ》という言葉が実感できるような気がした。

それから半刻ほどで、岩島の里に着いた。

最初に出会った里の者が偶然にも伊造の父親だった。

名を達造《たつぞう》といい、歳は六十くらい。実直そうな顔つきをしているが、せがれの名を耳にした途端、黒雲がかかったように暗い表情になった。

「せがれは一月前、猟に出てそれきりですわ。捜しまわりましたが、結局……。生きているのか、死んでいるのかそれさえも」

気の毒に思ったが、ここで問いをやめるわけにはいかない。

半九郎は伊造の鉄砲の特徴をきいた。

「特徴というほどのものではないですが、伊という銘が入っております」

あの鉄砲にまちがいない。

伊造は金で雇われて守就を撃ったのか。

いや、それなら証拠となる鉄砲を置いてゆくはずがない。伊造はきっと殺され、鉄砲を奪われたのだ。腕のいい猟師の物なら、一町を確実に撃ち抜くとの判断があったのだろう。

しかし、どうしてわざわざ猟師を殺してまで鉄砲を手に入れたのか。

おそらく江戸から鉄砲を持ちだすむずかしさだった。大名ですら参勤交代時の警護に必要にもかかわらず、持ちだせる数には制限を加えられている。江戸から持ちだすことをあきらめ、こちらで調達したのだろう。

このことは、やつらが江戸にいるなによりの証《あかし》だった。そう、やつらだった。

あの鼻筋の通った侍を中心に、敵はあと何名か確実にいる。

急ぎ江戸に戻らねばならない。

だが、どうすれば箱根の関を抜けられるか。

正面から行けば確実にとらえられる。守就が狙撃されて死んだこと、そしてその犯人の人相も関所に伝えられているはずだからだ。

関所破りをするか。

だが、つかまれば死罪だ。道もろくに知らずにやれるはずがない。

関所破りを生業《なりわい》にしている者がいるともきくが、相当の金を吹っかけられるのは見えているし、そういう者を短時日で捜しだせるとも思えない。

それに、間道にも網がくまなく張られているのはまちがいなかった。

しかも、箱根の関所は東海道を抑える一つだけではない。仙石原、矢倉沢、谷ヶ村、山北と間道の要所にも設けられているのだ。

真犯人をとらえるしかないようだ。やつはもう箱根を越えただろうか。

「あの、でもなぜ伊造の鉄砲のことなどお知りになりたいんです」

達造が当然の質問をした。

「いや、このあたりでは隠れもない腕のいい猟師ときいてな、名人といわれる者の鉄砲なら、なにか特別な細工でもしてあるかと思っただけだ。俺も鉄砲をこれから習うつもりでいるから」

いいながら、苦しいいいわけだな、と半九郎は思った。

「お侍が鉄砲を……」

達造は意外そうに半九郎を見た。

「兄貴の行方知れずについて、なにかご存じなんじゃないんですか」

横から声がかかった。三十すぎと思える男が瞳を光らせている。

「ああ、伊造の弟で万吉《まんきち》といいます」

達造が紹介した。

万吉は鉄砲を背負っている。筋骨はしなやかで、猟師としていかにもいい腕をしていそうだ。

「いや、知っていることなどない。今いった通りの理由で足を運んできただけだ」

万吉の目がさらに鋭く光を帯びた。

「お侍が兄貴の行方知れずに一枚嚙んでるなんてことはないんですかい」

嚙んでいるということはないが、しかし無関係ではない。

「こら、失礼なことをいうな」

達造は万吉を叱《しか》ってから、小腰をかがめた。

「申しわけございません。子供の頃からなついている兄貴がいなくなって、気が立っているんです。ここ一月、仕事の合間にもずっと捜しています」

「いや、でもとっつぁん。あんちゃんが狩りでへまするなんてまずありえんぜ。きっとなにかあったに決まってるんだ」

「何度も同じことをいうな。そんなこたあ、わしだってわかっている」

半九郎は黙って親子のやりとりを見守ったが、腹の底では、なんの関係もない猟師を巻き添えにした者どもに激しい怒りを燃やしていた。

それにしても、と半九郎はあらためて思った。なぜ自分が選ばれたのか。しかもかなり手がこんでいる。なぜここまでするのか。

（やはり沼里なのだろうか。沼里がすべての発端なのだろうか）

これまでだって、沼里へは行こうと思えば行けた。

行かなかったのは、実をいえば自分の素性《すじょう》がはっきりすることへの怖さもあった。

だが、奈津を救いだすためには、今はもうそんなことはいっていられない。半九郎は沼里の土を踏む決意をした。

「ここから三島《みしま》に出るのはどうすればいい」

わざと三島を強調してきいた。行き先が沼里であるのを知られたくはない。

達造は律儀に道筋と距離を教えてくれた。

半九郎はていねいに礼をいって、里をあとにした。

伊造はまちがいなく殺されている。

となると、奈津ももう殺されてしまったのだろうか。焦りに似た思いが胸をにじりあがってきたが、息を飲みくだすことでなんとかその気持ちを抑えた。

山道を戻り、最初に訪れた里へ向かった。

また女に会い、一朱を払って野良着と風呂敷を都合してもらった。

おそらくこれまで目にしたことのない金を見て、女は目を丸くした。

五

東海道に出た。

相変わらず多くの旅人が行き来している。

そのなかを半九郎も歩いた。野良着をまとい、泥を顔にこすりつけ、ほっかむりをしている。

これで本当に百姓に見えるか心許ないものがあったが、ほかにしようがなかった。

本来なら脇道を行くべきなのだろうが、道はさっぱりわからない。両刀は菰《こも》に巻いて腕に抱き、衣服は風呂敷に包んで背負っている。

道は伊豆一宮《いちのみや》として、また源頼朝の信仰が厚かった神社として名高い三島大社をすぎた。

予期していた以上に広大な境内が鳥居の向こうに広がっている。

宿場に入る前から、いい匂いにひかれていた。三島名物の鰻《うなぎ》の匂いだった。腹が鳴ったが、今は名物に心を奪われているときではなかった。

しかし、我慢も限界に近づいていた。腹が減りすぎたせいか、まっすぐ歩けない。朝からいろいろあって、さすがにかなりこたえていた。少しは足しになればと竹筒を取りだしたが、逆に空腹感が増しただけだった。

こりゃ本当になにかつめこまんとまずいな、と思いながら歩を進めた。

ふといい匂いが鼻先をかすめ、犬のようにぴんと顔をあげた。

わずかにのぼる道先に土手が左右に伸びていて、その土手の手前に茶店が出ていた。匂いのもとはどうやら団子で、それが名物であることを記した幟《のぼり》がひるがえっている。

這《は》うように長床几《ながしょうぎ》にたどりつくや、大声で団子を注文した。がつがつと瞬く間に四皿をたいらげ、茶も三杯おかわりした。

「そんなにあわてんでも、誰も取りゃせんからもっとゆっくり食べなされや」

店のばあさんに笑われた。

腹を満たした半九郎は代を払い、土手にあがって川を見おろした。

流れの幅は二十間あるかどうか。河原がけっこう広く、半町近い長さの立派な橋が架《か》かっている。その上を旅人たちが繁《しげ》く往来している。

ばあさんに川の名をたずねかけたが、付近の百姓がこれだけの川の名を知らないはずがない。些細《ささい》なことでも怪しまれるのは避けたかった。江戸を発つ前のほんのわずかな間に、沼里のことはできるだけ調べてある。

沼里と三島のあいだを流れている川といえば、黄瀬川《きせ》だろう。源頼朝、義経兄弟の対面で名を知られている。

土手からは沼里らしい町はまだ見えない。遠く左側に屏風《びょうぶ》のように連なる山並が見えている。さほど高くはないあの山々の北の端にこんもりとした丸い頂を見せている山がおそらく鹿抜山《かぬき》と呼ばれる山で、あの山の北東方向に沼里の町は広がっているはずだ。

橋を渡ってしばらく行ったとき、早馬と行き合った。旅の者たちを蹴《け》り倒しかねない勢いで馬をとばしていた。

早馬が去ったあとにはもうもうと砂煙が立ちこめ、旅人たちは迷惑げに早馬を見送った。

半九郎も早馬を見つめたが、あのとばし方は尋常でないことに気づいている。

血相を変えていた侍の面《おもて》には、一刻もはやく目的地に着こうとする意志が強くあらわれていた。

目的地は江戸だろうか。あの様子では、江戸に着くまで何頭の馬を乗り潰《つぶ》すものか。

なんとなくだが、今の早馬は沼里を出たものでは、という気がしてならない。

沼里にあと半里と迫ったところで、日が暮れた。黄昏《たそがれ》どきの暗さと明るさが曖昧《あいまい》に入り混じるなかかまわず歩き続けたが、しかし夜の訪れは思っていた以上にはやく、あたりはあっという間に闇《やみ》に包まれた。

気がつくと、まわりにはほとんど人けがなかった。世の中に見捨てられたような寂寥《せきりょう》感に襲われたが、奈津はもっと心細いはずだった。半九郎は顎《あご》を昂然《こうぜん》とあげた。

このまま進んで沼里の旅籠に部屋を取ってもよかったが、さすがにただの百姓が泊まるのは不自然でしかない。

道沿いにこぢんまりとした地蔵堂を見つけ、そこを今宵《こよい》の宿にした。

野宿は生まれてはじめてのことで、寒さは感じなかったが、さすがに熟睡はできなかった。

夢は何度か見た気がして、いずれも奈津が助けを求めているようだったが、確かな記憶は残らなかった。出てきたのはお有佳だったような気もしている。

半九郎は夜明けを待たずに起きあがった。奈津がひどく遠くに行ってしまった感じがして、寂しくてならない。体も鉛でも飲んだように重い。

「半九郎のおっちゃん、しっかりしろよ」

なに、と半九郎は堂内をきょろきょろと見まわした。

今のは虎之助の声だった。まさかあいつ、と半九郎は地蔵堂の扉をひらいた。

誰もいない。

夜が巨大な腕を広げて、地上のすべてを抱きかかえている。夜明けを拒否するかのような深い闇のなか、それでも遠目に早立ちの旅人らしい影がぼんやりと見て取れるのは、朝がすぐそこまでやってきているからだろう。

「よくわかったよ、虎」

闇に語りかけて、半九郎は自らに気合を入れた。

刀を菰にしまい入れて背負い、東海道を西へ歩きはじめた。

六

さほど行かないうちに空は白みはじめ、道を行くのに不自由さは感じなくなった。

四半刻ほどで沼里城下の入口に着いた。

城下に足を踏み入れるのとときを同じくして日がすっと射しこみ、明るくなってきた。

東へ目をやると、低い雲のあいだから日がのぼってくるのが見えた。ここしばらく日の出など見ていなかったことを思いだし、その神々《こうごう》しい美しさにしばし見とれた。

半九郎はゆっくりと城下を歩いた。

意外な家屋の多さだった。

人がどのくらい住んでいるのか知らないが、これなら町人だけで楽に五、六千はいるのでは、と思えた。

明るさが増すにつれ、鶏のけたたましい鳴き声がきこえ、それにつられたような犬たちの吠《ほ》え声もしはじめた。

城下は目覚めつつあり、戸をあける音や釣瓶《つるべ》の音など、人が発するさまざまな物音が届きはじめた。

人々がかわす朝の挨拶《あいさつ》に混じって、かすかに味噌《みそ》汁《しる》の匂い、そして魚が焼ける香ばしい匂いも漂ってきている。朝の散歩をしているらしい年寄りやシジミ売り、蔬菜《そさい》売りの姿も目につく。

半九郎は、東海道に沿ってゆったりと南西の方向へ流れる川を眺めた。

狩場《かりば》川といい、幅が一町ほどもある大河だ。思い思いに流れに舟を並べた川猟師たちが川霧にぼんやりとした影を浮かびあがらせて、投網《とあみ》を打っている。

この光景に見覚えがあるか脳裏を探ってみたが、記憶の扉を押しひらいてくれるものはなにもなかった。

それでも、ここが故郷かもしれぬと思うと、今の境遇を忘れて心が躍った。

さらに歩を進めると、三層の白亜の天守がうっすらと朝の大気に煙るようにして見えてきた。狩場川を外堀にしている城で、石垣の高さといい、要所に設けられた櫓《やぐら》といい、総構えはかなりの広さを感じさせる。

譜代《ふだい》で七万五千石を領する大名の居城だが、これまで三名の老中を輩出している家にふさわしい落ち着きと威厳がある。今は元経《もとつね》という殿さまが城のあるじをつとめている。

海が近いらしく、潮が香っていた。

せいぜい半里ばかり南が狩場川の河口になっていて、どうやらそのあたりに湊《みなと》が設けられているらしく、帆柱《ほばしら》が林立していた。

狩場川は沼里城にかかったところで石垣を洗うように左に大きく向きを変えているが、石垣が切れた先の土手の手前に河岸がつくられていて、競《せ》りがはじまっているのか、多くの人が立ち並んでいる。

半九郎は歩きながら、一つ一つの景色を味わうように丹念に眺めた。

道は沼里宿に入った。

それなりに大きな宿場で、本陣は三つを数える。旅籠も五十軒は軽く越えるだろう。沼里で夜を越した旅人が、宿屋から次々に吐きだされてきていた。昨日は色濃くあったはずの疲れの色は見事にかき消され、これから一日歩き続けようとする決意がどの顔にもあらわれていた。

腹が減っている。

宿場には何軒もの飯屋があり、朝飯を食べに来る地元の者でにぎわっていた。どの店も外に長床几をだしていて、半九郎はそのなかでも特に盛っている坂本屋という一膳飯屋《いちぜんめしや》を選んだ。

長床几に腰かけ、小女《こおんな》の勧める料理を注文した。なんとはなしにほかの客が食べているのを見ると、どれもうまそうで期待が持てたが、それよりもなによりも先にだされた茶に驚いた。

茶どころ駿河《するが》だけに茶葉も江戸とはちがうのだろうが、それ以上に水がちがうことがわかった。このあたりでは富士の雪解け水がふんだんに湧いているときくが、おそらくこの店の水もそうなのだろう。

店は妙なざわつきに支配されていた。客の誰もが暗い表情でひそひそと話をかわしている。

守就公のことだろう、と考えたが、ちがった。なんとはなしに耳を傾けたが、守就のことは誰も話していなかった。どころか、狙撃されて死んだことすら誰一人として知らないようだ。

どうしてなのか半九郎は考えたが、東海道の混乱を怖《おそ》れた三島代官あたりが噂《うわさ》を封じたのかもしれない。

「しかし親父、ほんとなのかい」

なじみ客らしい男が店主に確認するようにいった。

「ああ、まずな。隣の菊造《きくぞう》の甥《おい》っ子が大工なのは知っているだろう。やつは昨日、せいりんじ脇の家にちょっとした手直しで行ってたんだよ。その家の屋根にあがっているとき、境内の騒ぎを目にしたらしい」

半九郎はちらりと隣の家に視線を投げた。そこも飯屋で、菊乃屋という看板が出ていた。

「家中のお侍が、それは血相変えていたらしいぞ」

「そうか、まちがいないのか。お殿さまが倒れたというのは」

茶を喫していた半九郎は声を洩らしかけた。しずくが口許から垂れてゆく。

（元経公が倒れた……）

あの早馬は、と思い当たった。これを江戸に知らせるものだったのだ。

「お歳は四十八だよな。やっぱり病気かい」

「ああ、持病の心の臓だろう」

「ご容態は？」

「さあ、わからんな」

「もう亡くなったなんてことは？」

「馬鹿、滅多なことをいうもんじゃねえ」

店主はあわててまわりを見渡した。家中の侍の姿がどこにもないことを確かめ、ほっと息をつく。

「お殿さまが昨日せいりんじにいらしたのは、守就さまを出迎えにだよね」

客がいい、半九郎は耳をそばだてた。

「ああ、毎年のことだからな」

「そこでお倒れになっちまうなんて、守就さまは驚かれただろうな」

「いや、守就さまは昨日、来られなかったようだぞ」

「来られなかった？　どうして」

「さあ、どうしてかな。でも旅程がずれるなんてのは珍しくもないからな。今日あたり、きっと見えるだろうよ」

「それにしても、一日もはやいご回復を願いたいものだね。いいお殿さまだから」

「まったくだな」

注文した品がやってきた。ほかほかの湯気が立つ五分づきの飯に、豆腐とネギの味噌汁、それに鯵《あじ》の塩焼き。

鯵はとにかく新鮮で、白い身を嚙み締めるとうまさが口になかではじけるようだ。飯も炊き方がいいようでとても甘く、味噌汁もよくだしがきいていた。

半九郎は満足して箸《はし》を置き、小女に茶のおかわりをもらった。

すぐに思いは元経に戻った。

元経は果たして生きているのか。そして、本当に病気が原因なのか。

まず、生きているとはとても思えない。あの早馬の侍の必死の表情。殿さまが倒れたくらいであの形相《ぎょうそう》にはなるまい。

（元経公は亡くなったのだ）

半九郎は確信を持って結論づけた。

これで、二人の殿さまが続けざまに死んだことになる。

（せいりんじに行ってみるか）

守就を出迎えるというくらいだから城下の入口近くにきっとあり、それも格式を持つ大寺だろう。

七

寺は城下の東端に位置していた。

東海道から北へ半町ほど行ったところに、日を浴びてまぶしいほどに輝く巨大な瓦屋根《かわらやね》がくっきりと見えている。

参道の手前に名が刻まれた小さな石が立っていて、盛林寺という字を当てるのがわかった。ただし参道には入れなかった。

二十名以上の家中の者と思える侍が人垣をつくっていて、寺に立ち入ろうとする者を厳重に調べているからだ。

とてもではないが、菰に刀を隠している者を行かせてくれるはずがない。どころか、ひっとらえられるのが落ちだった。

ちらと山門のほうを見たところでは、境内にも多くの侍がいるようだ。この物々しさから、元経が死んだというのは真実で、しかも尋常な死に方でないのを半九郎は察した。

それがわかれば今はよかった。

守就と元経を殺した者。そして自分をはめた者。これらをしてのけた者が、ここ沼里と関係していないはずがないからだ。沼里にやってきたのは正解だった。

なぜ自分が選ばれたのか、もう一度考えてみた。おそらく父のことと無関係ではない。

とにかく、自分をはめた者がこの地にとどまっているかはわからないが、関与している者が沼里にいないはずがない。

その者を捜しだし、奈津の居どころを吐かせる。

背中に視線を感じた。半九郎はなにげなさを装ってうしろを見た。

相変わらず東海道を多くの者が行き来しており、町の者らしい男も何人か目についたが、いずれも半九郎を注視してはいない。

勘ちがいだろうか。

なんともいえなかった。とにかく今は油断することなく、常に気を引き締めているしかなかった。

半九郎は東海道を歩きはじめた。

歩きながら、この格好はやめようと思った。ふつうにものを見る目があれば、内藤でなくとも見破るはずだ。それ以上に、なにもしていないのにこそこそと逃げ隠れしている自分が情けなく思えてならなかった。

東海道からわずかにそれたところに無住らしい小さな神社があった。境内に入り、本殿裏で着替えをした。

身なりを旅姿に戻し、両刀を腰に差した途端、体に芯《しん》が入ったというか、背筋がびしっと伸びる感触があった。本来の自分に返ったようだった。

道を進み、再び沼里宿に入った。

これからなにをどうすればいいのか、腰を落ち着けて考える場所がほしかった。『美な川』という蕎麦《そば》屋が目に入った。刻限はまだ五つ（午前八時）すぎだろうが、暖簾《のれん》が出ている。

さすがに腹はすいていなかったが、順光のように蕎麦切りなら喉をくぐるだろう、と暖簾を払った。

二十畳ほどの広さの座敷は無人だった。

半九郎は障子際に座を取った。

半分ひらかれた障子から心地よい風が入ってくる。狩場川が驚くほど近くを流れていて、日の光を浴びた川面《かわも》がきらきらと光っていた。

盆を手にやってきた店主らしい三十前後の男に、ざるを一枚と冷や酒を注文した。

さほど待つことなく蕎麦切りと酒がやってきた。ごゆっくりどうぞ、と去ろうとする店主を半九郎は呼びとめた。

「あるじ、一杯どうだ。一人で飲むのもおもしろくない」

「よろしいんですか」

赤ら顔の店主はうれしそうだ。

「あるじがかまわんのならな」

「手前は大丈夫ですよ。いつもなら朝の客がけっこう入っている刻限なんですが、昨日、ちょっとありましたからね」

「殿さまのことか」

「ああ、ご存じですか」

「宿場の者が話しているのを耳にした」

半九郎はあるじに向かいの座を示し、徳利を掲げた。こりゃどうもすみません、とあるじはていねいに頭を下げてから腰をおろし、半九郎が差しだした杯《さかずき》で受けた。

「ずいぶん慕われている殿さまのようだな」

「そりゃもう。手前どもにそれはそれはやさしいお殿さまですから。手前どもだけでなくお百姓衆も敬ってますよ。年貢をずいぶんと軽くしてくださいましたからねえ」

あるじは控えめに杯に口をつけた。

「遠慮するな。仕事に差《さ》し支《つか》えるか」

半九郎がいうと、あるじは首をやわらかく振って杯を一気に傾けた。

半九郎は徳利を持ちあげ、ほら、と勧めた。あるじは一礼して受けた。

「当然、家臣にも慕われているのだろうな」

「そりゃそうですよ。お殿さまをきらっている人など、ここ沼里には一人もいないんじゃないですかね。ああ、伸びちまいますから、どうぞ召しあがってください」

あるじにいわれ、半九郎は箸を取った。

うまい蕎麦切りだった。喉越しは文句なしにいいし、香りも十分すぎるほどだ。つゆもよくだしがきいている。これなら味にうるさい順光も文句はいうまい。

あっという間に食べ終わり、蕎麦湯をもらった。

「たいしたものだな、あるじ」

素直な感想を口にした。

「ありがとうございます。お客さまの喜ぶお顔を見たくてこの商売をやってますから、そのお言葉は本当にうれしいですよ」

ところであるじ、と半九郎はいった。

「ここ沼里城下に人はどのくらいだ」

「そうですねえ、確かな数は知らないですが、町人が六千ばかり、家中の方々が四千ほどではないかときいてます」

けっこうな数だな、と半九郎は思った。

「お客さんは江戸のお人ですか」

「わかるか」

「ええ、言葉の歯切れと申しますか、土地の者とはやはりちがいますね」

半九郎は、父と店主の言葉づかいが重なるか、注意深くきき入っていた。

今のところ、よくわからないというのが率直な思いだ。似ているといえば似ているが、絶対という確信は持てなかった。

半九郎は徳利を手にし、また酒を勧めた。

「あるじは、里村という名の人が家中にいるか、知っているか」

「里村さままでですか」

顔をしかめ気味に首をひねった。

「そういう人に心当たりはないですね」

「そうか。話はちがうが、二十年ほど前、沼里家中を出奔《しゅっぽん》した家臣がいなかったか覚えはないか。とても腕が立つ人で、当時の歳は二十四、五だ」

「二十年前といいますと、手前がちょうど十の頃ですか。……いえ、覚えはございませんねえ」

半九郎は少し考えてから、別の問いを発した。

「高尾《たかお》掃部《かもん》という人が家中におらんか」

「高尾さまというお人はきいたことがないですねえ。高尾さまという家は、ご家中にはないんじゃないですかね」

たかおかもん。父が死の間際、口にした言葉だ。沼里家中ではなかったのか。それとも、人の名ではないのだろうか。

「高岡門という門が沼里城には?」

「ございません」

ということは、やはり人の名だろう。

あるじが興味深げな目で半九郎を見た。

「お侍は、そのお人たちを目当てに沼里までいらしたのですか」

「まあ、そういうことだ」

「仕官ですか」

半九郎は笑ってかぶりを振った。

「俺のような生まれながらの浪人を召し抱えてくれる酔狂な家など、日本中を捜してもあるまい。それに今さら堅苦しい奉公などする気もない」

「さようですか。すまじきものは宮仕え、と申しますからね」

戸があき、五人ほどの客が入ってきた。一人があるじに笑顔で気軽く手をあげたところを見ると、どうやら常連だ。

「これで失礼いたします。どうもごちそうさまでした」

深く腰を折ったあるじは五人組のほうへ行った。

半九郎は茶を干して、立ちあがった。

代を払う際、あるじに、侍以外で家中に詳しい人がいないかたずねた。

「詳しいというのでしたら」

あるじは一人の名をあげた。

教えられたところは、城下の南端に位置している。

八

道をくだるにつれさらに海が近くなったようで、日が高くなると同時に強さを増してきた風は潮をかなり含んでいる。あたりは寺がとにかく多く、大手の最初の守りとなっているのが知れた。道も蛇行したり、突然真横に曲がったり、あるいは不意にせまくなったり広くなったりを繰り返した。

高境寺はすぐに見つかった。山門へは十段ほどの階段が続いており、寺はこのあたりでは最も高いところにあった。

半九郎は境内に足を踏み入れた。

広い庭はなかなか趣があり、高い鐘楼《しょうろう》はがっちりしていて、鐘も年季が入っている。歴代の殿さまの帰依《きえ》が深いと蕎麦屋のあるじがいうだけのことはあって、いかにも由緒がありそうな寺だ。古刹《こさつ》といっていい。

やや横長の本堂はすばらしく大きく、屋根の高さと傾斜は妙連寺を思わせる。墓地は本堂の左手裏に広がっていて、数多くの卒塔婆《そとば》が見えた。

庫裡《くり》が本堂の右手にあり、半九郎は戸口に立って訪いを入れた。

すぐに若い僧侶《そうりょ》が出てきた。年は二十歳を一つ二つすぎたくらいか。

半九郎は一礼して名乗った。

「里村さま。どのようなご用件でしょう」

やわらかな声音できく。

「天秀《てんしゅう》さまにお会いしたいのですが」

「拙僧が天秀です」

もっと歳がいった僧侶を想像していた半九郎はその意外な若さに軽い驚きを覚えた。

来意を伝えた。

「ほう、ご家中のことをおききに。失礼ですが、拙僧のことをどなたから」

それも半九郎は伝えた。

天秀は微笑した。虎之助を思わせるような子供っぽい笑顔だ。

「美な川の主人ですか。あそこの蕎麦切りは沼里一でして、拙僧もよく食べに行くのです。若いのに実に腕のいい職人ですよ」

自分の若さを棚にあげたようないい方だ。半九郎はこの僧に好感を抱いた。

「こんなところで立ち話もなんですので」

奥の間に導かれた。

そこは清潔感の漂う八畳間で、山水を描いた掛軸が床の間《とこのま》に下がり、庭に面した障子の上には墨書の扁額《へんがく》がかけられていた。

天秀がだしてくれた座布団に半九郎は遠慮なく腰をおろした。

天秀は奥のほうにいったん下がったが、再びあらわれたときには、湯気があがる二つの茶碗《ちゃわん》をお盆の上に載せていた。

「どうぞ、お召しあがりください」

半九郎は茶碗を手にした。やはりうまかったが、しかしこの茶は予想以上だった。半九郎は率直にその思いを口にした。

天秀はにこやかにうなずいた。

「客人のためのとっておきですよ。ですから拙僧もこうして飲むことができてうれしいですが、でもなんと申しましてもこの茶を生かしているのは水のよさでしょうね」

天秀は、大事な物を扱うようなおごそかな手つきで茶を喫した。背筋はぴしりと伸び、すでに高僧の雰囲気を濃厚に漂わせている。

「ご家中のことをお知りになりたいということですが」

天秀は水を向けてきた。半九郎はうなずいた。

「それがし、沼里には人を捜しにまいりました」

そう前置きをして、美な川のあるじにしたのと同じ質問をぶつけた。

天秀は少し考えただけだった。

「高尾家という家は、家中にはございません。二十年ほど前に出奔した方に関しては、拙僧に覚えはございません。当時まだ一つか二つですから当然といえば当然ですが。どれ、ちょっと呼んでまいりましょう」

天秀は立ちあがり、襖《ふすま》をあけて廊下に出ていった。戻ってきたときには四十前と思える女を連れていた。

「母です」

「鈴《りん》と申します」

半九郎が恐縮するほど深々と頭を下げた。半九郎も畳に額をこすりつけた。

「しかしお若いですね」

あらためて名乗った半九郎は鈴に向けて世辞でなく、いった。

「まあ、お上手を」

手を口許に当て、ほがらかに笑った。やや高い声は伸びやかで、耳にすんなりと入りこむ触りのよさがある。

「里村さま、あまりおだてないでください」

天秀が割って入った。

「機嫌がよくなると、調子に乗るのか逆に失敗ばかりやらかすのですよ。お茶をこぼしたり、皿を割ったり、やたら塩辛い味噌汁をつくったり。この前も掃除をしていて、危うく壺《つぼ》を床に落としそうになりました」

「母親の恥を人さまにぺらぺらと。壺だって無事だったのですから、そんなにいわずともいいではありませんか」

「壺が割れずにすんだのは、この手がぎりぎり届いたからです」

天秀は右腕をぽんと叩《たた》いた。

「まあ、そんな小さなことはどうでもいいではありませんか。ねえ、里村さま」

同意を求められ、半九郎はどう答えようか迷った。

「母上、里村さまもお困りではありませんか。しかし仏に仕える者として、寺の宝を失うかどうかの瀬戸際を、小さなこととはよくもいえたものですね」

「形ある物はいつか壊れるのですよ。それが運命というものです」

鈴は気づいたように真顔になった。

「二十年ほど前に出奔したお方でしたね。当時の歳は二十四、五……」

唇を嚙み締めるように考えこんだ。

「ええ、一人おりました。とても腕の立つお方でした」

さすがに半九郎は勢いこんだ。

「その人の名は?」

「村田半十郎《むらたはんじゆうろう》さまと申しました。歳は正確に申しますと、二十五でした」

父だ、と直感した。里村という姓。沼里と村田を一緒にしたものだろう。

「村田どのはどんな風貌《ふうぼう》を」

鈴は思いだすでもなく、すらすらと答えた。

ことごとく父と一致していた。

「村田どのは家中でどんなことを」

半九郎はさらにきいた。

「御馬廻《おうままわり》でした」

先代の殿さまである重経《しげつね》につきしたがって、よくこの寺にも来ていたという。若くして家中随一の遣い手として知られており、重経の信頼も厚く、重経の剣の指南役もつとめていた。

「それがどうして出奔を」

途端に鈴は暗い表情をした。

「さあ、それがさっぱりわからないのです」

「その当時、なにか村田どのに変わったことがあったとか」

「そういうものがなにもなかったから、いまだに出奔の理由がわからないのです」

半九郎は気を取り直し、新たな問いをした。

「村田家はその後どうなったのです」

「改易《かいえき》になりました。本家などその他の一族方は今も無事、存続しています。監督不行届ということで、重経さまからきついお叱りを受けたものの、いずれも改易や減知《げんち》にはなりませんでした」

「村田どのに家族は？」

「半十郎どのの両親はお二人ともそのときすでに病死されていて、半十郎どのにも弟はなく、妻女も出産のとき母子ともども亡くなってしまいましたから、村田家は半十郎どのが出奔した時点で、無人も同然でした」

なにっ、と半九郎は思った。

「屋敷には家臣が数名おりましたが、あるじの行方も出奔のわけも知っている者は一人としておりませんでした」

「村田どのに子がなかったというのはまちがいないですか」

「はい、まちがいありません」

顔色を変えた半九郎を興味深げな目で見るようにして、鈴は小さく息を吸った。

「里村さまはもしや」

それまで黙っていた天秀が口をひらいた。

「村田半十郎さまの血縁では？」

「私もそうではないか、と思っておりました」

鈴が口を添え、半九郎をじっと見た。

「半十郎どのとはどういうご関係なのです。ああ、うかがってもかまいませんか」

「村田半十郎はそれがしの父だと思われます」

半九郎は思いきって口にした。

「里村さま、歳はおいくつです」

鈴が冷静にたずねる。

「二十四ですか」

鈴は軽く首を傾けた。

「里村さまが生まれたのは、半十郎どのが二十一のときということになりますね。しかしその歳の半十郎どのには子はおろか、妻女すらいなかったのですよ。半十郎どのは、よそに子供をつくるなどという器用な真似《まね》ができる人ではありませんでしたし……」

(俺は実のせがれではないのか。だとしたらいったい誰の子だ)

鈴は半九郎を見つめている。そっと口をひらいた。

「半十郎どのは今、どうされているのです」

「半年前に亡くなりました」

そうですか、と鈴は悲しげにつぶやいた。

「これまでどこで暮らしていたのです」

半九郎は隠すことなく答えた。

「江戸ですか。出奔の理由を、では半十郎さまはおっしゃらなかったのですね」

「その通りです」

「少なくとも半十郎どのは、沼里というのを口にされたのですね」

「はい、死の直前にうなされて……」

「そうですか。里村さまは自らの根っこをお知りになりたくて、ここまでまいられたのですね」

沼里に来るに至った本当の経緯を話すつもりはなかった。

信頼できるのは疑いをはさむ余地もない母子だが、この寺にはまだ盛林寺での変事は伝わってきていないようだし、また、話すことで面倒に巻きこみたくない。

「父が出奔する前、家中でなにか変わったことはありませんでしたか」

鈴は考えこんだが、すぐに顔をあげた。

「なにもなかったような気はいたしますが……」

鈴は思いついた顔をした。

「でも一つ変わったことといえば、政《まつりごと》がとてもゆるやかになったことでしょうか」

それまでは百姓衆が一揆《いっき》寸前にまで行きかねない苛政《かせい》が敷かれていたが、その後は重経が人変わりしたような善政が行われるようになったという。

「でも、それは半十郎どのが出奔されたあとのことですから、なにか関係があるとは私には思えません」

それでも半九郎は興味を持った。

「政が変わった理由はなんです」

「さあ、なんでしょう。あの頃、重経公がお心を変えられるようなできごとがあったでしょうか」

ふと、鈴はなにかひっかかるものでもあるような顔つきをした。

半九郎は期待して見つめたが、結局その形のいい口から言葉は出てこなかった。

「村田屋敷の場所を教えていただけますか」

鈴はうなずき、語った。

頭にその場所を叩きこんだ半九郎は二人に深く礼をいって、高境寺をあとにした。

九

教えられた通りの道を行く。

内藤があらわれるのでは、と一応は用心をしているが、気配や殺気を感じることは今のところない。

左へゆるやかに折れた道は沼里城を右に見るようになって、今度は右に曲がりはじめた。

突き当たりの路地を左へ入ると、そこは侍屋敷が建ち並ぶ武家地が広がっていた。

雪の朝のような静謐《せいひつ》さにおおわれている。江戸でも武家地はそうだが、どうしてこうも静まり返る必要があるのか、とあきれるほどなんの物音もきこえてこない。

村田屋敷はすぐに見つかった。二百石取りの家だから、さほど広くはない。

今はもう別の者が入っている様子で、なかから人の声はきこえてこないものの、人が発するさまざまな気配がさざ波のように寄せてきている。

ここが父の生まれ育った屋敷なのだ、と思ったら、胸がつまり、涙が出た。

しばらく、涙が流れるままにたたずんでいた。一度涙が出はじめたら、とめどもなく出てきた。どうせどこにも人影はない。若い旅の浪人が涙を流している姿に好奇の目を向ける者はいない。

最後に泣いたのはいつだったか。

父が死んだ日だった。

ようやく涙がとまり、気持ちも真夏の夕立を浴びたかのようにさっぱりとした。

半九郎はもう一度屋敷に目をやり、それから思いきりよくきびすを返した。

歩きながら一族の者に父の話をきこうかと思ったが、やめておいた。得られるものはまずないだろうし、どうやって話を持っていけばいいかもわからない。

父に子がなかったのは誰もが知っている。きっと金か仕官目当ての浪人としか見られないだろう。

不意に目を背中に感じた。

半九郎は振り向くことなく歩き続けた。じっとりと粘るようないやな視線だった。激しくうらみのこもった殺気が感じられる。

いったい何者だと思いつつも、振り返ることなく武家地を離れた。背中に当てられていた視線はふっと消えた。

道は町地に入った。あまり人は歩いていない。静けさが武家地から続いている。

小さな稲荷《いなり》をすぎようとしたとき、今度は横顔に視線を感じた。

鳥居の陰に侍がいる。身がまえかけると、ふらりと姿をあらわした。

利兵衛だった。

どうしてここに、と思ったが、答えはあまりに明白だった。

「きさま、つけてきていたのか」

「当たり前だ。敵《かたき》を追わずにどうする」

盛林寺で感じた視線も、この男だったのだろう。

利兵衛は半九郎を憐《あわ》れむ目で見た。

「あんた泣いていたな。なぜだ」

見られていたのか。半九郎はほぞをかんだ。ふと気づいたことがあり、面《おもて》をあげた。

「ききたいことがある」

「ほう、なにかな」

なんでもきけ、といわんばかりに利兵衛は傲然《ごうぜん》と顎《あご》を動かした。

「あの神社で起きたことも見ていたのか」

下山神社で鉄砲を放った者の人相をきけることを期待して、半九郎はたずねた。

「あの神社？　どこの神社のことだ」

首をひねった利兵衛を見据えて、半九郎は息を吐いた。

「わからんのならいい」

利兵衛はにやりと笑った。

「箱根の関を出てすぐの神社のことか」

半九郎は目をみはった。

「やはり見ていたのか」

「ああ。とはいっても、東海道であんたに斬りかかるつもりなどなく、俺はのんびりとあの行列をはさんでだいぶうしろを行っていたから、なにがどうしたのかはっきりとは見ておらん。わかったのは、大名の駕籠が鉄砲で撃たれたらしいことだけだ」

利兵衛は興味深げな目で見た。

「ちっぽけなあの神社に侍どもが寄り集まって騒いでいたが、なるほど、あの輪のまんなかにあんたがいたのか」

利兵衛は目を落として少し考えていたが、納得したようにうなずいた。

「どうやら駕籠を撃った犯人にされたようだな。なんとも忙しい男だ。沼里に来たのは、その濡衣《ぬれぎぬ》を晴らすためか」

「しかしきさまはなぜ……」

利兵衛は白い歯を見せた。

「俺がどうして沼里に来られたのか、か。侍どもに追われてあんたが森に逃げこんだらしいのがわかって、さすがにまずいと思ったのは事実だ」

利兵衛は言葉を切った。

「もしや東海道がふさがれるかもと考えた俺は行列をそこに残して道を急ぎ、三島宿に入った。ああいう事件があった以上、いずれ行列は代官所のある三島にやってくると考えたのだ。あんたがあの大名家となんらかの因縁があるのは確かだから、三島にいればいずれ姿をあらわすだろうと踏んでもいた。鰻を食って精をつけ、それから三島大社にお参りしたんだが、さすが頼朝公の信仰が厚かった宮だけあって霊験《れいげん》は驚くほどあらたかで、石畳の参道を戻ってゆくとき、妙に姿勢がよく背の高い百姓が東海道を行くのが見えた。一瞬、目を疑ったが、まちがいなくあんただった。俺は振り返って、思わず神さまに感謝したよ。もっとも、俺の見こみとはちがってあんたはさっさと三島宿を通りすぎてしまったが」

「大名の安否を知っているのか」

「知らん。だが、家臣どものあの騒ぎようでは知れている気がするな」

利兵衛から殺気が放たれはじめていた。半九郎は手を掲げた。

「待ってはもらえんのか。許嫁を救いだしさえすれば、いつでも相手になる」

利兵衛はふん、と馬鹿にしたように鼻を鳴らした。

「おぬしの事情など斟酌《しんしゃく》せんといったはずだ。それに、許嫁と再会するまでおぬしの命がもつという保証はない。俺が殺《や》る前に死んでもらっては困る」

半九郎は足場をかためた。

「わかった。ここで決着をつけよう。いつまでもまとわりつかれては俺も迷惑だ」

利兵衛は薄く笑った。

「本気か」

「むろん」

半九郎は刀を抜き、一気に間合をつめた。

利兵衛も抜刀した。その動きは落ち着いていて、思わず見とれそうになるほどしなやかだった。

がきんと正面から激しく打ち合った。鍔《つば》迫《ぜ》り合いにはならず、半九郎はすばやくうしろに下がった。

二間ほどの距離を置いて剣尖《けんせん》をこちらに向けている利兵衛の顔には、先ほどまでは見えていなかった憎悪がくっきりと刻まれている。それだけ利兵衛が兄を想《おも》っていたことの証拠だろうが、こんなに激しく憎まれた経験などこれまでない。

あの内藤という侍があるじに向ける気持ちと同じとはいえ、半九郎はさすがに戸惑いを隠せない。

斬り合いだ、旅の侍がやり合ってるぜ、と叫び声がきこえた。すぐに、仇討《あだうち》か、いや物盗《ものと》りかも、という声が続いた。

半九郎の視野には、何人かの町人が入っている。こちらを指さし、寄り添い合うようにしておそるおそる近づいてこようとしていた。ここで騒ぎにはしたくなかった。

「どうする、見物の衆が増えてきたぜ」

利兵衛が軽く顎をしゃくる。

「きさまが刀を引くなら俺も引く」

半九郎は押し殺した声でいった。

「先に斬りかかってきたのはあんたのほうだが、よかろう」

鮮やかな手並みで利兵衛は刀をおさめた。

「またな」

いい置いてすたすたと歩み去ってゆく。

半九郎も刀を鞘《さや》にしまった。物問いたげな町人たちを無視し、さっさと足を運んだ。最初の角を折れ、町人たちの視線から逃れる。

半町ほど行くと、町人たちのざわめきもだいぶ薄れ、ほっと息をつくことができた。

すぐに唇を嚙み締めた。利兵衛の登場は、半九郎に少なくない衝撃を与えている。

これからは、あの男が常に背後を狙っていることを意識しながら動かなければならない。岩を背負うような負担だが、逆に考えれば、悪い癖である気を許すことは一瞬たりともなくなるかもしれない。

そんな緊張をいつまで続けられるかわからなかったが、半九郎はいいほうに考えることにした。

それに、利兵衛の存在を知らぬままに襲われていたらあるいは対処できなかったかもしれないが、今はもうちがう。

半九郎は身に力を入れ直した。

十

町を歩いた。

至るところに父の痕跡《こんせき》があるような気がして、利兵衛のことが頭にひっかかっているとはいえ、なにもかもが懐かしく感じられた。

腹が減っている。

太陽は中天をとうにすぎ、傾きはじめている。刻限としては八つ前（午後一時ごろ）といったところだろうか。

目についた一膳飯屋に入った。元気のいい娘がいて、その娘が勧める太刀魚《たちうお》の刺身と飯、味噌汁を注文した。

太刀魚は見た目は淡泊な白身だが、脂がほどよくのっていて、実に美味だった。満足して代を払い、店をあとにした。

「里村さまですか」

道を南に向かい、商家が多く建ち並んでいる町を歩いているとき、町人に呼びとめられた。

半九郎は険しい目を向けた。この町で自分を知っている者にいい者がいるはずがないとの思いがある。

「そうだが」

「これをお渡しするよう頼まれたんですが」

町人が差しだしてきたのは、一通の文だった。半九郎はすぐには手をださず、町人にきいた。

「誰がこれを」

「知らない旅のお人でしたが」

頭に浮かんだのは利兵衛だった。

「侍か」

「いえ、町人です」

「町人。いくつくらいだった」

「そうですねえ、里村さまより二つ、三つ上くらいですか。ほっかむりをして顔を隠してましたけど、目つきがずいぶん鋭かったのが強く残ってます」

目つきが鋭いか、と半九郎は考えた。まさかと思うが、否定できない。

半九郎が旅立ったことを知り、追いかけてきたのだろうか。それとも守就の行列が目当てか。

いずれにしても、なぜ沼里にたどりついたのかは定かではないが、利兵衛の例もある。あの鼻のききそうな増蔵なら、ここまで来ていてもなんら不思議はない。

半九郎は文を受け取った。

「すまなかったな。ありがとう」

礼をいって町人と別れた。

右手に門があいている寺を見つけた。

十段ほどの階段をのぼり、山門を入った。ちり一つ落ちていない、清涼感が一杯に漂う広い境内に人けはない。山門の右手に建つ大きな鐘楼の陰で文をひらいた。

『下山神社の一件につき、お話があります。是非、千鳥神社まで足をお運びいただきたく存じます』。

内容はこんなものだった。末尾に、増と一文字だけ記されている。

ずいぶん用心深いんだな、と思った。文などあいだに入れなくとも、半九郎の所在を知っているのならじかに話しかければすむことなのに。しかし、ことがことだけに慎重を期そうという気持ちはわからないでもない。

文を懐にしまい入れると山門を出て、最初に行き合った町人に千鳥神社の場所をきいた。

いったん狩場川を目指して歩いて東海道に出、それを南にくだって、やがて東海道が右に大きく曲がった左側に口をあけている小道を入った。その道を西へ三町ほど進むと、こんもりと小山のような茂みが見えてきた。

あれがおそらく神社の森だ。その森から一町ほど南側を深い松林が延々と西へと続いているのが見渡せた。

確か千本松原と呼ばれる松林で、海から吹き寄せる風がもたらす塩害から沼里を守っているときく。

とても千本できく松の数ではなく、半九郎はその雄大さに驚いた。

一町ほど前に通りすぎた人家が最後で、あたりはずいぶんと寂しい光景になっていた。

近くにいるのは、樹上からときおり激しい鳴き声をあげる数羽の烏《からす》ぐらいのもので、人が発する物音は絶えて久しい。

歩を進め、鳥居の前に立った。

十五間ほどの長さの石畳が、境内を突っきって本殿に通じている。境内の幅は十間もなく、さらに両側に立つ何本もの大木がじわりと迫ってくるようで、ひじょうにせまくそして暗く感じられる。

本殿は土地の者がそれなりに手入れをしている様子だが、人の訪れなど滅多にない静寂が境内を色濃くおおっている。

（よくこんなところを増蔵は知っているな）

半九郎には、鳥居をくぐったらまずいのでは、との思いがある。下山神社で罠にかけられた苦さが脳裏にしみこんでいる。

半九郎は増蔵の姿を求めて、境内に目を走らせた。いるとしたら、本殿以外なかった。

半九郎は注視した。

しかし人の気配は感じられない。半九郎は、増蔵、と呼びかけた。

返事はない。ここは進むしかなかった。半九郎は鯉口《こいぐち》を切り、足を踏みだした。

本殿の前に立ち、なかの気配を探った。人がいるようには思えない。五段の階段をあがり、格子扉からなかをのぞき見た。

暗くてなにも見えなかったが、すぐに目が慣れ、祭壇の手前に人が横たわっているのがわかった。

「増蔵」

再び呼びかけたが、人影に動きはない。顔は向こうを向いており、寝ているようにも見える。

まさか。半九郎は顔色を変えた。本殿のなかから血が臭《にお》った気がした。

扉をあけ、なかに入った。慎重に人影に近づく。

男は旅姿をしていた。体の脇に濃い影がある。どろりと流れ出た血だった。

半九郎は血を避《よ》けて膝をつき、男の顔を見おろした。

「増蔵……」

知らず声が出ていた。

体に触れてみた。まだあたたかい。死んでからさほどときはたっていない。

ごろりと仰向《あおむ》けにした。左胸に刺し傷がある。心の臓を一突きだ。

増蔵の顔をあらためて見つめた。

表情はゆがみ、ひどい苦痛でも与えられたかのようだ。目はひらいていて、天井をにらみつけている。

はれた目の下や口許、頬にいくつものあざがある。右の手のひらが血で染まっていた。

増蔵の手を脈を取るようにつかんで、半九郎は顔をしかめた。薬指と中指の爪《つめ》がはぎ取られている。

（拷問《ごうもん》か。誰がこんなことを。だが、なぜこんな仕打ちを増蔵は受けたのか……）

増蔵の太もも近くに匕首《あいくち》が転がっていた。刃に血がべったりと付着している。

半九郎は手に取った。

犯人の手がかりがないか、ためつすがめつする。

その瞬間、背筋を戦慄《せんりつ》めいたものが走り抜けた。下山神社で鉄砲を手にした状況と酷似している。匕首を捨てようか迷ったとき、背後に人の気配を嗅《か》いだ。

捕り手だった。二十人近くが境内を埋めている。なんとも手まわしがよかった。

またもはめられたことを知った半九郎は匕首を捨て、立ちあがった。扉の外に出る。

捕り手たちの目は血走り、守就を殺された直後の内藤たちを思わせた。

捕り手のなかから与力らしい五十すぎの者が出てきて、言葉を放った。

「おとなしく縛につけ」

「誰が通報した」

半九郎には余裕がある。目の前の与力を含め捕り手たちに遣い手は一人としていない。同心らしい者も三名いるが、こちらも腕は知れたものだ。

「誰でもよかろう」

与力が厳しい口調で答えた。

「そいつがこの男を殺したんだ。俺は殺していない。殺す理由もない」

「それは奉行所できく。縛《ばく》につけ」

「いいか、もう一度いう。俺は殺していない。だから縛につく気はない。道をあけてもらおう」

与力はうしろに控えている槍持ちを振り返った。槍持ちは即座に槍を手渡した。

与力は、半九郎を威嚇するかのように槍をしごいた。半九郎にしてみれば、こけおどしにすぎなかった。

しかしふつうならまず同心が出てくるはずなのに、それをしないということは半九郎の手練《てだれ》を知っているからだろう。

半九郎は一気に階段をおり、刀を抜いた。これでお尋ね者だと思ったが、仕方がない。無実を晴らせるか怪しいものだし、晴らせたとしてもそれに費やされるときがあまりに惜しい。

泡を食ったようにあわてて突きだされた槍をあっさりとかわし、半九郎は与力の顔を刀の柄《つか》で殴りつけた。ぐわっと声をあげて石畳に倒れこみそうになる与力を片手で受けとめるや、すっと首筋に刀を添えた。

捕り手たちが大波が打ち寄せたようにどよめいた。

「なにをする」

自らのありさまを理解した与力が震え声でいう。

この与力が臆病《おくびょう》ということではなく、場数を踏んでいないということにすぎないのだろう。平和な町で、おそらくこれだけ大がかりな捕り物は滅多になく、この与力にとってあるいははじめてなのかもしれない。

「いいか、この通り俺の得手《えて》は刀だ。なかで死んでいる男は匕首で心の臓を一突きにされている。これだけでも誰か別の者の仕業ということがわかるだろう」

「他者《よそもの》の仕業に見せかけたということも考えられる」

「見せかけるもなにも、俺に殺す理由はない。男は増蔵といって江戸の下《した》っ引《ぴき》で知り合いではあるが」

「江戸の下っ引……」

半九郎は懐を探り、文を取りだした。

「いいか、俺はこの文でここへ呼びだされたんだ。読んでくれ」

与力の懐に文を押しこんで、語気鋭く続けた。

「先ほどの質問に答えてもらおう」

「なんのことだ」

半九郎は刀を握り直した。ちゃっと音がし、与力の喉にじかに刃が触れた。与力は寒風にさらされたように身をすくめた。

「答えろ」

与力は歯を食いしばっている。

「通報者のことをいうわけにはいかん」

刺叉《さすまた》や突棒をかまえた小者や十手《じって》を手にした同心たちが、心配そうな眼差《まなざ》しを向けている。この者たちの手前、刀で脅されたくらいでぺらぺらと吐いてしまうわけにはいかないのだ。

半九郎は、与力の面子《メンツ》を考えてやることにした。捕り手たちを見まわす。

右手に、一際《ひときわ》目を引く若い同心がいる。ようやく見習を終えたくらいか。

与力を引きずるようにして、じりじりとその同心に近づいてゆく。

距離が一間ほどまで縮まったところで与力をどんと突き放した。捕り手たちが、わあ、とだらしない叫び声をあげてあとずさるところを今度は若い同心を人質にした。同心を捕り手の輪から引きずりだし、与力にしたように刀を喉に突きつけた。

「十手を捨てろ」

同心にいった。

同心は素直にしたがった。十手は音を立てて地面に落ち、一つ跳ねてから動きをとめた。

「これでしゃべりやすくなっただろう」

半九郎は与力に話しかけた。

「殺したら、死罪だぞ」

瞳を思いきり見ひらいた与力がうわずった声をあげる。町奉行所などせまい世界だ、血縁なのかもしれない。とにかく、人質としては格好だった。

「殺すなんて言葉をつかうな。この男がびっくりするじゃないか。いいから答えろ」

「答えたら柴原《しばはら》を放すか」

「むろん」

与力は躊躇するようにわずかに目を落とした。きっとあげた顔には決意が見えていた。

「町人だ。ほっかむりをしていたそうだが、目つきはずいぶんと鋭かったようだ。歳は三十くらいでは、とのことだ」

どうやら町人に文を託した男らしい。

「この町の者か」

「わからん。わからんが、通報を受けた者は見たことのない顔と申した」

「通報を受けたのはいつだ」

「四半刻ほど前だ」

「内容は？」

「千鳥神社で侍が町人を刃物で刺し殺した、というものだ」

「その男は俺の腕を知っていたのだな」

「すごい遣い手だから十分に用心するよう告げたそうだ」

ほかにきくべきことはないか、半九郎は考えた。

「もうきくことはなかろう。柴原を放せ」

答えずに半九郎は柴原に刀を添えたまま鳥居に向かって動きはじめた。

「約束をたがえる気か」

「道をあけろ」

与力にいい、捕り手の輪のなかに入りこむ。捕り手たちは壁が崩れるように脇にどいた。

「そこを動くな」

与力にかたく命じた。

「動かなければこの若者は死なずにすむ」

与力をはじめ捕り手たちは一様にくっと唇を噛む仕草をした。

柴原を盾《たて》にし、鳥居へ背中で近づいてゆく。鳥居をくぐり、捕り手と十分な距離をとったところで柴原を突き放そうとした。

柴原はその瞬間を待っていたらしかった。体をひるがえしざま長脇差を抜いてみせたのだ。十分に腰の落ちた居合《いあい》だった。鋭く伸びた長脇差は半九郎の右脇腹を狙っていた。

おそらく刃引きだろうから受けたところで命に別状はないのは瞬時に判断できたが、ここは江戸ではない。長脇差に刃がつけてあることも考えられるし、刃引きでも脇腹に受ければ身動きがとれなくなる。

あわてることなく半九郎は片手で刀を振りおろした。きんという音が響き渡った次の瞬間、長脇差は柴原の手を離れ、地面を転がっていた。

柴原はあっ、という顔をした。

「馬鹿な真似を」

一瞬、懲らしめてやろうかという気持ちが半九郎のなかで湧いたが、奉行所の者を痛めつけても益はない。

体を返すや地を蹴った。

十間ほど駆けたところで振り返ったが、柴原は呆然《ぼうぜん》としたままだ。他の捕り手たちは動いているだろうが、まだその姿は見えなかった。

十一

かなり走った。

捕り手の姿は見えないが、その代わり妙な気配がいつからか半九郎をとらえている。ずっと何者かに見られている感じだ。

その視線は、半九郎がどれだけ走ろうと背中から離れていこうとしない。

ただし、振り向いても視線の主は見えない。利兵衛か、と思ったが、視線に粘っこさは感じられず、ちがうような気がしてならない。

半九郎はいらだたしかった。立ちどまって待ち受けるか、と考えたとき視線は目隠しでもされたようにふっと消えた。

半九郎は走り続けた。

ふと気づくと、見覚えのある風景が目の前に広がっていた。

半九郎は足をゆるめた。高境寺の近くまで来ていた。

（しばらくかくまってもらうか）

おそらく江戸と同じで、町奉行所は寺内に踏みこむ権限を持ってはいまい。

それにしても、と思った。さっきの視線は誰なのか。

考えられるのは、半九郎を罠にはめた目つきの鋭い町人だ。しかし、その割に害意は感じられなかった。

それよりも、増蔵はなぜ殺されたのか。なぜ拷問をされたのか。拷問をした側はなにをききだしたかったのか。

はっ、と思い当たった。守就の上屋敷から虎之助と孫吉を引きずって長屋に帰ったときを思いだしている。

増蔵はどこかに忍びこんだもののつかまり、忍びこんだ目的と身許を吐かせるために拷問をされたのではないのか。

どこになにを目的に忍びこんだのか。

半九郎はまたうしろを振り返った。

相変わらず捕り手の姿はないが、いずれ沼里中に網が張られるのは疑いようがない。そうなると身動きがとれなくなる。

まずいことになったが、これが目つきの鋭い男の狙いなのかもしれなかった。

半九郎にいろいろ動きまわられては邪魔なのではないか。だから町奉行所の手を借りることで、半九郎の動きを封じようとしたのではないか。

ならとことん動いてやるまでだ、と半九郎は決意した。

「里村さま」

横合いからいきなり呼ばれた。

「天秀どの」

半九郎も驚いたが、路地の入口に立っている天秀もびっくりした顔をしている。

「これも仏のお導きでしょうか」

近づいてきた。

「なんのことです」

「母に、里村さまを呼んでくるようにいわれたのです。でも、どうやって見つければいいものやら。途方に暮れていたところに急に里村さまがあらわれたのですから……」

半九郎の胸は期待に躍った。

「母上はなにか思いだされたのですか」

「そのようです。一緒に来てくださいますか」

「むろんです。いや、しかし」

「どうかされましたか」

半九郎は、今、町方に追われている身であることを告げた。

天秀は目を丸くしている。

「どうしてそのようなことに」

半九郎は理由を告げた。

「濡衣《ぬれぎぬ》なのですね？」

天秀は瞳を鋭くして確認してきた。

「もちろんです」

「では、いらしてください。無実の方をかくまったところで罪に問われることはございますまい。それに町方は寺社奉行の許しを得ない限り寺には入れませんから、身を休めることもできます」

半九郎は天秀とともに道を急いだ。

鈴は待ちかねた顔をしていた。

半九郎を見てしゃべりだしそうな鈴を制して、天秀が現在の半九郎の身の上を語った。

「誰がそんな罠にかけたのか、見当はついていないのですね」

鈴がきく。

「はい」

「やはり半十郎どののことと関係があるのかもしれませんね」

鈴は半九郎を見あげた。

「そんなところで棒のように立っているのも疲れるでしょうから、お座りください」

だされた座布団の前に立ったままだった半九郎は素直にその言葉にしたがった。

「なにか思いだしたことがおありとか？」

ふふ、と鈴は笑った。

「せっかちですね、里村さまは」

「せっかちは母上でしょう。思いついたら動かないといられぬたちのくせに」

「うるさいですよ、天秀。黙っていなさい」

「すぐこれだ」

鈴は笑みを消し、真顔になった。茶を一つ喫してから語った。

「前の殿さまの重経公がそれまでの苛政をやめ、善政を敷いたのは、目に入れても痛くないほどに溺愛《できあい》していた御次男の千寿丸《せんじゅまる》さまが長いこと病に伏していたためではなかったかと思います。善政を敷けば病気が快癒するのでは、という期待があったからでしょう」

「千寿丸さま……」

半九郎はこの名になんとなく感ずるものがあるような気がした。

「結局、千寿丸さまはその甲斐《かい》なく、亡くなってしまわれました」

「亡くなった。まちがいないですか」

だ。

「ええ、まちがいありません」

「いくつで亡くなったのです」

「まだ四つでした」

四つか、と半九郎は思った。自分が父に連れられてこの地を逃げだした歳と同じくらいだ。

まさか、と慄然として思った。もしその千寿丸が病死していなかったとしたら。

三層の天守閣を思いだした。俺はあそこから連れ去られたのか。

しかし、と冷静に考えた。殿さまの次男をどうやれば連れ去ることができるというのか。

鈴は話を続けている。

「善政を敷かれたのは、千寿丸さまが亡くなる一年半近く前に、江戸で暮らされていた御嫡男の重孝《しげたか》さまが十七の若さで病死されたことも大きかったのでは、と思います。重孝さまにはあと一年ほどで跡目が譲られることが決まっていました。立て続けの不幸は重経公にひどい衝撃を与えたようで、重経公も重孝さまが亡くなった一年後に病死されてしまいました」

その後、家督は重経の弟の元経が継いだのだ。

「その元経公が昨日亡くなったのは？」

鈴が悲しげにたずねる。

「ええ、存じています。元経公の跡目はどなたが？」

これには天秀が答えた。

「江戸にいらっしゃる元経公の御嫡男の満経《みつつね》さまが。今十七歳でして、元服はとうにおすましです。お目見もとうにすまされたそうですから、お家を継ぐのになんの支障もございません。元経公が亡くなった今申すことではないのでしょうが、初入部が楽しみです」

「元経公にほかにお子は？」

なんとなく口をついて出た。

「満経さまは十年前に亡くなったご正室とのあいだにお生まれになったのですが、ほかのお子といいますと、唯一の側室とのあいだにお生まれになった男子がいらっしゃいます。今六歳です。お名は秀寿丸《しゅうじゅまる》さま」

半九郎は不意に、まさか、と気づいた。嫡男の重孝の死。病死とのことだが、実は殺されたのでは。そして千寿丸も殺される運命にあった。そのことを知った父は。

江戸市中を転々としたのも、刺客を怖れてのことと考えればわかる。

（俺が巻きこまれたのはこれだったのか）

ほかに考えようがなかった。

「重孝公、重経公、千寿丸さまと亡くなったとき、妙な噂は立ちませんでしたか」

半九郎は鈴にきいた。

「立ちました。三人は病死ではなく毒殺されたのでは、という。祟《たた》られているのでは、という噂も出ましたね。そのことを思いだしたから、里村さまをお呼びしたのです」

「目付衆による調べは行われたのですか」

「いえ、行われていないはずです。名医として名高い御典医《ごてんい》の等雪《とうせつ》さまが病死であると断言され、それで噂は立ち消えになりましたから」

「その等雪さまは今も御典医ですか」

会って話をきけるものならききたかった。

「いえ、もう十年以上も前にお亡くなりに。跡は今は別の系統のお方がつとめられていま
す」

そうですか、と半九郎はいった。

「話は変わりますが、村田半十郎どのは千寿丸さまとなにか関係はありませんでしたか」

「大ありですよ、里村さま」

半九郎は黙って耳を傾けた。

「半十郎どのは千寿丸さまの傅役《ふやく》でした。人柄を重経公に買われてのことです」

「傅役ですか」

それなら常に身近にいたということだ。連れ去るのに格好の位置といえる。

「千寿丸さまの葬儀は行われたのですか」

「ええ、行われました。盛大なものでした」

「墓所は？」

「ここから二町ほど北へ行った観岳寺《かんがくじ》に」

半九郎は立ちあがろうとした。

「行かれるのですか、観岳寺に」

半九郎は座り直した。

「そのつもりです」

「でもいいのですか。外に出れば捕り手がたくさんいるでしょうに」

「しかしどうしても行ってみたいのです」

「もしや里村さまは、自分が千寿丸さまでは、と考えているのですか」

「はい」

「そうですか」

鈴は深くうなずいてくれた。その瞳の色は、鈴も同じことに思いが至っていたらしいことを物語っていた。

「そうだ、千寿丸さまの母をご存じですか」

「ええ、とても美しいお方でした。重経公のご側室で、名はお登世《とせ》さまと。千寿丸さまを生んですぐ、産後の肥立ちが悪くて亡くなりました」

これは父のいった通りだった。

「お登世さまは家中の出ですか」

「いえ、商家からお城へご奉公に出られたのです。そして、その美しさを目にとめられた重経さまのご寵愛《ちょうあい》を受けることに」

「その商家は今も健在ですか」

鈴は残念そうに首を振った。

「いえ、もう十五年以上も前に潰れてしまいました。呉服を扱う老舗《しにせ》だったのですが、あるじの急死で立ちいかなくなってしまいまして。あるじ夫婦にはお登世さまのほかに子供が二人おりましたけど、残されたおかみさんともども次々に亡くなってしまいまして。奉公人は散り散りに……」

「そうですか。残念ですね。その店はどこにあったのですか」

「狩場川沿いの河岸の近くでした」

鈴がよく輝く瞳で見つめている。

「お役に立ちましたか」

「はい、とても。ありがとうございました」

深いお辞儀をした。

「お顔をおあげなさい」

鈴は娘のようなほがらかな声でいい、笑顔で続けた。

「もしなにかお困りのことがあったら、こちらの迷惑など考えず、すぐにいらっしゃい。ね、約束ですよ」


お参りする者もいない小さな墓だった。

苔《こけ》むしていて、人の手がまったく入っていないのがわかる。しかもこの寺は殿さまの一族の菩《ぼ》提《だい》寺《じ》ではない。

しかし、確かに墓はあった。これがもしや自分の墓かと思うと不思議な気持ちがした。

十二

どこへ行くとも決めずに足を踏みだしてしばらくして、また視線を感じた。

立ちどまって振り返る。

今度は消えなかった。糸をたどるように視線のもとを追ってゆくと、町人たちが行きかうなかに長身の侍を見つけた。思わず背筋に冷えを感じた。

内藤だった。

往来の端に立ち、腕をがっちりと組んで半九郎を観察するような冷ややかな目で見つめている。

半九郎は、先ほどの視線は内藤だったことを知った。内藤なら、姿を見せることなくうしろをついてくることなど難なくしてのけるはずだ。

罠にかけたのはあの男か、という思いが光が射しこむように脳裏をよぎっていったが、すぐにちがうな、と思い直した。

内藤にはそんな手数をかける必要はない。半九郎を見つけたら有無をいわさず殺すつもりでいるはずだから。

逃げだしたかったが、しかし内藤の視線には殺気というものがまったく感じられない。

どういうことだ、と思いながらじっと動かずにいると、腕組みを解いた内藤がずんずんと近づいてきた。

正直いえば、内藤の瞳に縛りつけられたように半九郎は動くことができなかった。まるで蛇ににらまれた蛙《かえる》だな、と半九郎は自嘲《じちょう》気味に、内藤の瞳から目をかろうじてはずし、よく張った両肩を見た。

内藤は半間ほどまで近づいて足をとめた。先ほどまでの冷ややかな瞳の光は、雪が解けたようになくなっている。

「話がある」

低い声でいった。

「おぬしにとって悪い話ではない」

ついてくるよう手招いた。

半九郎はさすがにためらった。殺気を消しているのは、自分を油断させるための芝居と思えないこともないのだ。

「どういうことだ。ここでいえ」

とがった声でいうと、内藤は軽く笑った。邪気の感じられない笑顔で、この笑いに引きこまれる者も多いはずだ。

「用心深いな。なるほど、そうか、千鳥神社にもおびきだされたのだな」

「にも?」

「ああ、下山神社でもそうだったのだろう」

内藤はさらりといった。半九郎は息がとまるほど驚いた。

「その通りだが、どうしてわかった」

「そのことも含めて、話があるといっているのだ」

半九郎は、内藤が真意を吐露しているのか確かめようとした。しかし内藤の顔には無表情を装う幕がかかっている感じがあり、どうにも判然としなかった。

「やり合うつもりはない」

内藤が断言する。

「だから安心しろとはさすがにいいにくいが、これを預けてもいいくらいの心持ちだ」

ぐいと刀を持ちあげてみせた。

「それに、捕り手に追われているのだろう。それがしなら、おぬしを救ってやれるかもしれん」

内藤は自信たっぷりな顔つきだ。

どういうことかさっぱりだが、半九郎は身を預ける決心をした。とにかく内藤が下山神社でのあるじ殺しに対し、なにか疑問をいだいたことは確実だ。

「了解した。信じよう」

半九郎がいうと、内藤はそれでいいとばかりに深くうなずき、半九郎に背中を見せるや歩きだした。

五町ほど西へ歩くと、町はあっけないほど簡単に途切れ、あたりは田畑の風景に代わった。百姓家が点在し、野良仕事をしている百姓の姿がちらほらと見える。

道は畦《あぜ》といってよく、内藤はわずかにぬかるんだその道を躊躇なく進んでゆく。

道の先には林が見えている。どうやら内藤はそこを目指していた。

近づくにつれ、そこが稲荷らしいのがわかった。赤い鳥居の先に、こぢんまりとした境内がわずかな奥行きを見せている。木々にすっぽりと囲まれた境内だ。ろくに風も入ってきそうにない静けさに満ちている。

内藤は鳥居の前でくるりと半九郎を振り返った。

「ここなら邪魔は入るまい」

ほがらかに笑う。

「話をするのに、という意味だぞ。誤解せんようにな」

内藤は境内に入った。半九郎も続いた。

境内には人けはまるでなく、鳥のさえずり一つきこえない。半九郎はそのあまりの静謐さに、身を斬られるような錯覚すら覚えた。

内藤がその静寂を破るように、一つ咳《せき》払いをした。

「下山神社でおぬしは罠といったが……」

言葉を切り、半九郎をじっと見つめた。

「どういうことか説明してもらいたい」

「望むところだ」

半九郎は正直にすべてを語った。

「そういうことだったか」

納得した様子の内藤は何度もうんうんと首を縦に動かした。

それからあらためて名乗った。

「内藤右兵衛《うへえ》と申す」

明るい声音でいい、深く腰を折った。半九郎を信頼した証《あかし》ということらしい。

半九郎も名乗り返した。

「しかしどうしてそれがしがやったのではない、という考えに至ったのかな」

「もともと、罠、という言葉が心にひっかかってならなかった。下山神社で里村どのを逃したあと」

右兵衛は訥々《とつとつ》とした口調で語った。

「まず鉄砲の持ち主を捜した。すぐに伊造という猟師であることがわかったが、すでに伊造の里には一人の侍が来ていろいろ話をきいていったことを知った。その風貌から、それがどうやらおぬしであるのが知れ、しかも伊造が一月も前から行方知れずになっていることもわかって、いったいこれはどういうことなのか、とあらためて考えた。むろん、その時点でおぬしへの疑いを解いたわけではなかったが」

侍が三島への道筋をたずねたことも知り、追われている者が正直に目的地をいうはずがないとも思った。西へ向かわず箱根を越える気かと考えたが、江戸へ戻るつもりでいるなら、わざわざ下山神社を狙撃の場として選ばずとも、その前の道中でいくらでもやれたはず。

「なにしろ罪を犯した者が箱根の関を越えるのは、至難の業だからな。それで、おぬしははなから西へ逃げるつもりでいたと判断し、俺は西へ足を向けた。そして三島に着いたとき、元経公が亡くなったことを行き合った家中の方に知らされた」

悲しげに眉を曇らせた。

「まさかあの侍が元経公も、と思ったが、元経公が亡くなったのはあるじが鉄砲で撃たれたおよそ二刻後であるのがわかり、おぬしが手をくだしたのでないのはわかった。おぬしはその頃、あの山中にいたゆえな。家中の方は元経公が病死であるといわれたが、しかしあの侍と元経公の死がさすがに無関係とは思えず、即座に沼里へ向かった」

そして今朝、盛林寺の山門前にいる半九郎を見つけたのだという。

百姓のなりをしていたから一瞬面食らったが、追われている身であるのを考えれば不思議はなかった。

(盛林寺はこの男だったのか)

半九郎は心中うなずいた。

「蕎麦屋でもいろいろと話をきいていたな」

右兵衛がいう。

「疑いは晴れたのか」

「むろん完全ではないが、しかしおぬしが犯人なら、伊造の村へ行ったり蕎麦屋で話をきく必要はないな。おぬしはまちがいなく真犯人を見つけようとしていた。それで、罠、という言葉が俺の胸にまた戻ってきたのだ。話をきくだけきいてみるか、と考え直した」

この男が剣だけでない、思慮深い男であることに半九郎は感謝した。

「あるじは亡くなったのか」

「ああ」

右兵衛は悲しみを押し隠した顔で答えた。

「三島代官には？」

「届けてはおらぬ。行列は三島にとどまっているが」

「とどまってどうするつもりだ」

「病死として公儀に届けることに衆議は一致した。俺は犯人をとらえ、この手で討つつもりでいる」

「だから一人で動いているのか」

半九郎は右兵衛の覚悟を知った。

「二人の殿さまを殺さねばならぬ者に心当たりはないのか」

「おぬし、元経公も殺されたと考えているのか」

半九郎は小さく笑った。余裕がようやく出てきている。

「あんた、さっきそういったではないか」

「無関係とは思えぬ、といったはずだが、まあしかしその通りだ。……ふむ、心当たりか」

右兵衛はわずかに考えこんだ。

「我があるじはとてもやさしいお人柄だったが、一度お怒りになるとまさに烈火のごとしだった。酒席で無礼な振る舞いをした旗本の面を張ったり、殿中で茶坊主を怒鳴りつけたことも一度や二度ではない。だがあの程度で、鉄砲で撃ち殺すなどということにつながるものなのか」

右兵衛は江戸弁で話している。わずかながら国許らしいなまりを感じさせる程度で、これまでに何度も江戸詰を繰り返してきているのが知れた。

「元経公のほうは正直、わからん」

右兵衛は一つ息を入れた。

「俺からきいていいか。おぬし、なぜ罠にかけられた」

あまりにまっすぐなものいいに、半九郎は苦笑した。

「今、それを探っている最中だ」

「江戸の浪人のはずだが、なぜ沼里までやってきた。沼里となにかつながりが」

「それも今調べている」

「なんだ、わからんことだらけだな」

「これからどうする」

半九郎は方向を転じた。

「ここ沼里家中の筆頭家老のお屋敷へ行くつもりだ」

「筆頭家老？」

「ああ、主家同士の親密さが家臣にも伝わっていてな、我らはお互い親しい間柄になっているのだ。こちらの筆頭家老は元経公が最も重用したお人で、人柄は信頼できる」

半九郎を右兵衛を見つめた。

「あんた、さっき俺を救えるかもしれん、といったな。これか」

「ああ。おぬしさえよければ一緒に来るか。こちらの事情も高岡どのに説明したいし、いろいろと話もききたい」

「高岡どの？」

「ああ、高岡主膳《しゅぜん》どのだ。俺はお父上の主水《もんど》どののときからのつき合いだが、知っているのか」

（……この人だったのか）

半九郎は空を見あげた。高尾掃部ではなく、高岡主水だったのだ。

「どうかしたのか」

右兵衛が怪訝《けげん》そうに問う。

半九郎は我に返った。

「主水どのは今どうしている」

「もう亡くなられた。だいぶ前だな、十四、五年前になるか」

そうか、と半九郎はいった。

「本当に高岡どのの許へ連れていってくれるのか」

「おぬしがいいのならな」

「是非会いたい」

「では、それがしの同僚ということでついてくるがよかろう」

十三

稲荷から畦《あぜ》道をさらに北へ六、七町ほど行くと、鬱蒼《うっそう》とした林が眺められた。

林の前は小さな土手になっていて、柳が何本か植わっている。土手の向こう側には二間ほどの幅の川が流れていて、三本の丸太でつくられた橋が土手を割るように架けられていた。

橋を渡り、林の小道を進んだ。鳥の鳴き声と木々のざわめき、右兵衛の土を踏む規則正しい足音しか耳には入ってこない。

やがて門構えが見えてきた。場所からしてどうやら本邸ではなく、別邸らしかった。筆頭家老の屋敷らしく、遠目でもその宏壮《こうそう》さはわかった。江戸の大身《たいしん》の旗本屋敷とほぼ同等の広さを誇っている。高い塀越しに、林に劣らない木々が深く茂っている。

門前には門衛の足軽が二人、いかめしい顔をして立っていた。

守就の下屋敷を奈津を捜して訪ねたことが思いだされた。ずいぶん昔のことのように感じたが、考えてみれば、それほど遠いことではない。

右兵衛にていねいなお辞儀をした門衛がくぐり戸をひらくと、間を置くことなくなかから用人らしい四十男が満面の笑みであらわれ、右兵衛と挨拶をかわし合った。

右兵衛に紹介され、半九郎は頭を下げた。

「こちらは高岡家の用人松本《まつもと》どのだ」

松本に導かれ、半九郎たちはなかに入った。

大きな池を沿うようにして玄関に着き、廊下を進んで奥の座敷に通された。

あけ放たれた障子から回遊式の庭が見渡せ、借景になっている富士が、長い裾野《すその》を持つ緑濃い雄大な山の向こうによく見えた。

「すばらしい景色だな」

右兵衛が感じ入ったようにいい、半九郎も同感の意を示した。

「富士の手前のあの山は足高《あしたか》山といってな、古来より牧が設けられている山で、今も多くの馬が放牧されているそうだ」

襖があき、四十をいくつかすぎていると思える侍が入ってきた。

やせているが、それは単に無駄肉がついていないということにすぎず、動きは若々しかった。大きな目には力があり、広い額はつやつやとして血色がいい。

高い鼻は丸みを帯びて幅があり、唇は上下とも分厚く、いかにもやり手といった印象を半九郎は持ったが、いつもは精気をみなぎらせているはずの顔には、幾分かやつれらしいものが見え隠れしていた。おそらくあるじの死がこたえているのだろう。

侍は右兵衛の前に正座をした。

「こちらは高岡主膳どのだ」

右兵衛が教え、次に半九郎を高岡に紹介した。

「里村半九郎どの……」

名をきいて主膳はなにかに思い当たったかのように考えに沈んだ。はっとして半九郎を見つめ、右兵衛に告げた。

「内藤どの、しばらく席を外していただけませんか」

さすがに右兵衛は面食らったようだが、その思いを顔にだすことなく、わかりました、と静かにいって襖の外に出ていった。

二人きりになって、半九郎はついに俺の出自がわかるかもしれん、とどうにも息苦しいものを感じた。

主膳もどう話しだそうか迷っているふうで、座敷には重い沈黙が居座っている。

「もしや里村どのは村田半十郎どのの……」

主膳が意を決したように沈黙を破った。

「せがれです。もっとも、父は江戸では里村十兵衛と名乗ってましたが」

主膳はあるじを見るような眼差しで半九郎を仰ぎ見た。

「立派になられましたな」

「それがしの出自をご存じなのですね」

「むろん」

力強くいいきった。

半九郎は高ぶる気持ちを抑えるため、大きく息を吸った。

「それがしの以前の名乗りは千寿丸なのですか。父とは血のつながりはないのですね」

思いきってきいた。

主膳は震える唇から、平静な声音をだそうと努力している。

「その通りです。あなたさまは千寿丸さまにまちがいございません。それがし、ずっとお捜ししておりました。今は亡き父から受け継いだ仕事です。村田どのが江戸で里村と名乗っていることだけは、調べがついていたのですが」

名を口にしたことで感情の堰《せき》が切れたのか、主膳は涙をこぼす寸前だ。

「捜していた？　調べがついていた？　どういうことです。父はよく引っ越しをしましたが、あれは何者からか逃げていたゆえでしょう。捜していたというのは、そのことと関係あるのですか」

主膳は半九郎の矢継ぎばやの問いを避けるように下を向いている。首を一つ振ってからゆっくりと顔をあげた。

「最初からお話ししましょう。そのほうが千寿丸さま、いや、里村さまとしてもわかりやすいでしょうから」

主膳が話しだす前に、半九郎はいった。

「傅役をつとめていた父が、まだ四つだったそれがしを連れて逃げだしたらしいことはわかっています」

「そうでしたか」

「なぜ父はそれがしを連れだしたのです」

主膳は咳《せき》を一つし、唇をなめた。すっと姿勢を正し、半九郎を見つめてきた。

半九郎はその厳しい視線を正面から受けとめた。

「贅沢《ぜいたく》好きで浪費を美徳とする重経公の苛政がすべてでした。しぼるだけしぼられた百姓衆の不満は頂点に達しており、領内はいつ一揆が起きても不思議ではない状況でした。実際には、小さな一揆ならいくつも起きていましたが。しかしあるとき、こたびの一揆には領内の百姓すべてが結集するとの噂がたち、そうなればそれまで通り鎮圧するなどとても……」

もし数万にも及ぶ百姓衆に城に押し寄せられたら、どうにもならないだろうことは半九郎にもわかる。実際、城を囲まれてすべての要求をのまざるを得なかった大名の話をきいたこともある。

「しかし、もし城を囲まれたとして重経公が百姓衆の要求を受け入れるかどうか。徹底して武力に訴えることも十分に考えられました。そうなれば、領内の混乱が長引くのは必至。そしてもしそれが公儀の知るところになったら。領内おさまらず、との理由で取り潰された大名は枚挙にいとまがありません。危機感を深めた父を含めた執政たちは談合を繰り返し、ある一つの策を思いついたのです」

「どのような策です」

半九郎は間髪入れることなくたずねた。

「重経公が溺愛していた千寿丸さまを人質に取ることです」

半九郎は少し考えた。

「つまり、千寿丸の命と引き換えに苛政をやめて善政を敷くように、と」

「そういうことです。要求をのめば千寿丸さまは無事返す、というものでした」

主膳は一つ息を入れた。

「そうして策はできあがったものの、誰が千寿丸さまを連れ去るか、それが最大の問題でした。その人にすべての責を押しつけることで成立する策で、その人の一生を奪うも同然でしたから」

主膳はすまなそうに下を向いた。

「執政たちは再び談合を繰り返しました。そして、両親がすでに亡く、兄弟、妻子もない村田半十郎どのに白羽の矢が立ったのです。千寿丸さまの傅役をつとめていたというのもこれ以上ない適役といえました。村田どのが百姓衆を哀れに思っているらしいことも、身辺を調べてゆくうちにわかったそうです。この人物なら策を打ち明けても大丈夫だろうということで、父がこの屋敷に村田どのを呼び、説得しました」

そして父はその説得を受け入れたのだ、と半九郎は思った。

「策は慎重に進められました。そして二月末のある夜、その日は重経公の父春経《はるつね》公の命日だったのですが、宴で鯨飲した重経公が酔いつぶれたときを狙い、村田どのは千寿丸さまを抱いて城を逃げだしました。手形を懐に間道を進んだ村田どのは朝一番に箱根の関所を越え、小田原に着きました。そこから重経公に、要求をしたためた手紙をだしたのです」

重経は激怒し、村田一族を皆殺しにしようとまで考えたが、そのようなことをされても千寿丸さまを失うことにでもなったらどうされます、という執政たちの説得を容《い》れ、半十郎の要求に渋々したがった。

苛政はひっくり返ったさいころのように善政の目に変わり、領内に満ち満ちていた不穏な空気は急速におさまっていった。

「ただし、すぐに千寿丸さまを返したのでは元通りになるだけでは、との危惧《きぐ》が執政たちにはありました。また、村田どのへの報復を怖れて、千寿丸さまを返すことは半年ほど様子を見てから、ということになりました」

主膳はわずかに視線を落とした。

「千寿丸さまが帰ってこないことに、重経公はさすがにいらだちました。そのいらだちが高じたのか、今まで以上に酒をすごすようになり、そしてある日、突然倒れたのです。卒中でした。そのまま意識は戻らず、翌日、重経公は逝《い》ってしまったのです」

父と同じか、と半九郎は思った。父はほとんど酒を口にすることはなかったが。

「執政たちは呆然としました。しかしすぐに立ち直り、重経公の弟御である元経さまの相続願いを公儀に届け出たのです」

元経はそのとき二十八歳、江戸で学問に励んでいた。嫡男《ちゃくなん》の重孝が死んだ時点で、重経はこの弟に家督を継がせることを決めていた。元経のあとに千寿丸、という気でいたのだ。重経は元経跡目ということで公儀へ正式に届け出ており、それを受けて元経も将軍への目通りをすませていた。

相続願いはつつがなく受理され、元経は新しい殿さまとして沼里に入部した。

「しかしなぜ千寿丸は死んだということに」

半九郎がきくと、その疑問はもっともだというように主膳は首を上下させた。

「元経さまはもちろん千寿丸さまのかどわかしをご存じで、心を痛めておられました。執政たちは千寿丸さまは無事に戻ってこられたことにして、元経さまとご対面という手はずを整えるつもりでいました。しかし、そのとき思ってもみなかった事態が起きたのです」

「どのような事態です」

「江戸にいた村田どのです。我が父にも知らせることなく住まいを移し、行方が知れなくなったのです」

主膳はため息を吐きだした。

「なにしろ一度迷子になると二度と親に会えぬ子供が無数にいる広い町です。そんな町に、村田どのはなにもいわずに紛れこんでしまったのです。こちらも手を尽くしましたが、わかったのは唯一姓だけで、どうにも捜しだすすべはありませんでした」

「しかしなぜ父はそんなことを」

「ともに暮らすうち、きっと千寿丸さまに情が移ってしまったのでしょう」

主膳はさらりと答えた。

「村田どのの妻女は流産がもとで亡くなりました。そういう事情もあり、村田どのは千寿丸さまを手放すのが惜しくなってしまったのではないでしょうか」

主膳は半九郎を見つめた。

「村田どのは大事にしてくれたのでしょう」

「はい、とても」

父が死の間際、高岡主水の名を呼んだのは、勝手をした申しわけなさからだろうか。

「ですから、元経さまに本当のことを打ち明けるわけにはゆかず、執政たちとしてはほかに手がなく、元経さまのご入部前に千寿丸さまが亡くなったということにして、葬儀まで行ったのです。家中には、半年あまりの長患《ながわずら》いののち亡くなられたと発表しましたが」

主膳が不意に声を低めた。

「元経さまの跡を継ぎたいですか」

半九郎はぎょっとした。考えたこともなかったが、現実にその資格が自分にはある。だがいきなり自分が殿さまになったところで、家中はただ戸惑うだけだろう。

それに、今の自由な境遇に不満はない。大名になれば暮らしに困るということがないというのはよかったが、ただそれだけのことで、きっと退屈なだけだろう。自分の出生がわかった今、あとは奈津を取り返すことだけだった。

その意志を主膳に伝えた。

「そうですか。……お気持ちはよくわかりました」

主膳は深くうなずいた。

その顔には安堵《あんど》の色があらわれている気がする。断ってもらって助かったというのが、正直な心持ちなのだろう。

それにしても返事がはやすぎたかな、と半九郎はもったいなさがかすかに心の底をひたすのを感じた。俺もしょせん俗物だな、と知らず苦笑が洩れた。

「なにか」

主膳が目ざとくきく。

いえ、と半九郎は首を振った。

「元経公の跡は江戸の若殿、満経さまといわれましたか、が継がれるのですね？」

「その通りです。千寿丸さま、いや里村さまは、それでよろしいのですね？」

「むろんです」

半九郎は思いを断ち切るように強くいった。

「ありがとうございます」

主膳は深々と頭を下げた。

「では、内藤どのを呼びましょうか」

待ちかねた顔つきの右兵衛は、半九郎の横に腰をおろした。

「やっとそれがしの出番ですか」

右兵衛はここまでやってきた経緯を主膳に語った。

主膳は眉をひそめて、半九郎を見た。

「二度も罠にかけられたのですか。……いったい誰がそのようなことを」

「それはまだわかりません」

「でも、下山神社での疑いは晴れ申した」

右兵衛がいう。

その言葉を受けて、主膳が半九郎に確認する。

「千鳥神社での疑いはまだなのですね？」

「その通りです」

「わかりました。探索の目を別の者に向けるよう、手配りいたしましょう」

力強く請け合い、家臣をすぐさま呼んで、町奉行所にその旨伝えるように命じた。

「これでよろしいですね」

主膳はにっこりと笑いかけてきた。

十四

半九郎は威儀を正した。

「ところで、元経さまの死は本当に病なのですか」

「まちがいございません」

主膳は断言した。

「持病の悪化です。守就さまが狙い撃たれたことと元経公の死につながりはございますまい。単なる偶然と思われます」

主膳は唇を引き締め、むずかしい顔をつくった。

「正直申しますと、守就公を撃った者については一つ心当たりがあります」

横で右兵衛が身を乗りだしかけた。主膳は右兵衛にちらりと視線を投げてから続けた。

「里村さまは、我が家中に『龍の尾』という伝来の宝刀があるのを?」

「いえ、存じません」

主膳は畳に置かれた半九郎の刀に目を向けた。

「その刀は村田どのの?」

「父の形見です」

「お見せしてもらっても？」

半九郎はかぶりを振った。

「いえ、それはご勘弁ください」

父の形見だから誰にも触れさせたくないわけではなく、用心棒としての本能みたいなものだ。不時に備えるために、刀は常に手許に置いておかねばならない。

「そうですか」

主膳は微笑した。

「その刀は、村田家伝来の太刀《たち》ですね。龍の尾の刀工美濃の景貞《かげさだ》の一番弟子である輝貞《てるさだ》の作です。輝貞は大業物《おおわざもの》で名があった人物です。確か無銘だった覚えがありますが、龍の尾にも劣らぬ出来といわれています」

やはり名刀だったのだ、と半九郎はそれだけの刀を譲られ、所持できている自分を誇らしく思った。

「その宝刀である龍の尾を我があるじは、このたび帰国の途につかれることになった守就さまに譲渡されることを決意なされたのです。守就さまが以前から欲しておられるのを存じていらっしゃいまして、自分のような書のほうが好きな者より守就さまが持たれたほうが宝刀も喜ぶだろうとのお考えでした」

主膳はごくりと息を飲むようにした。

「ただ、それをおもしろくないと考える輩《やから》が一人だけおりまして」

右兵衛の顔色が変わった。

「誰です」

半九郎はすかさずきいた。

「守就さまと同様に刀剣集めを趣味としているある旗本です」

まさかそんなことで大名殺しをするものなのかと思ったが、しかし決して考えられないことではなかった。欲に目がくらまされた者はなにをしでかしてもおかしくはない。

「その旗本は我が殿に、以前から譲渡を強く申し入れていました。しかし、いくら金を積まれようと殿は肯《がえ》んじられませんでした。その名刀が他者に渡ることを知ったその旗本が、それを阻止しようと暴挙に出たとしても決して不思議はございません」

「そこまでわかっていて、なぜ動かないのです」

半九郎は問うた。

「確証がないからです」

すまなそうな目で右兵衛を見た。

「江戸の留守居役に命じ、証拠を握ろうとしています。ただし、今はまだあまりにときがなく……」

「その旗本の名を教えてくだされ」

右兵衛が叫ぶようにいい、がばと額を畳にこすりつけた。

「高岡どの、どうかお願いいたします」

「それがしも是非知りたい。その屋敷には許嫁が隠されているかもしれんのです」

半九郎も声を合わせた。

「わかり申した」

主膳は覚悟を決めた顔でその名を語った。

半九郎は首を傾《かし》げた。右兵衛も同じ表情だ。

「折口兵部《おりくちひょうぶ》……」

一度も耳にしたことのない名だ。

「ご存じではないようですね。しかし、この折口兵部、なにか里村さまと関係があるにちがいありません」

「その通りでしょう。でなければ、こうして巻きこまれることはなかったでしょうから」

「折口家は知行《ちぎょう》四千八百石の大身です。寄合《よりあい》ですから、お調べになれば屋敷がどこかなどすぐにわかりましょう」

寄合か、と半九郎は思った。三千石以上の大身で非役の者を指す。それでも、そう数があるわけではないだけに、いわれてみればなんとなくきき覚えがあるような気もした。

一刻もはやく江戸に帰らなければならない。半九郎はその思いを主膳に伝えた。

「そうですか。帰られますか」

主膳は名残惜しそうだ。

半九郎はあらためて深く頭を下げた。

「高岡どの、ありがとうございました。とても貴重なひとときをすごさせていただきました。では、これにて失礼いたします」

半九郎は立ちあがり、座敷を去ろうとした。

そのときだった。右手の襖があき、人が一人出てきた。

半九郎は思わず足をとめた。

「生きていたのか」

敷居際に立っているのは源吉だった。頬に見覚えのある半寸ほどの傷。

だが身なりは侍で、両刀を腰に差している。髷《まげ》も町人のものではなくなっている。

なんなんだ、これは。混乱した半九郎は主膳に説明を求めようとした。

主膳はにやりと笑った。これまでの態度からは考えられない、本性をあらわしたような酷薄そのものの笑いだ。

「やれっ」

声高く主膳がいい放った。

その声に応じて抜刀した高岡家の家臣十数名が座敷に乱入してきた。

刀を抜く間もなくあっという間に半九郎は囲まれた。右兵衛も状況が理解できないらしく、横であっけにとられている。

さらにもう一人の侍が家臣の輪を押しのけるように出てきて、源吉の横に立った。

二人の顔かたちは似ている。どうやら兄弟のように思えた。源吉が兄か。

立ち並んだ二人の影に、半九郎は呼び起こされるものがあった。この二人をどこかで見ている。

脳裏で閃光《せんこう》がきらめいた。

与左衛門を警護したとき襲ってきた二人だ。

あれは与左衛門ではなく、はなから自分を標的にしていたものだったのだ。あれだけ執《しつ》拗《よう》だったのも、そうとなればわかる。

半九郎は刀を抜いた。

源吉があっという間に間合をつめ、斬りかかってきた。

いや、源吉ではない。源吉になりすました男だ。この男が源吉を殺したのだろう。源吉に、半九郎と会って奈津のかどわかしと守就との関わりを教えるよう金で依頼しようとしたが、断られたために。

たったそれだけのことで殺すまでのことはないと思うが、万が一のことを考え、口をふさいだのだ。

半九郎は刀を撥ねあげた。

弟と思える侍が逆胴に刀を振ってきた。半九郎はかろうじてかわした。

右兵衛はまだ呆然としている。半九郎は叫ぶように呼びかけた。

「内藤どの、この二人は守就公の狙撃に関わっているぞ。まちがいない」

右兵衛は信じられぬという表情で二人を見た。のろのろと刀を抜き、半九郎に体を寄せてきた。

「しかし、そんな男たちがどうして高岡どのの屋敷に」

半九郎は主膳を見た。

主膳は青い光を帯びたような瞳でじっと半九郎を見据えている。

「主膳こそ守就公殺しの黒幕ではないのか」

「ええっ」

「力を貸してくれ。頼む」

「いや、しかし……」

「このままだとあんたもやられるぞ」


二人の男と家臣たちの剣は、今のところ右兵衛には向けられていない。しかし、それもときの問題だった。半九郎がやられたら次は右兵衛だ。

弟が袈裟斬りにきた。半九郎は打ち払った。そのときにはすでに兄が胴に刀を振っている。半九郎はこれもかろうじてかわした。

二人の男はよく連携の取れた動きで、半九郎に攻撃を仕掛けてくる。

家臣たちは、今のところ二人の攻撃を見ているだけだ。とはいっても座敷を二重、三重に取り囲み、半九郎が逃げられないようにしっかりと厚い壁をつくっている。

半九郎はまさに紙一重といったところで二人の攻撃をかわし続けた。

二人は、半九郎の受けの強さに業を煮やした表情に変わってきている。

やがて攻撃の間を置き、息を整えた。さすがに疲れたようだ。

半九郎も息をひそかに入れ、体に力が戻ってくるのをじっと待った。

背後にわずかな風の揺れを感じた。木枯らしなど比較にならない冷気が体をじわりと包みこむ。

振り向いていては間に合わない。体が勝手に動いていた。一瞬前体があったところを強烈な斬撃《ざんげき》が通りすぎていた。

半九郎は畳を転がり、立ちあがりざま振り返った。あの押しこみの経験が生きたことを知った。

半九郎は目をみはった。

「あんたもか」

右兵衛だった。刀を振りおろしたそのままの姿勢で歯をぎりと嚙み締め、顔をゆがめている。

右兵衛も一枚嚙んでいたことを半九郎は知った。最初からこの人里離れた屋敷に連れこむことを目的に、声をかけてきたのだ。

「増蔵を殺したのはあんただな」

濡衣から救ってみせることで半九郎を油断させるための策だから、右兵衛でなくてもいいのだが、この男がしてのけた気がしてならない。

「その通りだ」

右兵衛はぞっとするような冷たい声で答えた。

「増蔵をどこでとらえた」

右兵衛は薄笑いを見せた。

「秘密だ」

「増蔵はなにかをつかんだのだな」

「なにを考えようと勝手だ。じきそれもできなくなるがな」

半九郎はせせら笑った。

「思惑がちがったな。あんたは今の斬撃に賭けていたはずだ。それなのに、かわされてしまった」

「かわされたことは確かに意外だった」

右兵衛はあっさりと認めた。

「しかし賭けていたというのはちがうな。今、その証拠を見せてやろう」

右兵衛は正眼に刀をかまえた。

「俺がこいつを殺《や》る。手をだすなよ」

右側に立つ二人にいい、ずいと前へ出た。

半九郎は息を飲んだ。二人よりたちが悪い。右兵衛とやり合って生きていられる自信はない。もっとときがあればいずれ凌駕《りょうが》できるだろうが、今はまだ無理だ。しかもこの男は必殺剣を秘めている。

半九郎は、とにかく生き延びることに専心することにした。

「こやつ、逃げだすことを考えておる。おのおの方、心されよ」

半九郎の心を見抜いた右兵衛が朗々たる声を放った。

これで逃げだすことがかなわなくなったかもしれないことを半九郎は知った。半九郎は覚悟を決めた。身を捨ててこそ浮かぶ瀬もある、との言葉もある。

腹に力をこめ、気合とともに右兵衛に斬りかかっていった。

右兵衛は軽々と弾《はじ》き返し、逆胴に刀を持ってきた。半九郎は払い落とすや腕を返し、面を狙った。

右兵衛は上体をそらし、目を半九郎から離すことなく顔をわずかにそむけた。それだけで、半九郎の刀はむなしく空を切った。

腕のちがいは歴然だった。

右兵衛は下屋敷では本気をだしていなかったのだ。あのときはまだ半九郎を甘く見ていたところもあったのだろう。

そうなのだ、と気づいた。

その後右兵衛が見せたすさまじいまでの執念。すでに半九郎の出生を知っていて、半九郎を曲者《くせもの》として打ち殺す気でいたのだ。

ということは、下山神社でも同じだ。あそこでも右兵衛は半九郎を討ち果たすことに恐ろしいまでの執着を見せた。

狙いすました袈裟斬りが振りおろされた。

はやさで、刀身がまったく見えなかった。半九郎は身をよじるようにし、勘だけでかろうじて避けた。

だがこの一振りで、体勢は完全に崩されていた。

右兵衛の瞳が炎を帯びた。獲物に襲いかかる鷹《たか》の目だった。上段から渾身《こんしん》の一撃が見舞われるのを半九郎は半身《はんみ》の体勢で見た。

しかし、その刀は見えない壁にめりこんだように途中でとまった。右兵衛が刀を振りおろすより前に、半九郎と右兵衛のあいだに割りこんだ者がいたのだ。

二人組の一人だった。半九郎が目の前で背中をさらしたのを見て我慢しきれず、突きを入れてきたのだ。

鋭かったが、右兵衛の剣とはくらべものにならず、半九郎は刀を打ちおろした。

「馬鹿めっ」

右兵衛が激しくののしった。

半九郎は、刀を打ち落とされて前のめりになった男に胴を振るい、男が一歩横に動いてよけたところをつけ入って右兵衛の間合を脱した。

男があわてて刀を振ってくるのをかいくぐり、一気に家臣たちの輪へ突っこんだ。

輪は古びた土塀のようにあっけなく崩れ、半九郎は障子を突き破って座敷の外へ飛びだした。

「追えっ、逃すな」

右兵衛の声だ。

半九郎は転がり落ちるようにして庭に出た。家臣たちが追ってくる。すばやく立ちあがり、走りはじめた。

池をまわりこんで門へ向かいかけて、足をとめた。もう家臣たちが先んじようとしている。門まではたどりつけそうにない。

背後からは二人組を先頭に五、六名の男たちがやってくる。右兵衛の姿が見えない。

はっとした。右手から殺気が立ちのぼっている。

忍びのように神出鬼没だった。

半九郎は逆側に身を投げだした。刀は振りおろされなかったが、もし気づくのが一瞬でもおくれていたら、両断されていた。

半九郎は土をつかむようにして立ちあがり、駆けた。ひたすら駆けた。

右兵衛が追ってくる気配はないが、安心はできない。またどこに姿をあらわすか知れたものではない。

花を踏みにじり、樹木が生い茂る庭を駆け抜けて半九郎は塀にたどりついた。

塀に手をかけ、一気にのぼった。

目の前を道が走っている。あそこだ、はやく向かえ、という声が木々の向こうから届く。なんとか逃げきれそうなのがわかったが、右兵衛が追ってこないのがどうにも不気味だった。

道に飛びおりようとして、背後に風の音をきいた。なんなのかわからなかったが、危機を察した本能が身を低くさせた。

頭をかすめるようにうなりをあげて通りすぎていった風は、道の反対側に立つ大木に音を立てて突き立った。

振り返った。

枝が切れてぽっかりとできた穴のなかに、弓を持つ右兵衛の姿があった。距離は三十間ほどか。すでに次の矢をつがえようとしている。

半九郎は塀を飛びおりた。

矢は来なかった。苦々しく顔をゆがめた右兵衛の顔が脳裏に浮かんできた。

十五

道を沼里城下側に向けて走ろうとしたが、そこには門から吐きだされた家臣たちがあふれていた。

道を反対側にとった。走りながら空を見る。

あたりはまだ陽射しが残っていて十分すぎるほど明るいが、日はだいぶ傾いていて、西の雲がほの赤く染まっている。

驚くほど長い一日だった。

大気には冷えが混じりはじめていて、すぐそこまで夜が来ていることを教えてくれている。町が夜の衣をまとってしまえば、半九郎を捜しだすのはそう容易なことではなくなるにちがいない。

暮れゆく景色のなかに、野焼きの煙を立ちのぼらせているいくつかの村が見えたが、村に逃げこむわけにはいかない。

村には自警の組が必ずあって、怪しい者を見つけたら通報するように上からお達しがされているのだ。

それだけでなく村に逃げこんで見つかり、下手に抵抗すれば侍だろうと叩き殺すくらいのことを百姓たちは平気でする。

ふだんは敬う顔をしているが、それはうわべだけのことで、侍などもともと怖れていない。そのことを侍もわかっていて、大規模な一揆をなにより怖れるのだ。

走り続けていたら、足が痛くなってきた。草鞋《わらじ》も履かず素足なのだから仕方なかった。立ちどまり、足の裏を見た。何ヶ所か切れて、血がにじんでいる。

こういうところにも侍の弱さがのぞいている気がする。百姓衆は裕福な者を除き、ほとんどが裸足《はだし》だ。それが当たり前だから、足の裏に傷をつくることなどまずない。

追っ手の気配はない。

半九郎は歩きはじめたが、少しびっこを引いている。草鞋のありがたみが心からわかった。

右兵衛が足高山と教えた山が近く、あの山で一夜を明かす気でいたが、この足ではとても山中へ入りこむなどできない。

半九郎は近くに林を見つけ、そこへつながる細い道を進んだ。

林の奥まで行かず、今来た道がよく見える大木のそばに腰をおろした。

大木に背を預け、竹筒の水で傷を洗った。しみた。奈津が手際よく傷を手当してくれたことを思いだした。

奈津を思いだすのがときがたつたびに少なくなってくる気がしないでもない。少しずつ奈津が離れていってしまっているのか。

こんなことを考えると、また虎之助に叱られそうだった。半九郎は首を振り、弱気を振り払った。

印籠《いんろう》をだし、膏薬《こうやく》を塗った。それで少しは楽になった。

増蔵のことに思いが行った。

おそらく増蔵は三島の本陣に忍びこんだのだろう。そう、増蔵も下山神社での一件を目の当たりにしたのだ。そしてなにかあると見て本陣に探りを入れたのだろう。

そして、守就が生きていることを知ったのだ。

そう、下山神社でのことが半九郎を殺す策の一環であるのなら、守就はまちがいなく今も息をしている。

あの鉄砲は空砲だったにちがいない。あるいは、わざと駕籠を大きくはずして本物の玉を撃ったか。

増蔵は本陣を抜け出ようとしたが、しかし右兵衛につかまってしまった。

容赦なく拷問して増蔵の身許をつかんだ右兵衛は、増蔵が半九郎と知り合いであることを知り、半九郎をおびき寄せる餌《えさ》としてつかえることをさとったのだ。

江戸で利兵衛に命を救われたことがあったが、あのとき襲ってきたのも右兵衛なのではないか。手間をかけることなく命を断ってしまえばいいと考えてのことか。

日が暮れて、夜が完全に根を張るのを待ってから半九郎は立ちあがった。足の裏が地面に触れた途端、また痛みがぶり返してきた。

痛みをこらえて足を運んだ。

林を出て、手探りするような気持ちで道を進み、城下の入口までやってきた。

これまでどこにも捕り手の気配は感じられなかったが、あるいはもう感づかれているのかもしれない。

あの油断ならない右兵衛が相手なのだ。居どころをしっかりと把握しつつも、わざと泳がせていることも十分に考えられた。

城下に入ってすぐの道脇に高札《こうさつ》が出ていた。もうすっかり夜の支配下に置かれた町に人の姿はほとんどなく、高札の前に人だかりはない。

半九郎は前に立って、目を凝らした。

わずかな星明かりでかろうじて読むことができた。

『里村半九郎という浪人者を捜している。里村半九郎は筆頭家老高岡主膳さまを亡き者にしようとした者である。里村半九郎を見つけた者、または居場所を通報した者には金十両を与える』。

こんな内容だった。

人相もけっこう詳しく書かれている。かなり的を射ていることに半九郎は感心した。

それにしても、と思った。殿さまになりたくはないという自分の気持ちに偽りがないことを主膳は読み取ったはずだ。それなのに、なぜ殺そうとしたのか。

お家乗っ取りでも考え、主筋の者すべてを消そうとしているのか。すべて殺したあとに、自分の息がかかっている者をあるじの座につける。こういう筋書きなのか。

半九郎は沼里宿に向かった。

宿場はここだけまだ夕暮れどきであるかのような明るさにおおわれていて、おそく着いた旅人たちでごった返していた。

半九郎はその喧噪《けんそう》のなかに旅人の顔をして紛れ、旅籠の一軒で草鞋を買った。

十六

ここか。半九郎は一軒の屋敷前に立った。

刻限は五つ（午後八時）を少しすぎている。さっき近くの寺が鐘を鳴らしたばかりだ。あたりは静かなもので、一町ほど先にある辻番のぼうとした灯りが近くの塀を闇ににじませるように浮かびあがらせているだけだ。

目の前の屋敷も静寂の底に沈んでおり、物音一つきこえてこない。

空は雲が一杯だが、遠く西のほうに切れ目があり、そこから明るい星がいくつか見えている。風はほとんどないが、ときおり思いだしたように強く吹き渡って武家町の深い梢《こずえ》を騒がせてゆく。

付近に人っ子一人いないことをもう一度確認する。気持ちを落ち着け、息を整えてから半九郎は塀を越えた。

庭におり立つ。

草木が深く生い茂っていて、身をひそめるには絶好だが、そんな必要はない。

元次席家老の屋敷にしては、さほど広くはない。このことでなんとなく人柄が知れるような気がした。

半九郎の闇に慣れた目は、すでに正面に建つ母家《おもや》をとらえている。

左手の濡縁《ぬれえん》のある一室から、障子越しにわずかに灯りが洩れだしていた。

教えられた通りの位置で、そこに屋敷の主がいるのはまちがいなかった。書見でもしているのだろう。

歩きはじめると、さくさくと意外に大きな音が立ったが、それで足音を殺そうという気は起きなかった。自分の存在と害意のなさを相手に知らせるためには、むしろいいことだと思っている。

部屋の前に立ち、咳払いをした。

「どなたかな」

穏やかな声が障子を抜けてきた。

半九郎は名乗った。

人の立ちあがる気配が届き、障子に人影が映った。なんの躊躇もなく障子があいた。

四十八という歳にふさわしい物腰の男が顔をのぞかせた。

「里村どのと申されたな」

濡縁まで出てきた。

「こんな夜更《よふ》けになに用かな」

態度にはどっしりとした落ち着きがある。

「ご家中のことにつき、お話をうかがいたくまいりました」

「ほう、家中のことで。さようか。では、入りなされ」

ゆったりとした仕草で手招いた。

こんな夜更けに不意にあらわれた半九郎に、なんの警戒心も見せていない。まるで予定の客がやってきたとでもいった雰囲気だ。

半九郎は濡縁で草鞋を脱ぎ、懐に大事にしまい入れた。

部屋は六畳間。閉じられた書が置かれた文机《ふづくえ》があるだけで、書の横ではろうそくが明るい炎を揺らめかせている。

半九郎は、最後に見たのがいつなのか思いだせないほど、ろうそくを目にするのは久しぶりだった。

見とれている半九郎に男が穏やかな笑みを見せた。

「わしの唯一の贅沢でな。ろうそくなら、文字を拾うのにもさほど苦労はない」

座布団を押入れからだして半九郎に勧め、刀を腰から抜き取った半九郎が正座したのを見てから、自分も座布団にあぐらをかいた。

「まあ、膝を崩しなさい」

「いえ、けっこうです」

半九郎は一礼した。

「突然にお邪魔しまして、申しわけございません。こちらは高境寺の住職から教えていただきました」

「ほう、天秀さまから」

沼里家中に高岡主膳に対抗する者はいないのだろうか、と考えて半九郎は旅籠で草鞋を買ったあと、高境寺を訪問したのだ。

半九郎は、自分の身になにが起きたか二人に迷惑がかかることを考えてあえて話さなかったが、天秀と鈴が真っ先に名をあげたのがこの屋敷のあるじ津村又左衛門《つむらまたざえもん》だった。天秀と鈴は、人物はまちがいない、と口をそろえている。特に鈴のほめようは尋常ではなく、若い頃憧《あこが》れていたのでは、と半九郎に思わせたものだ。

又左衛門は好奇心一杯の顔で半九郎を見つめている。頬には、子供を見守る手習い師匠のような柔和な笑みが浮かんでいた。

「家中のどのようなことをおききになりたいのかな」

半九郎は、自分が村田半十郎に育てられたことを告げた。

「なんと」

さすがに又左衛門は肝を潰したようで、腰を浮かし気味になった。

「では千寿丸さま……」

うなずいた半九郎は自分に降りかかったことをすべて語り、なぜ沼里までやってきたかを詳細に述べた。

きき終えた又左衛門は、信じられないといわんばかりに首をゆっくりと振った。

「主膳があなたさまを亡き者にしようと……。なるほど、夕暮れ近くから城下が騒がしかったのはそのためでしたか。しかし、そのなかをよくここまで」

感嘆を隠さずにいった。

「たいしたことはありません」

半九郎は少し胸を張った。

「太平に馴《な》れた侍の目をごまかすくらいのことは。それがし、用心棒として実戦を何度も経験しておりますから」

「用心棒をされているのですか」

殿さまの子がそんな生業についていることに少し驚いた顔つきをしたが、すぐに半九郎の腕を計る目になった。

「どうやら修羅場を何度もご経験されているようですね。村田どのに鍛えられたこともよかったのでしょう。重経公のお子ですから、もともとの天分も相当のものであるのはまちがいないでしょうが」

「重経公も遣い手だったのですか」

「いわゆる殿さま芸というものははるかに越えていました。家中でも、まちがいなく五本の指に入ったでしょう」

そんなに強い殿さまだったのか、と半九郎は思った。その血を継いでいるから、自分は強くなれたということか。

又左衛門は鼻の頭をかいた。

「村田どのがあなたさまを連れだした理由は、主膳が申した通りです。あの企てには、当時最も年若の中老としてそれがしも加わっておりましたゆえ」

「重経公、重孝公父子が病死というのは?」

「それも偽りではありません。お二人はまちがいなく病死です」

又左衛門は一つ間を置いた。

「主膳があなたさまを殺そうとしたのは、おそらく満経さまのためでしょう」

「しかし、主膳は満経どのも亡き者にしようとしているのでは？　満経さまも殺し、家中を我がものにするために」

「主膳が満経さまを殺すはずがないのです」

又左衛門は断言した。

「満経さまの母御《ははご》は、主膳の姉なのです。満経さまは主膳にとってかわいい甥に当たるのです」

「家中を我がものにするためには、むしろ必要な人物ということですね。元経公の死についてはいかがです」

又左衛門はむずかしい顔をした。

「これに関しては、病死というのは怪しいものだと考えています。元経公は確かに持病をお持ちでしたが。しかし満経さまの実の父親ですから、さすがにそこまでやるかという思いもあります。しかし」

言葉を切って半九郎を見つめた。風もないのにろうそくの灯が踊り、襖に映る二人の影が大きく揺れた。

「元経公は主膳の意に添わぬ重大なことをしようとしたものの、それが主膳に露見したのでは、という思いもそれがしにはあるのです」

「意に添わない重大なこと……」

「つまり、元経公が主膳を激高させたということになりましょうか。そのような場合、満経さまにはかることなく自らの意志で元経公を亡き者にしてのけたということは十分に考えられます」

「たとえばどんなことを元経公は考えたのでしょう」

又左衛門は半九郎をじっと見つめた。

「元経公は満経さまのご廃嫡《はいちゃく》をお考えになっていたのでは、と思える節がないわけでもないのです」

「廃嫡ですか」

「満経さまの出来が悪いとかそういうことではありません。まあ、あまりいい評判をきかないお人ではありますけれど」

いったん言葉を切り、続けた。

「もともと元経公は江戸で勉学に励みたかったお人です。今の地位は借り物でしかない、とずっとお考えになられていたのかもしれません。ですので重経公のご遺志通り、嫡流である兄上の系統に主君の座を戻そうと決意されたとしても決して不思議はありません」

重経の系統。それは一人しかいない。

「しかしそうなると、元経公はそれがしの……」

いいかけて半九郎は言葉を途切れさせた。

「その通りです。里村さまの存在をご存じだったことになります」

「でも、どうやって元経公は知ったのでしょう」

「おそらく、村田どのと沼里を結びつけていたのは高岡主水どののみだったのでしょう。ですので、主膳が父から引き継いだということは十分に考えられます。いや、引き継いでいないほうがおかしいですね」

「主水どのや主膳が父の居場所を知っていたというのですか」

「それはそうです。主水どのは策の中心人物なのですから、村田どのから常に連絡を受けていたはずです」

だったら、父が引っ越しを繰り返した理由はなんなのか。主膳がいったような半九郎を手放すのが惜しくなったから、などでは決してない。

その疑問を又左衛門にいった。

「おそらくですが」

又左衛門は慎重な口ぶりで前置きをした。

「主水どのは里村さま、あなたを怖れたのでしょう」

「どういうことです」

「いや、里村さまを怖れたというより、重経公の血を怖れたといったほうがいいのかもしれません。ここ沼里にあなたさまを呼び返し、元経公の跡に据える。自分の目の黒いうちはいいが、いずれ再びあの苛政が繰り返されるのでは、といった危惧があったのではないかと思われます」

「しかしそれでは父が引っ越しを繰り返した理由にはなりません。もしや主水どのは、それがしを亡き者にしようとしたのですか」

「いえ、主水どのはそのようなことをするお人ではありません」

これもおそらくですが、と又左衛門はいった。

「とにかく、あなたが沼里に帰ってきさえしなければよかった主水どのは、元経公が自らの座を盤石《ばんじゃく》にするため、そして我が子に跡を継がせるために千寿丸さまに刺客《しかく》を放った、とでも村田どのに伝えたのではないでしょうか。その長屋は突きとめられた、すぐに住まいを移せ、このような類《たぐい》の指図が長年にわたって繰り返されていた……」

半九郎は、常にあわただしい引っ越しだったことを思いだした。

もともと家財などわずかで、引っ越しはあっという間に終わったものだ。

父が死んだ今も半九郎が長屋に物をほとんど置かないのは、そのときのことが習慣として残っているからだ。

「父は主水どのにだまされていたのか……」

半九郎はつぶやくようにいった。

「いや、そうともいいきれないのではないでしょうか」

又左衛門が穏やかな声をだす。

「一緒に暮らす年月を積みあげてゆくうち、子のなかった村田どのがあなたさまを本当の子であると考えていたであろうことは想像に難《かた》くありません。手放したくない、との思いは真実だったのではないでしょうか」

半九郎は、父が注いでくれた愛情に偽りがなかったことを知っている。二人のあいだに流れていた感情は、紛れもなく本物の父子のものだった。

そんな半九郎を又左衛門はじっと見つめていたが、半九郎が顔をあげると小さく笑みを見せて、軽く肩を揺すった。

「誰が元経公にあなたさまのことを伝えたかでしたね」

そういって本題に戻した。

「主膳があなたさまのことを元経公にしゃべるはずがありません。むしろ隠していたはずです」

「となると、誰かほかの者が知らせたということになりますね」

「それについては一つ心当たりがあります」

半九郎は黙って耳を傾けた。

「半年ほど前でしたか、それがし、元経公が主膳を手ひどく叱りつけられたところを目にしております。第一の寵臣《ちょうしん》として深く信頼を寄せられていた主膳に、元経公があれだけお怒りになるところは、正直、はじめて見ました。あのとき元経公は一通の文を手にされていました」

「文ですか」

「その文を誰がだしたのか、なにが書かれていたのかはわかりません。しかしこうしてあなたさまを目の前にした今、あの文の意味がようやくわかった気がいたします。おそらく村田どのからのものだったのでしょう」

「つまり父が元経公に知らせたと？」

又左衛門は文机の引出しをあけ、なかから一冊の帳面を取りだした。

「日記です」

文机の上にひらいて、繰った。

「元経公が主膳を怒鳴りつけていたのは、去年の十月三日のことです」

父が亡くなったあとだ、と半九郎は思った。一瞬、おかしいと感じたが、生前の父が文を書いて元経の手許に届いたのがその日だったのなら、妙なことではない。

しかし、なぜ父は突然文を書こうなどという気になったのか。死期を予感していたから、というのは当たらない。

あの頃の父は、少なくとも見た目は健康そのもので、死が間近に迫っていることなど知る由もなかったはずだ。

食欲も旺盛《おうせい》で、日に日に寒さが厳しくなってゆく季節の移ろいのなかで鍋《なべ》をとにかく楽しみにしていたし、厳しい冬が去ったあとの春の伸びやかなあたたかさを心待ちにしてもいた。酒も飲めないのに、桜が咲いたらまた御殿《ごてん》山へ花見に行こう、と半九郎を誘ってもいる。

御殿山は花見の名所で、花と海を同時に楽しめる、江戸では唯一の場所だ。

ここ沼里ならそういう場所はいくらでもあるはずで、父が御殿山をとにかく気に入っていたのは、故郷の風景に通ずるものを感じていたからかもしれない。

又左衛門は話を続けている。

「あのとき元経公は主膳に向かって、生きているのならなぜ教えなかった、と叫ぶようにいわれていました。そのときは誰のことを指しているのかまったく理解できませんでしたが……」

半九郎を見つめてから、そっと日記を閉じた。

「千寿丸さまが生きていることをお知りになられた元経公が、やはり満経さまの廃嫡を決意なされたのはまずまちがいないでしょう。しかし主膳としては認めがたかった。主水どのが怖れたような苛政が繰り返されかねないからではなく、自身となんの関係のない者があるじになれば政を自由にできなくなるからでしょう。里村さまを執拗に狙ったのも、殺しておかねばいつかかつぎだす者があらわれぬとも限らぬという危機感のあらわれでしょうね。自らの政権を盤石にするために邪魔者を徹底して排するというのは、武門の常識ですから」

深く首をうなずかせる。

「明日、登城してあらためて文のことを元経公の側近に当たってみます」

しかし明日か、とつぶやいて又左衛門は少し気がかりそうな表情になった。

顔をあげ、目を半九郎に戻した。

「しかし、その守就どのの側近、内藤右兵衛といいましたか、かなり厄介そうですね」

「まったくです。どうすれば勝てるものやら。しかも、どうやら必殺剣まで持っているらしいのです。いまだに一度もつかっていませんから、どのような剣か不明ですし。もっともそれがしなど、その剣をつかうまでもないと考えているのでしょうが」

「守就どのがそこまで主膳に肩入れするのは、里村さまのいわれる通り、名刀龍の尾、ゆえでしょう。おそらく主膳は、策に乗ってくれたら差しあげるとでもいったのでしょう。守就どのの刀剣好みは、やや常軌を逸しているともききます。その申し出をきいて、むしろ喜び勇んで、といったこともあったのかもしれません」

ということは、と半九郎は思った。折口兵部という旗本はでまかせでしかなかったのだ。名を知らなかったのも無理はない。

「しかし、許嫁のことは心配ですね」

真摯な思いを面《おもて》にだして又左衛門がいう。

「でも、どこにいようときっと捜しだしてみせます」

半九郎は又左衛門を見た。

「津村どのは次席家老をつとめておられたということですが」

「その通りです。しかし五年前に罷免《ひめん》されました。今は非役ですが、ときおり書に関して元経公からお呼びがかかることがありました。十月三日もそうでした」

「罷免の理由をうかがっても?」

中枢にいて政を行うには格好の人物のように思えるのだが。

「主膳が政をほしいままにするのに、邪魔になったのでしょう」

若い頃は道場が一緒で主膳のほうが先輩だったが、お互い反《そ》りが合わないこともあって、又左衛門は何度か思いきり叩きのめしたことがあるという。

「もう三十年近くも前の話ですが、そのことを主膳が根に持っているのも関係しているのでしょう。また執政となったそれがしが派閥づくりが大好きな主膳の下に、誘われても入らなかったこともきらわれた理由の一つでしょうね」

ただし、と又左衛門は強くいった。

「主膳は出入りの商人から賂《まいない》をもらうくらいで、苛政を敷くような男ではありません。主水どのがすばらしいお方で、その父親を見習って善政と呼ぶにふさわしい政を行いましたから、それがしも主膳を除こうと画策したり、仕事ぶりに口だしする必要はありませんでした。立派に仕事をこなしてきたからこそ、元経公の信頼も厚かったのです」

「そのような男が、意に添わぬことをしようとしたからといってなぜ主君を?」

「正直に申せば、それがし、主膳が元経公を亡き者にしたというのはまだ半分信じられない気持ちでおります。ですが、もし本当のこととするなら、きっと主膳は勘ちがいしたのでしょう」

又左衛門は寂しげに告げた。

「ずっと政を一手に握ってきましたから、自分こそが沼里のあるじであると」

十七

そういうことか、と半九郎は思った。権力を握った者の変心は、別に珍しいことではない。

「里村さま」

又左衛門が呼びかけてきた。

「許嫁を捜しだす方策はなにかお考えに」

「いえ、今のところはなにも」

「そうですか。それがしがなにか力添えができればよろしいのだが……」

「いえ、お気持ちだけありがたく」

半九郎は笑みを浮かべ、場をつなぐようにたずねた。

「ところで、津村どのはご家族は?」

この部屋の近くに人の気配はきれいにない。

「妻は二年前に亡くなりました。子はおりません」

「申しわけありません。いらぬことをおききしました」

「いいのですよ。実際には子は四人生まれたのですが、いずれも若くして……。生きていれば、一番上は今の里村さまとちょうど同じですね。千寿丸さまと同じ年の生まれでしたから」

又左衛門はしんみりしかけたが、すぐに声を励ました。

「今宵は泊まっていってください」

「よろしいのですか」

又左衛門は快活に笑った。

「今ここを出られても、泊まるところはございますまい」

「ありがとうございます。お言葉に甘えさせていただきます」

礼をいった半九郎が顔をあげると、又左衛門が少し怖い目で見つめていた。

「これから稽古《けいこ》をやれるだけの力は残っていますか」

「稽古ですか……」

(というからには剣のことだろうが)

「はい、あります」

半九郎は要領を得ない表情で首を上下させた。

「内藤右兵衛とかいう守就どのの懐刀《ふところがたな》は、必殺剣を持っているとのお話でしたが」

「その通りです」

答えながら、もしや、と半九郎の胸は期待に弾んだ。

「津村どのも必殺剣を？」

又左衛門はやわらかく首を振った。

「必殺剣というほどのものではありません。しかしその内藤とやらと立ち合う際、役に立つかもしれません」

半九郎を見て、軽く笑った。

「それがしがどれだけ遣えるか疑問を持たれるかもしれませんが、これでも若い頃は家中切っての剣士と呼ばれたものです。今からお教えしようとする剣も、数多い門弟のなかから一人だけ選ばれて師匠より伝授されたものです」

又左衛門はすっくと立ちあがった。

「論より証拠、まずは腕前をお見せしましょう」

連れていかれたのは、屋敷で最も奥の一室だった。又左衛門が、三つの灯し皿に次々に火を入れていった。そこは板敷きの間で、広さはおよそ十畳ほどだった。

右手の押入れから木刀を二本持ちだした又左衛門が一本を放《ほう》ってきた。

部屋のまんなかで二人は木刀をかまえ、向き合った。

ほう、と半九郎は心のなかで声をあげた。いうだけのことはあって、又左衛門はかなりのものだ。四十八の歳でこれだけの腕を維持していることに半九郎は舌を巻いた。

「非役の身ですから、ときだけは十分にあります」

この部屋で存分に鍛えているのだ。

腹に響く気合とともに又左衛門が距離をつめてきた。足の運びはすばらしくなめらかで、上段から振りおろされた木刀があっという間に眼前までやってきた。

恐ろしくはやい打ちこみで、手加減は一切なかった。

半九郎はかろうじて打ち払ったが、まさかという思いが心をよぎってゆく。

稽古にかこつけているが、又左衛門も実は主膳の一派で、ここで半九郎を打ち殺すつもりでいるのでは、という気がしたのだ。

又左衛門は容赦のない鋭さで、続けざまに木刀を叩きつけてきた。

半九郎は打ち返し続け、又左衛門がわざと見せたと思えるわずかな隙《すき》にかまうことなく木刀を入れた。

又左衛門は軽々と避《よ》け、反転するや半九郎の胴を狙ってきた。

その攻撃を予期していた半九郎は間合を見きってかわし、大きく踏みこみざま、空を切った木刀を戻そうとしている又左衛門の左肩に袈裟斬りを見舞った。

又左衛門は顔をしかめ、床に膝をついた。

「本当に斬られたと思いましたよ」

感嘆の眼差しで半九郎を見た。瞳にはわずかに寂しさが混じっている。

「やはり若者の勢いには勝てんですね」

半九郎は寸前でとめた木刀を引いた。

「それがしの腕を見たのですね」

半九郎は手を貸した。又左衛門は素直に半九郎の腕を取った。

立ちあがった又左衛門がまぶしげに見やる。

「しかし思っていた以上にお強い。さすが村田どの、見事に鍛えあげたものです」

深くうなずいた。

「これだけの腕なら、夜明け前までにきっとものにできましょう」

稽古が終わったのは、それから二刻後だった。

半九郎は奥の座敷に案内された。清潔感あふれる八畳間で、中央にすでに夜具が敷かれていた。

ふらふらだった。

倒れこむように横たわる。来客用の夜具らしく上等だったが、こんな夜具で寝るのははじめてというのもあったか、熟睡できなかった。

いや、そんなやわな理由ではない。

やはり今日という、とても長かった一日の疲れ、そして先ほどの激しい稽古による消耗が体に重さとなって残っているせいだ。

無理に目を閉じているうちになんとか眠りに引きこまれたが、眠りはひどく浅く、同じ夢を繰り返し見た。

父に手を引かれ、逃げるところだった。

だが夢のなかには追っ手がいて、しつこく半九郎たちを狙い続けた。半九郎はもう大人になっていて、父とともに激しく戦ったが、追っ手は次から次にあらわれて、何人斬っても切りがなかった。

やがて父が倒され、自分も力尽きかけたが、そこで場面は唐突に終わり、また父に連れられて逃げているというところへ戻ってゆく。

奈津の夢も見た。

ついに半九郎は奈津を見つけ、駆けつけたのだ。しかし奈津は草原の丘に立つ大木に縛りつけられており、その太い綱をどうしてもはずすことができない。刀をつかっても切れず、綱はまるで鉄をよったみたいだった。

そうこうしているうち、綱が蛇のように動きだし、奈津を締めつけはじめた。綱は徐々にあがってゆき、とうとう首にかかった。

奈津は必死の目で半九郎を見ている。

半九郎は手から血が出るのもかまわず綱を引きちぎろうとしたが、綱はさらに締まってゆく。気ばかり焦る。奈津の名を呼び、大丈夫だ、今助けるから、と励ますが、それがもはや無駄でしかないのは、半九郎にはわかりすぎるほどわかっていた。

奈津が苦しさのあまり、悲鳴をあげはじめた。それが尾を引くように、これまで見たことのないような暗黒の空に呑みこまれてゆく。

奈津の悲鳴はとまらない。

はっと半九郎は目を覚まし、上体をがばと起こした。夢であるのを知って、安堵の息をついた。べっとりと寝汗をかいている。

一瞬、どこにいるのかわからなかった。長屋とはくらべものにならないきれいな壁が目に入る。

そうだ、と思いだした。

もう夜は明けている。東に面している雨戸の隙間から、光がいくつもの筋となって射しこんでいた。

ふと耳をすました。どこからか叫び声がきこえてくる。かなり近い。

この屋敷のなかだ。戸を乱暴にあける音、多くの者が踏みこんできたらしい足音。

捕り手だ、と半九郎はさとった。すばやく起きあがり、身支度を整えた。

両刀を腰にぐいと差しこんだとき、廊下に人の気配がして襖があいた。

又左衛門だった。少し青い顔をしている。

「主膳の手の者たちです。どうやら昨晩から知っていたようです。夜明けまで待ったのは、闇をきらったゆえのようです」

やはり右兵衛の目を逃れることはできなかったのだ、と半九郎は思った。ほぞを噛む思いだった。

「裏からお逃げください」

又左衛門は指さした。

「裏庭に祠《ほこら》があり、その脇につつじの茂みがあります。その茂みの先の塀に、大人一人なら抜けられる穴があいています。裏手に人の気配はないですから、今ならきっと逃げられましょう」

「ご迷惑をおかけしました」

半九郎はわびた。

「そんなことはいいですから、はやく行ってください」

せかしてはいるが、又左衛門は子を見る父親のような微笑を見せている。実際、父の笑いとよく似ていた。

「津村どのは大丈夫ですか」

半九郎は案じた。

「千寿丸さまを一晩泊めたからといって、腹を切らされることはございますまい。ああ、そうだ、これを」

又左衛門は手にしていた竹皮の包みを差しだしてきた。

「握り飯です。逃げきったら、きっと腹の空《す》いているご自分に気づかれるはずです」

半九郎は押しいただくように手にした。

「ありがとうございます。しかしお名残惜しい。津村どののことは一生忘れません。では、これにて」

深く頭を下げるや、振り返ることなく駆けだした。

十八

廊下をまっすぐ行くと、裏庭に出た。

無人だった。半九郎を捜す叫び声は背後できこえるだけで、まだ近づいてきそうにない。

草鞋を履くや庭へ飛びおり、祠をめがけて一気に駆けてつつじの茂みに突っこんだ。

塀の穴を抜け、道に誰もいないことを確かめてから右へ走りだした。

十間ほど行くと、角にぶつかった。右へ行けば津村屋敷の表門だ。迷うことなく左へ向かった。

右手に城が見える。雲一つない青い空のなか、朝日を浴びて天守がくっきりとした輪郭を浮かびあがらせている。

出仕するにはまだ刻限がはやいようで、誰とも行き合うことなく武家地を抜け出た。

このまま宿場の方向へ進むか、それとも昨日のように郊外に行くか立ちどまったとき、背後に気配を感じた。

あの兄弟と思える二人組だった。

距離は五間ばかり。二人とも刀は鞘におさめているが、いつでも抜けるだけの強烈な殺気を放っている。

「見ろ、こいつがこっちへ来たのを知っているのは俺たちだけだ」

兄と思えるほうが半九郎を見据えていう。

半九郎が捕り手の裏をかくことは承知していて、はなから津村屋敷の裏手を張っていたということらしい。あるいは、わざと裏手をあけさせていたのかもしれない。

「昨日の借りを返せるな」

弟のほうが応じた。

半九郎は二人組のうしろを見た。

右兵衛の姿は見えない。ここはやり合うしかないようだが、あまりに場所が悪い。あたりは町屋が立ち並ぶ一角で、朝はやくから働きはじめようとする町人の姿が目立つ。ここで騒ぎを起こしたくない。下手をすれば、町人たちを巻き添えにしかねない。それに騒ぎになれば、奉行所の者がすぐに駆けつけるだろう。昨日のしくじりを教訓に、今日は確実にとらえにくるはずだ。

半九郎は走りだした。

「きさま、待てっ」

道を駆け、一気に城下を飛びだした。道を北にとる。このまままっすぐ行くと主膳の別邸の前に出ることに気づき、半九郎は方向を東寄りに修正した。半九郎がやってくることを予期している者などいないだろうが、用心に越したことはない。

さらに走り続けて昨日の林に入った。

半九郎は昨日は行かなかった奥まで進み、ぽっかりとそこだけ木が刈られたような草地を見つけた。ここなら誰も邪魔が入るまい。

半九郎は足をとめ、体をひるがえした。足場をかため、刀をすらりと抜く。

二人組がややおくれてやってきた。

「こんなとこまで連れてきやがって」

兄のほうが憎々しげにいう。二人とも肩で息をしている。

息の整わないうちが勝負だった。

半九郎は地を蹴った。二人とはここで決着をつける気でいる。

距離をつめ、兄へ上段から刀を振りおろした。兄は打ち返した。

その力を利用し、左にまわっている弟に袈裟斬りを見舞った。弟は刀でまともに受け、腕がしびれたような表情をつくった。

半九郎は胴を薙《な》ぎ、弟が下がるところを兄へ向き直った。

兄は半九郎の背中を割ろうと刀を振りおろしていた。ぎりぎりで半九郎は弾き返した。火花が散り、顔に降りかかった。

背後から胴が来ている。半九郎は勘だけで弟の刀を打ち落とした。

兄が袈裟に打ちこんできた。半九郎は左に動いてかわした。

弟が待ってましたとばかりに突きを繰りだした。半九郎は体をひらいてこれも避けた。

「すばしこい野郎だ」

兄がいかにもじれたようにいう。

弟は半九郎と距離をあけ、刀を正眼にかまえている。二人とも、はあはあと荒い息を吐いていた。

半九郎も息がかなり苦しかった。しかしここで負けてはいられない。腰を沈めると刀を振りあげ、兄に肉薄した。

刀を振りおろした。兄がびしりと撥《は》ねあげる。

半九郎は、弟が背後にまわったのを目の端に入れつつ、さらに兄へ袈裟斬りを落とした。再び兄が打ち払った。

その衝撃で半九郎はずると足を滑らせ、大きく体勢を崩した。

兄がここぞとばかりに刀を振りあげた。半九郎は目を大きく見ひらき、刀が届こうとした瞬間、体を低くするやむささびのように横へ飛んだ。

弟が、半九郎に突きを入れようとうしろからがむしゃらに突進してきた。

半九郎がいなくなり、代わって弟が目の前にあらわれても渾身の力をこめた兄の刀はとまらなかった。

弟はうぎゃあ、と赤子のような声をあげて、のけぞった。前に伸ばしていた両腕が刀を握った状態で地面にぼとりと落ちている。

すばやく立ちあがった半九郎は、弟の名らしいのを口にだして動けなくなっている兄に近づき、刀を袈裟に振るった。

半九郎に向き直った兄は一度は弾き返したが、弟が再びあげた悲鳴に気を取られ、半九郎の二度目の袈裟斬りには対応できなかった。

半九郎は、肉と骨を切り割ってゆく手応えを存分に味わった。

兄は左肩から右腰のあたりまで斬り裂かれた。一尺以上にわたる傷口から赤い肉と臓腑がはみだすように見えている。

血が肉を割ってあふれだしはじめると同時に、兄は力が抜けたようにどすんと尻餅《しりもち》をついた。弟に向けたままの目は、どこを見ているかわからないうつろさにおおわれている。頬の傷が妙に浮きあがって見える。

やがて、つっかい棒がはずれたように背中から倒れた。もはや息をしていないのは一目《いちもく》瞭然《りょうぜん》だった。

半九郎は弟を見た。

兄が死んだのを知って瞳には悲しみの色が見えているが、その奥には半九郎に対する憎悪の炎が燃えている。

しかし、もうどうすることもできなかった。自害さえままならないのだ。

両腕の傷からは泉のように血が湧《わ》き出て、足許の草をどっぷりと赤く染めている。

「きさまら、何者だ」

命の火が消える前に半九郎はきいた。

「主膳の手の者か」

それにしては勝手に動いている気がしないでもない。

ただし、守就の家中ではないのは確実だ。でなければ、昨日、右兵衛の邪魔をするようなことはまずなかったはずだ。

弟は答えない。顔はもう真っ白で、血の気というものがほとんどない。立っているのが不思議なくらいだった。

半九郎は弟を見直した。ゆっくりと近づく。ほうと息を吐き、体から力を抜いた。

息絶えていた。話にきく弁慶《べんけい》の立ち往生みたいなものだ。人というのが、本当にこういう死に方ができることをはじめて知った。

半九郎は弟の肩を軽くこづいた。

紙でもつついたように、弟はなんの手応えもなくうしろに倒れていった。

半九郎は懐紙で刀身の血と脂をぬぐった。完全にきれいにはならなかったが、やはりどこにも刃こぼれがないことに驚いている。

打ち合ったとき散った火花は、兄の刀から放たれたものだ。主膳の言を信ずるなら、さすがに名工の手によるものだけのことはある。

刀を鞘におさめて、兄弟の死骸を見た。

さすがにこのままにしておく気にはなれず、二つともずるずると引きずって林の奥の茂みに隠した。こうしておけば、薪《たきぎ》拾いに入ってくる村の者をおどかすようなことにはなるまい。

十九

これからどうするか。

相変わらずなんの考えも浮かばないまま半九郎は林のなかを歩き、昨日休んだ大木のところへやってきた。

やれやれとばかりに腰をおろし、大木にもたれかかった。疲れきっている。

懐に重みを感じた。ああそうだ、と思いだし、竹皮の包みを取りだした。あまり空腹は感じていなかったが、あれだけの激闘のあとだから、食っておかないと体がもちそうにない。

大きめの塩むすびが三つ入っていた。なんとなくだが、又左衛門自身が握ってくれたような気がした。

食す前に血で汚れた手を洗いたかった。

林を出た。富士の雪解け水が湧いているらしい泉を、たいして手間をかけることなく見つけた。

手を洗い、喉を存分に潤し、竹筒を一杯にしてから林に戻った。

塩がよくきいていて、実にうまい握り飯だった。昔、父がよくつくってくれた塩むすびを思いださせる。

あれもこれに劣らず大きかった。いつも食べきれそうになかったが、ほおばってゆくうちたいらげることができたものだ。

気づくと、三つとも握り飯はなくなっていた。又左衛門の心づかいに心から感謝した。

又左衛門がどうなったか気になったが、ここで心配してもはじまらない。

千寿丸さまを泊めたくらいで、という又左衛門の言葉を信じるしかなかった。

それでも、なにもされていないとは思えない。少なくとも監禁くらいはされているのはまちがいなかった。

また大木に背中を預けた。空をなんとなく見た。雲が流れてゆく。目を閉じた。

目が覚めた。

ほんのわずかなまどろみのはずだったが、西の空が赤く染まっていた。激闘に加え、ろくに眠れなかった昨日の疲れがこの深い眠りをもたらしたものらしい。

半九郎は竹筒の水を一口飲み、それから立ちあがった。疲れがすっかりとれている。気力がみなぎってくるのを感じた。

ただ、ここで夜を明かす気にはならず、半九郎は林を出た。

宿場に着いたときには日はすっかり暮れていた。

旅人と腕を取る女の影が宿屋から洩れる灯りのなかで交錯している。捕り手の姿はどこにもないが、下手に動けばすぐ囲まれかねない緊張感が町を包んでいた。

半九郎は宿場で最も大きい旅籠を選んだ。

風呂につかり、これまでの垢《あか》を落とした。飯を食い、空腹を満たした。

部屋は、上方《かみがた》へ遊山《ゆさん》に出かける江戸の町人三名と旅の行商人の二人との相部屋だった。いずれも気のよさそうな者ばかりで、ここならあの右兵衛もまず襲ってこないと考えてよかった。

昼間、あれだけ寝たにもかかわらず、そしてろくな夜具でないにもかかわらず、半九郎は熟睡できた。他の者たちの豪快ないびきも気にならなかった。

翌日、夜明け前に早立ちの旅人とともに東海道を東へ歩いた。狩場川を渡って南に行ける大きな橋があったのを、沼里にやってきたとき見たことを思いだしている。

半九郎は長さが楽に二町ある橋を渡り、その橋のたもとにこぢんまりとした神社を見つけた。

人けのまったくない神社で、半九郎はぶらりと境内に入った。本殿のうしろに狩場川の土手が見えている。なんとなくそこへのぼってみた。

美しい景色だった。

ゆったりと流れる大河越しに、白い朝靄《あさもや》に包まれる沼里の町が眺められた。そこかしこから炊煙《すいえん》があがってもいる。狩場川沿いを走る東海道がけっこう近くに感じられ、すでに多くの旅人が行きかっていた。

土手をおり、本殿の階段に腰かけた。

奈津はどこにいるのか。

主膳の屋敷か。あの人目のつかなさなら、人を隠しておくには格好だ。

だが、乗りこんでどうするか。

奈津は本当にいるのか。いなかったとして主膳に吐かせるか。しかし主膳は居場所を知っているのか。

まさか半九郎がやってくるのを予期していることはないと思うが、だがあの右兵衛がいる。飛んで火に入る夏の虫、ということにはならないか。

しばらくして日がのぼってきた。境内は煙が立ちこめている。近くでたき火をしているらしく、その煙が風に乗って霧のように漂ってきていた。

半九郎は背後に、鋭い叫び声をきいた。立ちあがり、本殿の陰から橋を透かし見た。

抜き身の槍をたずさえた二十名以上の一隊がこちらを目指して走ってくる。いずれもはちまきをし、血相を変えていた。先頭の組頭らしい男が配下に気合を入れている。

ここにいるのを知られたのか、と半九郎は思ったが、そんなはずはないと思い直し、本殿の下に身をひそめた。

一隊は神社に目をくれることなく右手の街道を駆け抜けていった。

床下を出ようとして、半九郎は地べたを這っている自分を見つけた。

(主膳の屋敷に乗りこむか。それにしてはこのざまはなんだ)

自分が情けなく思えた。握り締めた土を地面に叩きつけて立ちあがろうとして、床板に頭をぶつけた。

いててて。頭を押さえてうずくまった。

痛みがおさまるのを待って、また階段に腰をおろした。

腹の虫が鳴った。当然だった。朝飯を食っていないのだ。しかし、ここは我慢するしかなかった。

さらにときがすぎた。

もはや空腹は耐え難いものになっている。槍隊はあれだけで、そのあとは家中の士らしい者は一人として通っていない。

もういいや、と半九郎は腰をあげた。

街道に出て、橋を戻る。

東海道を繁く往来する旅人たちと一緒の歩調で西へ進んだ。

見覚えのある蕎麦屋が目に入った。美な川だ。つい一昨日《おととい》入ったばかりなのに、妙に懐かしかった。

暖簾が出ている。うまかった蕎麦切りを思いだし、唾《つば》が出たが、この店のあるじには顔を知られている。当然あの高札は見ているだろうし、仮に見ていなくてもまだこの宿にいたのかと勘繰られるのは得策ではない。

よそにするか、と店の前を通りすぎようとして、信じられない思いで立ちすくんだ。

格子窓のなかに、見覚えのある丸い頭がいた。蕎麦切りをうまそうにすすっている。

(なんでここに)

半九郎は、見まちがいではないかとじっと見つめた。

順光が顔をあげた。半九郎に気づいたが、驚く様子も見せず、こっちへ来いと口の形をつくって手招きした。

驚きから立ち直れないままに半九郎は暖簾をくぐった。いらっしゃい、というあるじに半九郎は会釈を返した。主人は、あれ、という顔をしたが、別になにもいわなかった。

半九郎は草鞋を脱いで座敷にあがり、順光の向かいに座った。客は順光だけで、座敷は広々と感じられた。

「ずいぶん疲れた顔をしているな」

順光の目にはいたわりの光がある。

「いや、腹が減っているだけです」

「なら、食え」

順光は手許にある三枚のざる蕎麦の一枚をまわしてくれ、さらに注文を取りに寄ってきたあるじに、あと二枚くれ、といった。あるじはうれしそうに下がっていった。

「なぜここに」

半九郎はきいたが、順光は、まずは食えと命じた。半九郎はしたがい、一枚をあっという間にたいらげた。順光は二枚目をまわしてくれた。

二枚目も食べ終えると、腹は満ちた。ほっとした思いで順光を見た。百万の味方を得た気分になっている。無心に蕎麦切りをすする順光には後光が差していた。

「うまいな、この店は」

にっと笑った顔は満足げだ。

「人によれば沼里一だそうです」

「それもうなずける。これだけの蕎麦切りは江戸でも滅多にないぞ。ここのあるじ、江戸に来ても十分やれるな」

「まさか連れ帰るつもりじゃ」

「うちのに万が一があったときは考えてもいいな」

あるじが二枚のざる蕎麦を持ってきた。あるじは半九郎に、先日はどうも、と笑いかけて奥に去っていった。

その二枚を順光は食べ終え、蕎麦湯をうまそうに飲んだ。酒は頼んでいなかった。

「なぜここに、だったな」

順光はごくりと喉仏を上下させた。

「最も大きい理由は、林田利兵衛がおまえを追ったのがわかったことだ。それをどうしても知らせたくてな」

半九郎は苦笑してみせた。

「もうあらわれました」

「なに」

順光は半九郎の体を見た。

「まだ会ってはおらんようだな」

「いえ、一度やり合いました」

半九郎はそのときの様子を語った。

「そうか。怪我はなしか」

よかった、と順光はいった。

「それから沼里にはな、龍の尾という伝来の名刀があるんだ。なんだ、それも知っている顔だな。じゃあ、この名刀になぜ守就が食いついたのかもわかっているのか」

半九郎はうなずいたが、むしろ順光がどうしてそこまで知っているのか不思議だった。守就が主膳の企《たくら》みの片棒をかついだことを半九郎が理解したのは、つい一昨日のことにすぎない。

半九郎はそのことをいった。

「それか」

順光は決意の色を瞳に浮かべた。

「わしはな、生前の十兵衛からおぬしのことをすべてきいていたのだ」

意外な言葉だった。

「すべてというと?」

「文字通りすべてだ。出生もな」

力が抜ける思いだった。

「去年の九月のことだ。十兵衛が俺の許へやってきて、それがしに万一のことがあれば半九郎のことをよろしく頼みます、といってすべてを語ったのさ」

「父は、万一のことがあれば、といったのですか」

「ああ。おそらく自分でも体の不調がわかっていたのだな。医者にかかるよう強くいったが、十兵衛はきかなかった」

順光は自らの説得が不調に終わったのを恥じるように首を振った。

そうだったのか、と半九郎は思った。なにも気がつかなかった。鍋のことも花見のことも、半九郎に気がつかせないための父なりの配慮だったのだろう。

「半九郎、これまでに起きたことを全部話せ」

順光にいわれ、半九郎は省略することなく述べた。

順光はときおり相槌《あいづち》を打つくらいで、半九郎が話しているあいだ一言も口をはさまなかった。

きき終えた順光は深くうなずいた。

「そうか、よく命があったな。まあ、おまえの悪運の強さなら、どんなことが起きようと大丈夫なのは信じていたが」

半九郎はひらめくものがあった。

「もしや元経公に文を送ったのは……」

「わしだ。だが、勝手をやったわけではないぞ。十兵衛の遺志だ」

順光は唇を噛んだ。

「しかし、あの文がまさかこんな大きなことになろうとは思いも寄らなかった」

ため息混じりに続ける。

「読みが浅かったな。ふむ、おまえにはすまんことをした」

「いえ、文が父の遺志であるなら」

半九郎はきっぱりといいきった。

「これがそれがしに天が与えた定めということになるのでしょう。もし和尚が文を送らなかったとしても、いずれきっと同じことが起きていたはずです」

「そういってくれるのなら、わしとしては助かるが……」

順光は茶を喫した。一気に干した湯飲みをかざし、あるじ茶をくれ、と大声で奥に呼ばわった。

「ああ、それからな。守就の女好きは本当のようだぞ」

「まことですか」

それが本当なら、と半九郎は思った。奈津は守就に連れ去られたことになる。あの鼻筋の通った侍は真実を告げていたのだ。

「守就が今どこにいるかを?」

「三島にとどまっている」

　ということは、と半九郎は心を躍らせた。奈津は三島にいる。

「行くつもりか。だが、今はやめたほうがいいぞ。東海道筋には沼里家中と思える人数がかなり割《さ》かれている。三島を目指すのは得策ではないな」

「では、どうすればいいと?」

「あさってが元経公の葬儀ときいた。おそくとも明日、守就は三島を発つだろう」

「では、ここで待ち受けたほうがいいと?」

「そういうことだ。だが問題は、どうすれば奈津を取り戻せるか、だな」

　半九郎はしばし考えこんだ。やがて顔をあげ、和尚、と呼びかけた。

「一つ頼みごとをしたいのですが」

　半九郎は声を落として語った。

「わかった。これからすぐに行ってこよう」

　順光は奥を見た。

「茶が来んな。あるじはどうしたんだ」

　はっとした顔つきで半九郎を見る。

「まさか」

「かもしれません」

「半九郎、先に行け」

「和尚は？」

にやりと笑った。

「代を置いてゆく。食い逃げは性分《しょうぶん》に合わんのでな。いや、わしのことなどいいから、はやく行け」

半九郎は草鞋を履き、美な川を飛びだした。

あそこだ、いたぞ、という声が左手からきこえた。

二十名近い捕り手が東海道を砂埃《すなぼこり》をもうもうとあげて駆けてきている。町奉行所の者だった。

なにが起きたのだろうと旅人たちは足をとめ、旅籠の者、店の者は外に出て、捕り手たちを眺めている。

距離はまだ一町近くあり、半九郎には余裕があった。捕り手のなかに右兵衛がいないか、にらみつけるようにして捜した。

いなかった。

そうか、と半九郎は気づいた。主君の警護のため三島へ行っているのだ。それがわかった途端、気が楽になった。

半九郎は尻をまくって逃げだした。

二十

当てもなく走り続けた。

東海道は順光の指摘通り、危険な香りがぷんぷんしていたので避け、脇道に入った。

ああそうだ、と気づいた。当てがないわけでもない。

うしろを振り返る。捕り手の姿はない。まくのはさほどむずかしいことではなかった。

道を北へ転じた。

慎重に城下を避け、足高山のふもと近くまでやってきた。そこからは道を南に取り、ひたすら海の方向を目指した。

一気に千本松原まで歩いて浜に出、存分に潮の香りを吸いこんだ。

目の前に広がる沼里の海にはどこか気持ちを落ち着けてくれるものがあり、きっと幼い頃、父に連れてこられたことがあったのだろう、と思った。

まっすぐな陽射しを受けて、波がきらきらと光っている。ときおりぼらだろうか、波打ち際近くで魚が競うように跳ねる。

浜は白砂というわけではなく砂利が多いが、右手になだらかな弧を描いて白い帯が松林に沿って駿府《すんぷ》方向にのびてゆく風景は壮観だった。

遠く、羽衣の松で有名な三保《みほ》の松原ではと思える、海に人さし指を突きだしているような岬が眺められたが、果たしてそこが本当にそうなのか定かではなかった。

左手には狩場川の河口が見え、まるで湖のような波一つない静謐さを見せている内浦に守られて、多くの船が帆《ほ》を休めている。戦国の昔は、小田原城を本拠としていた北条家の海賊衆の湊《みなと》になっていたときく。

内浦沿いに南へ目を転じると、海に落ちこむようにそびえる伊豆の山々がくっきりと緑の輪郭を浮かびあがらせていた。

潮風を思いきり胸に吸いこんでから半九郎は松林に戻り、なかの小道を東へ向かった。松林は松が吐きだす新鮮な香りに満ちていた。誰とも出会うことなく松林を抜け、寺が数多く建つ町にやってきた。遠く北側に沼里城の天守が見えている。

付近は相変わらず静かだった。階段をあがり、山門をくぐった。

庫裡の前に立ち、訪いを入れた。すぐに女の声で応えがあり、戸があいた。

「おやまあ」

鈴は目を大きく見ひらいた。

「ようこそおいでくださいました」

半九郎を招じ入れ、戸を閉める。

「津村さまには？」

「はい、おかげさまで会えました」

人声をききつけて奥から天秀が廊下を渡ってきた。人なつこい笑みを見せて、お辞儀をする。

「いらっしゃいませ、里村さま」

奥の間に通され、一度姿を消した鈴が茶と干菓子を持ってきた。

「どうぞ、お召しあがりください」

さんざん歩きまわったので、腹が空いていた。半九郎は遠慮なく干菓子に手を伸ばした。

やわらかな甘さが口のなかでほろほろと溶けてゆく。茶はちょうどいいあたたかさで、渇いていた喉を潤してくれた。

「おいしいでしょう」

鈴が笑ってのぞきこむ。

「すばらしいですね」

ところで、といって鈴が姿勢を正した。

「津村さまが軟禁されたそうです」

やはり、と半九郎は思った。

「軟禁だけですか」

「ええ、さすがに主膳どのも命を取る気まではないようです」

鈴は半九郎をじっと見た。

「そういう事態に至ったのは、やはり里村さまが千寿丸さまだからですか」

「そういうことです」

あとあとこの二人に災厄が降りかかることを考え、半九郎には多くを語る気はなかった。

もっとも、ここに来たこと自体、すでに大きな迷惑をかけているといえるのだが。

鈴がにっこりと笑った。

「今日はなぜここに。またなにか教えてもらいたいことでも？」

半九郎はうなずいた。

「明日、元経公の葬儀ですね」

「拙僧も読経に加わります」

天秀が答えた。

「それまでそれがしをここへ置いていただけないでしょうか」

「里村さまも葬儀に？」

鈴がはっとした顔をした。

「まさか、そこで主膳どのを襲うつもりではないでしょうね」

気が気でないという調子で問う。

「いえ、そのつもりはありません」

「でも、なにかお考えになっているんでしょう？」

その通りだったが、半九郎は困った。

「わかりました。これ以上ききません」

鈴が穏やかにいう。

「でも一つだけ」

「どうぞ」

「許嫁のいる場所はわかったのですか」

「はい。まだおそらくということにすぎませんが」

「では、里村さまのやろうとしていることは許嫁を救いだすことなのですね」

「母上、きくのは一つだけのはずですよ」

かまいませんよ、と半九郎は天秀にいった。

「はい、その通りです」

「危ないことなのですね？」

鈴の質問は続いた。

「もちろんです。危険を冒さぬと救いだすことはできませんから」

「私が男でしたら、里村さまのお手伝いをさせていただくのに」

はがゆそうにいって鈴はせがれを見た。

「天秀、あなたは男なのですから里村さまに力を貸しておあげなさい」

「母上が申されるのであれば、是非そうしたいと思います」

気持ちのやさしい親子だった。天秀は本気でそう考えている。

「いえ、お気持ちだけありがたく受け取っておきます。これは自分一人で払いのけるべき火の粉です。もし天秀さまのお力を借りたことが父に知れたら、それがしきっときつく叱られることでしょう」

「でも……」

天秀は口をひらきかけて、とどまった。半九郎の決意がかたいことを知った鈴が首を振ってみせたからだ。

「里村さま、もう一つよろしいですか」

「主膳どのが許嫁のかどわかしに関わっているのですか」

「はい」

「中心人物といっていいと思います」

「そうですか。すばらしい政を行っているお方ですのに、どうしてそのようなことをしたのでしょう」

鈴がため息をつくようにいう。

「津村どのによれば」

半九郎は又左衛門の言葉を紹介した。

「勘ちがいですか……」

少し沈んだような表情になったが、鈴はすぐに明るい笑顔を向けてきた。

「わかりました、里村さま。もうこれ以上、きくことはありません。朝まで、どうかごゆっくりおすごしください」

その夜は、鈴が用意してくれた夜具に寝た。

少し酔いを感じている。夕食にほとんど飲まない酒を鈴に勧められるままにわずかだが口にしたのは、明日になれば奈津をこの手に取り戻すことができる、という胸の高ぶりを抑えきれなかったからだ。

もっとも、酒は逆効果だった気がしないでもない。さらに胸は強くはやく鼓動を打っていて、なかなか寝つけそうもなかった。

暗い天井をにらみつけて、半九郎は順光はうまくやってくれただろうか、と思った。万事そつのない人物だから、大丈夫であることをかたく信じた。

いつのまにか眠りに引きこまれていた。

ふと人の気配を感じ、半九郎は目をあけた。

「朝がまいりましたよ、里村さま」

襖越しに声をかけてきたのは天秀だった。

半九郎は起きあがり、身支度を整えた。

朝といってもさすがに寺の朝ははやく、障子をあけて見た東の空はようやく白んできている程度だった。

居間で、鈴が心をこめてつくってくれた朝食をとった。

茶を飲み、心が落ち着いたところを見計らって、給仕をしてくれていた鈴に頭を下げた。

「ごちそうさまでした。とてもおいしかったです」

「お粗末さまでした。行かれますか」

「はい」

半九郎は立ちあがった。

鈴が本堂で読経をしていた天秀を呼んだ。二人は山門まで出てきてくれた。

「成就を心から願っています」

鈴がいい、天秀があとを続けた。

「拙僧は、これまでの生涯で最高の読経をいたします。里村さまには、仏のご加護がきっとございましょう」

「ありがとうございます」

感謝の念で一杯だった。

「里村さま、これを」

鈴が一通の文を差しだす。

「これは？」

鈴が耳元にささやきかけた。

受け取った半九郎は二人にあらためて礼をいって、高境寺をあとにした。

日が射してきた。

見あげると、きーんと音がしそうなほど真っ青に澄んだ空が広がっていた。

天秀のいう通り、仏が空から見守ってくれている気がして、きっと大丈夫だ、と自信が胸のなかでふくらむのを感じた。

歩き続け、宿場にやってきた。捕り手の姿も気配もない。東海道をさらに東へ歩く。

昨日渡った橋のたもとまで来て、対岸を見た。身をしばらく置いていた神社の木々が、土手の向こうに見えている。

和尚はうまくやってくれただろうか、という思いが再び心を占めた。もし和尚がつなぎをつけられなかったとしたら、その時点でほとんど成功はおぼつかない。

（いや、和尚なら大丈夫だ。きっと見つけだしてくれたに決まっている）

心のなかで深くうなずいて、半九郎は道を進んだ。

次に足をとめたのは、盛林寺の参道の前だ。参道に誰もいないことを確かめてから、歩を運んだ。山門から境内をうかがう。

元経の葬儀は、歴代の殿さまの墓がある藤平《とうへい》寺という大名家の菩提寺で行われることになっていて、この寺には家中の士であふれていた三日前の雰囲気は微塵《みじん》もなかった。箒《ほうき》で掃かれたようにきれいに人がいない。

半九郎は境内に入り、散策するような顔で歩きまわった。かすかに、つぶやきのような読経の声が耳に届いている。

広く奥行きのある寺で、巨大な傾斜の瓦葺《かわらぶ》きの本堂のほかに三重塔、地蔵堂、経堂、鐘楼、庫裡などが要所をかためるように建っている。茶室らしいこぢんまりとした建物が、左手の庭の奥にあるのが木々越しに見えた。

墓地は地蔵堂の裏手に広がっており、無数の卒塔婆《そとば》が天を向いていた。歴史を相当刻んでいそうな大寺で、元経が常にここで守就を出迎えていたというのもうなずけた。

この寺のどこでどういう形で元経が殺されたのか。

半九郎は境内を見渡した。

鐘楼の向こう側の陰なら、人目につくことなく身を隠しておけるだろうと踏んだ。

二十一

耳が痛いほどの音が頭上で鳴っている。

五つ（午前八時）の鐘だった。

鐘を撞《つ》き終えた年老いた和尚が、鐘楼をおりて庫裡のほうに歩きはじめた。

半九郎はうしろ姿に声をかけた。

もういいだろうか、と半九郎は思った。もうすぐ四つになるはずだ。

今日、守就が沼里に泊まる気でいるなら、急いで三島を出る必要はない。出立はおそらく五つすぎくらいだろう。とするなら、じきに行列はやってくる。

半九郎は再び鐘楼の陰にいる。立ちあがると、体にわずかなこわばりを感じ、大きく伸びをした。

いよいよだ。決意が体にみなぎってきた。

早足で歩いて山門の外に出た。

待つまでもなかった。

遠く街道上に、行列が見えている。まちがいない、守就の行列だ。

半九郎は、目ざとい右兵衛に見とがめられないうちに路地に入りこみ、切りわけられた材木が店の側面の壁に立てかけられている陰に身をひそめた。

こちら側には土手はなく、狩場川ははっきりとその流れを見せている。たっぷりとした水量で、ゆったりと流れていた。今日は元経の葬儀のせいか、川猟師の姿はどこにも見えない。

半九郎は息をひそめ、対岸の土手に目を凝らした。なにも見えない。

じりじりする瞬間だった。手に汗が湧いてくる。着物で手をぬぐい、刀の鯉口を切った。

行列はもう間近まで迫っている。したにい―したにい―、という声がきこえている。半九郎の近くにいる旅人たちも一人残らず土下座していた。

やがて行列が視野に入り、半九郎の前にかかりはじめた。

半九郎は唾をごくりと飲み、いつでも駆けだせるように腰を落とした。

駕籠が目の前に来た。守就の駕籠ではなく、重臣のものだ。

このなかに奈津がいるのか、と半九郎は引き戸をあけたい衝動に駆られた。その思いをなんとか嚙み殺す。

次々に行列が行く。二つ目の重臣の駕籠が行き、ついに一際《ひときわ》大きな守就の駕籠があらわれた。駕籠の向こう側に右兵衛の顔がちらりと見えた。いつものように厳しい表情で、あたりに目を配っていた。

半九郎はあまり見つめすぎないよう注意した。ほんのわずかな視線でも、あの男は感じ取れるだけのものを持っている。

半九郎はさらに息を殺し、今か今かと待った。体が勝手に動いてつんのめりそうになるのを必死にこらえている。

しかしなにも起こらない。守就の駕籠はなにごともなく通りすぎていった。

駄目だったのだ、と半九郎は絶望に近い気分を味わった。思わず天を見あげた。

そのとき、どん、という低い音がきこえた。それが鉄砲の音であると気づくのに数瞬要した。目を向けると、対岸の神社のところでぱあと白煙があがったのが見えた。

やった、と半九郎は胸を打たれた。心の底にわだかまっていた重く湿った霧がきれいに取り払われてゆく快感を味わった。

順光は伊造の弟である万吉を捜し当て、依頼を成功させたのだ。ただし、駕籠を狙うだけで守就の命まで狙うことのないよう半九郎は釘をさしている。

玉は狙い通り駕籠に命中したようで、行列は大混乱におちいっている。駕籠かきは駕籠を落としてしまっているし、左右に控える者もほとんどが身を伏せている。

鳩《はと》の群が飛び立つようにいっせいに立ちあがった旅人たちは、悲鳴や叫び声をあげて駆けまわりはじめた。頭を抱えた若い女のなかには泣きわめいている者もいた。

そんな状況のなか、一人、塔のように立ってあたりを睥睨《へいげい》している侍がいた。

右兵衛だった。すでに刀を抜き、駕籠の前に立ちはだかっている。

鉄砲がもう一発放たれた。

それが右兵衛の左の脇腹あたりをかすめ、守就の駕籠にびしっと当たった。木片が弾け飛んでゆく。さすがの右兵衛も一瞬、たじろいだ。

右兵衛は駕籠かきたちを叱咤《しった》し、駕籠をかつぐよう厳しく命じた。

「殿を安全な場所までお運び申すのだ」

半九郎は右兵衛が守就に意識を奪われているこの隙に、道へ飛びだした。走りながら、対岸を見る。つかまらないうちに万吉がさっさと引きあげてくれることを望んだ。

右兵衛の目が届かない場所を選び、騒ぎまわっている町人や旅人に混じるようにして、半九郎は動いた。

一つ目の重臣の駕籠に近づいた。

なかから重臣らしい五十すぎと思える侍が立ちあがっていて、守就の駕籠へ近づこうとしている。

二つ目の駕籠は十間ほど前に置いてあるが、引き戸があけられていて、なかには誰もいなかった。

半九郎は首を振って、三つ目の駕籠を捜した。

あった。行列のややうしろのほうだ。引き戸はひらかれていない。

あそこに奈津はいる。半九郎は確信した。

ただし、あそこへ行くには、右兵衛の前を通らなければならない。

躊躇などしていられなかった。半九郎は駆けだした。

自分のほうへ走り寄ってくる影に気づいた右兵衛が目を大きく見ひらいた。驚きからすばやく立ち直って体を動かし、駕籠かきたちに守就の駕籠を右手に口をあけている小路に運び入れるように命じた。それからさっと振り返り、半九郎を迎え討つ姿勢をとった。

本音をいえば気がつかれたくなかったが、こうなれば仕方がなかった。半九郎はかまわず間合をつめ、右兵衛に斬りかかった。

存分に打ちおろした刀を右兵衛が跳ね返す。これまでで最高の遣い手であることをあらためて認識させる、ものすごい衝撃が腕を伝わってきた。

それでも、右兵衛はわずかに体勢を崩しかけた。その横を半九郎はすり抜けようとしたが、半九郎の狙いをとっさに見抜いた右兵衛はそれを許さなかった。

右兵衛の両腕から放たれた刀は猛烈なうなりをあげ、半九郎の頭蓋《ずがい》を叩き割る勢いで落ちてきた。

半九郎は弾かれるようにうしろに飛んで、かろうじてこれをかわした。

他の家臣も刀を抜いており、いずれも血走った視線を半九郎に向けている。

半九郎ははやる気持ちを抑えて、足をとめるしかなかった。刀をかまえて右兵衛と対峙《たいじ》する。

「やってくれたな」

右兵衛がにらみ据える。

「いいか、誰も手をだすな。この男は俺が殺る」

その言葉に応じて、半九郎と右兵衛を包む輪がわずかに広がった。

「容赦はせんぞ」

揺るぎのない自信を口調に乗せて、右兵衛が上段に刀を振りあげた。

巨大な影となった右兵衛がのしかかってくるような錯覚にとらわれ、その重みを受けとめかねて半九郎は下がりかけた。

力量の差をはっきりと意識した右兵衛はじりじりと距離をつめてくる。

半九郎の瞳に映っているのは右兵衛のみで、他の景色はすべて視野から押しだされてしまっていた。一切の物音が途絶えたように静かで、激しい鼓動だけが耳を打っている。蜘蛛《くも》の巣にとらわれた蝶《ちょう》のように身動きがとれない。やられる。半九郎は覚悟を決めざるを得ない状況に追いこまれた。

半九郎のそんな心中を見越したように口許にかすかな笑いを浮かべた右兵衛はさらに一歩近づき、渾身の気合をこめて刀を振りおろそうとした。

そのときだった。肌がわずかな風のざわめきをとらえた。右兵衛の体が痙攣《けいれん》でも起こしたようにびくりと揺れる。

直後、耳のつまりが取れたようにすべての物音が帰ってきた。

今の風は鉄砲の音だったことに気づいた。一瞬、当たったのかと半九郎は思ったが、そう見えただけで、玉は右兵衛の袖《そで》の下を抜けていた。

しかし右兵衛も動揺は隠せず、目を泳がせ気味に対岸を見た。

半九郎はその機を逃すことなく胴を狙いざま、右兵衛の脇を駆け抜けた。右兵衛はかわすのが精一杯で、刀を振りおろしてくることはなかった。

半九郎は一気に半町を走り、駕籠にたどりついた。

町人や旅人が、再び声をあげて走りまわっている。右兵衛を狙った一発が、一度は静まりかけた者たちをまたも騒乱の渦に叩きこんだのだ。

当分おさまりそうにない喧噪《けんそう》から取り残されたように、駕籠は道のまんなかにぽつりと置き忘れられた形になっていた。

半九郎は膝をつき、期待をこめて引き戸をあけた。

小袖に包まれた体を小さく折り曲げた奈津がいた。猿ぐつわをされ、手足に縛《いまし》めをされている。死んだように青い顔をして、両目を閉じている。

胸がかすかに上下していた。気絶させられたのか、眠っているだけだ。半九郎は安堵した。

安心感にひたっている暇はなかった。右兵衛が家臣を引き連れ、突進してきている。

半九郎は奈津をかつぎあげた。意外に重い。このままでは逃げられんぞ、と背筋に寒さを覚えたとき、再び鉄砲が放たれた。

右兵衛の足がぴたりととまった。目の前で鋭く跳ねあがった土が裾に当たるほどのきわどさだった。

抜群の腕だ。ありがとう、と心で半九郎は感謝の声をあげた。

（だが本当にもういいぞ、逃げてくれ）

半九郎は奈津をかつぎ直し、駆けだした。

二十二

奈津の重みが心地よかった。

やわらかくてあたたかい。今こうして触れ合っていることに、半九郎は無上の喜びを覚えた。もう二度と離しはしない。

うしろを振り向くことなく、東海道を駆けた。

盛林寺の参道が見えてきた。その道を入り、山門をくぐった。二人の若い僧侶が立っていて、はやくはやくと半九郎をせかす。

半九郎は参道を振り返った。追っ手の姿もなければ気配もない。

二人につき添われるようにして庫裡の前までやってきた。

庫裡の入口に人待ち顔の住職がいた。

「うまくいったようじゃな」

承鑑《じょうがん》和尚は安心したように声をかけてきた。

「はい、なんとか」

承鑑は厳しい瞳で山門のほうを見やった。

「はやくお入りなさい」

半九郎をなかへいざない、半九郎が体を入れると同時に戸を閉めた。

承鑑に導かれるままに半九郎は奈津をなかに運びこんだ。

奥の間に夜具が敷かれている。

「そこへ」

半九郎は奈津を寝かせ、枕元に腰をおろした。猿ぐつわを取り、縛めをはずした。

「承啓《じょうけい》、水を持ってきなさい」

承鑑に命じられた若い僧侶は家中の士のように、はっと答えて走り去った。

半九郎は、目を閉じて口を少しあけている奈津をのぞきこんだ。目の前にいるのは、まちがいなく奈津だった。とうとう取り戻した。そう思うと、いとおしくてならなかった。

半九郎の視線を感じたように、奈津が重いまぶたをゆっくりとひらいた。

「おっ、目が覚めたか」

奈津はおびえたような瞳をしたが、目の前にいるのが半九郎とわかると、すがるように腕を伸ばしてきた。

半九郎はうしろに承鑑がいるのも忘れ、奈津の手を取り、思いきり抱き締めた。

背後でそそくさと立つ気配がし、襖があいた。すぐに閉じられた。

奈津は瞳を潤ませている。

「ごめんなさい」

なぜわびる、と口に出かかったが、かろうじて半九郎は押しとどめた。奈津の涙と言葉の意味をさとっている。

「生きていてくれただけで十分だ」

もう一度抱き締めた。肩先が濡れているのに半九郎は気づいた。

奈津は声を押し殺し、むせび泣いていた。半九郎は黙って、ただ背中をさすり続けた。

しばらくして襖があいた。

「落ち着かれたかな」

承鑑が湯飲みを手にしている。

「酒です。気つけにはこちらのほうがよろしいかなと思いまして」

半九郎は湯飲みを受け取り、奈津に向き直った。

「飲めるか」

手を添え、ゆっくりと口に含ませた。本当は口移しにしたかったが、承鑑の手前、さすがにそこまではできなかった。

やがて奈津の頰に赤みが差してきた。

「どうやら大丈夫のようじゃな」

承鑑がうれしそうにいう。

「さすが百薬の長じゃ」

半九郎も、奈津の冷えきっていた手にあたたかみが戻りつつあることに、安堵の気持ちを覚えた。

「里村どの、しばらく寝かせてあげなさい」

半九郎は奈津に寝られるか、きいた。奈津はうなずき、小さく笑ってみせた。

奈津が寝つくのを待って、半九郎は承鑑と別の間で向かい合った。

「和尚さま、本当にありがとうございます」

半九郎は深く頭を下げた。承鑑は穏やかに手を振った。

「いや、鈴どのに頼まれたらいやとはいえんじゃろ」

そう、半九郎が行列を襲撃するつもりでいることを見抜いた鈴は、奈津を取り戻した半九郎がしばらく身を隠しておける場所として、この寺を紹介してくれたのだ。

承鑑は真剣な顔になった。

「しかし、本当に守就どのの行列に許嫁がいるとは。正直申せば、鈴どのの文を読んだときも半信半疑じゃった」

腕を組み、吐息を洩らす。

「じゃが、こうして許嫁の顔を目の当たりにした今、信じぬわけにはいかんな。里村どのの申す通り、元経さまがここで殺されたというのはまことかもしれん」

「あの日、そのような気配は感じなかったのですか」

「まったくわからんかった」

無念そうにいって、そのときの状況を承鑑は語った。

守就を迎えるときいつもそうしているように、あの日も元経は茶室にいて茶を点《た》てていた。最初、三畳間に同席していたのは承鑑だったが、あとからやってきた主膳が元経に話があるということで、承鑑は席を外した。

そのおよそ四半刻後、血相を変えた主膳が茶室を転げるように出てきて、殿がたいへんだ、御典医をはやく、と叫んだ。

「大騒ぎになったが、では、まさかあのとき主膳どのは……」

「そういうことでしょう。元経公の隙を見て、刺し殺したか、くびり殺したか」

「恐ろしいことを……」

承鑑は怪談でもきかされた子供のように身を震わせた。

「御典医は元経公を診たのですか」

「もちろん。しかし手の施しようがなかったことを主膳どのにいわれていた」

「御典医はどなたです」

「等風《とうふう》どのと」

「等雪どのの血縁ですか」

「甥っ子で、腕は伯父に似てとてもいいとの評判だが、では里村どのは等風どのも荷担していたと?」

「話はまちがいなく通じていたでしょう。御典医が病死と発表すれば、誰も疑いを持たないでしょうから」

「金だろうか。等雪どのは清廉で知られたお人だったが」

「脅されたのかもしれません」

半九郎は弁護するようにいった。

「沼里一の権力者に、やらなければ命をもらう、とでもいわれたら、いくら清廉なお人でもしたがわざるを得ないのではないでしょうか」

承鑑はうなずいた。

「ところで、これからどうする」

「夜までいさせていただけませんか。日が暮れたら奈津を連れて出てゆきます」

「今宵?　大丈夫か。いたいだけいていいのだぞ。遠慮はいらん」

ありがたい言葉だった。こうしてみると、沼里はあたたかな人ばかりだ。半九郎は、この地に生まれた自分を誇らしく思えた。

「いえ、いつここが嗅ぎつけられるかわかりません。迷惑のかからぬうちに出たほうがいいと思います」

「そうか、それなら無理にとはいわんが」

承鑑はあたたかな瞳で半九郎を見た。

「夜までそばにいてあげなされ」

第三部　対決

「ありがとうございました」

ひそやかな声で礼をいった。

「このご恩は一生忘れません」

「人として当然のことをしたまでじゃ」

もう一度頭を下げてから半九郎は奈津を連れ、山門を出た。承鑑たちが見送ってくれている。無事江戸にたどりつけるように、と祈ってくれているのが伝わってくる。

一

深夜、九つ（午前零時）をすぎていた。

闇《やみ》は濃い。南から張りだしてきた厚い雲が空をおおい、月は見えず、星もほとんどその瞬きを見せていない。

雲はゆっくりと動いているようで、雲の隙間《すきま》を選んで輝いていた北側の星も支配下におさめようとしている。夜の壁にさえぎられたように風はなく、木々は揺り起こされることなく深い眠りについていた。

この暗さのなか、道を行くのにはかなりつらいものがあるが、提灯《ちようちん》をつかうわけにはいかない。右兵衛を引きつけるだけだ。

それにしても和尚《おしょう》につなぎをつけねばならんな、と半九郎は思った。順光が今どこにいるのかわからないし、盛林寺に半九郎たちがいたことを順光は知らない。

本当は守就から奈津を奪い返したあと、順光のほうから声をかけてくる手はずになっていたが、なぜか順光は姿を見せなかった。

なにか手ちがいでも生じたのか、と半九郎は案じたが、あの和尚のことだからまちがいなどあり得ないことを信じた。

いずれ向こうから接触してくるはずだ。

「大丈夫か」

半九郎は、自力でうしろを歩いている奈津に声をかけた。

「大丈夫よ。このまま休まずに江戸まで行けるわ」

声にも力強さが戻ってきている。

「相変わらず強がりだな」

半九郎はくすりと笑った。

「でも本当に無理するなよ。疲れたら遠慮なくいえ。おぶってやる」

奈津は立ちどまった。

「どうした」

「じゃあ今」

「わかった」

半九郎はひざまずいた。すぐにやわらかな重みが背中にかかった。

「しっかりつかまっていろよ」

半九郎は立ちあがり、歩きはじめた。

「ねえ、昔こうしておぶってくれたの、覚えてる?」

半九郎の首筋に頬《ほお》を押しつけるようにして奈津がきく。

「十五年前の秋だな、お稲荷《いなり》さんの祭りの日だろ」

一緒の長屋にいたときのことだった。

近所の稲荷で祭りがあり、半九郎と奈津は二人で出かけたのだ。最初は仲よく手をつないでいたが、なにかがきっかけで口喧嘩《くちげんか》になり、二人は途中で別れてしまった。

奈津と一緒でないのならにぎやかに鳴らされる笛や太鼓はうるさいだけで、浮かれている人々はうっとうしいだけだった。半九郎はさっさと帰ろうとしたが、なんとなくこのまいたほうがいい気がして、祭りの喧噪《けんそう》に身を置いていた。

奈津らしい悲鳴がきこえてきたのは、それからしばらくたってからだった。半九郎の名をまちがいなく呼んでいた。

半九郎は奈津の名を呼び返しながら、人波をかきわけて歩いた。

奈津はなかなか見つからなかった。声がしたのも一度きりで、それからはきこえてこない。

半九郎は焦《あせ》った。奈津が手の届かないところに行ってしまったような気がしてならなかった。

さんざん捜しまわった末、奈津は稲荷の参道からだいぶはずれた木立のなかでようやく見つかった。見覚えのあるようなないような数名の男の子に囲まれていた。

半九郎は駆けつけ、どうしたのか奈津にきいた。代わりにいきなり一人が殴りかかってきた。

半九郎は喧嘩などきらいだったし、父からもきつくとめられていたが、こいつらが奈津に悪さをしていたのか、という怒りにまかせて拳《こぶし》を振るった。気づくと目の前に子供たちはおらず、全員逃げだしていた。

奈津は足をくじいていて、歩くことができなかった。それで半九郎は黙って背中を見せ、おぶってあげたのだ。

「なあ、あのときなんであんなことになっていたんだ」

「話してなかった？」

「覚えはないな」

「ききたい？」

「昔のことだからどうでもいいが、しゃべりたければきいてやってもいいぞ」

ふふ、と奈津は笑った。

「本当に知りたいときは、いつもひねくれたいい方するのよね」

「ほっとけ。どうしてだったんだ」

「あの男の子たちのなかに私を好きだった子がいて、一人で歩いている私に声をかけてきたの」

一緒に祭りを楽しもうというようなことをいわれ、奈津はいやですぐに逃げだしたものの、男の子たちは追いかけてきたという。そして、奈津はあの木立に来たところで転んでしまったのだ。

「あなたを呼んだけど来てくれないし。男の子たちはしつこくからんできて、私は思わず、私には許嫁《いいなずけ》がいるの、と叫んだの。そこへあなたが計ったみたいにあらわれたから、振られて頭にきた男の子が色男に殴りかかっていった、というわけ」

「なんだ、その頃から俺のことを許嫁だと思っていたんじゃないか」

「あのときはほかにいいようがなかっただけよ」

「まあ、いいさ。なんとでもいいわけしてくれ」

しばらく言葉が途絶えた。

「ところでさ、あのときなぜ俺たち喧嘩したんだっけ」

「覚えてないの？」

「もったいぶらずにはやく教えろ」

「あなたの焼《や》き餅《もち》でしょ」

「俺の？」

「そうよ。参道ですれちがった男の子に私が目をやったって、すごく怒って。私は見てなんかいなかったのに」

「俺がそんなことで……。信じられんな。じゃあ、奈津はそのときなにを見ていたんだ」

「なんだったかしら。覚えてないわ」

「やっぱり男だったんじゃないのか」

「そんなことはないわ。私はその頃からあなたしか……」

奈津は言葉を切った。

「広くてあたたかいな」

肩にしっかり腕をかけてしみじみという。

「あのとき抱かれてればよかった」

少し間を置いてつぶやく。

「えっ」

半九郎は振り返った。

「きこえたでしょ」

「馬鹿、そんなことというな。生きていてくれただけでいい、というのは本心だぞ」

「こんな私でもお嫁さんにしてくれる？」

「俺がなんのために捜し続けたと思っているんだ。奈津をこの手に取り戻すためだぞ」

半九郎はもう一度振り返った。

「本当になってくれるのか」

奈津は顔を伏せたまま言葉を発しない。

「なんだ、答えろよ。……なんだよ、なんでなにもいわないんだ」

ようやく半九郎は気がついた。

奈津は泣いていた。

半九郎は奈津を背負い直し、ひたすら夜を歩き続けた。

二

夜が明けてきた。

とうに三島はすぎ、箱根の雄大な山塊に東海道は入りこんでいた。山の上のほうがわずかに明るくなっていて、早立ちの旅人の姿も目立って多くなってきている。

じき関所だが、奈津の手形の問題は片づいている。

承鑑和尚が檀家《だんか》の名主に頼み、沼里の村の者が江戸へ赴くという形で手形をもらってくれていた。書式は完璧《かんぺき》で、関所を通るのになんの不都合もないはずだ。

問題は右兵衛と主膳だった。

半九郎たちをこのまま江戸に行かせるわけがない。行かせて元経殺しを大目付にでも報告されたら、身の破滅だ。主家もまちがいなく取り潰《つぶ》しになる。

おそらく半九郎たちが関所をすぎるより前に襲撃をかけてくる。

半九郎は用心をおこたらなかった。

しかし、襲われることなく無事に関所を抜けることができた。

やがて道はくだりになり、関所の前から歩きはじめていた奈津の歩調もだいぶ軽いものになっていた。

小田原宿に着いた。

「今日はここで泊まるか。じき日暮れだ」

奈津の疲れを半九郎は案じた。

宿屋を選び、同じ部屋に寝ることになって半九郎はどきどきしたが、相変わらず旅籠《はたご》は一杯で、他の旅人と相部屋だった。もともと奈津に手をだすつもりなど毛頭なかったが、なんとなく残念な思いが心を占めたのも事実だった。

翌日は七つ（午前四時）立ちをした。

本当なら日がのぼり、旅人たちが多く行きかうようになってからのほうが半九郎としてはよかったが、一刻もはやく父に会いたいはずの奈津の心情を考えたのだ。

夜明けまで一刻近くあるだけに、道はさすがに暗い。半九郎は奈津の少し前を警護する気持ちで歩いている。

街道上に人はほとんどいないが、ぽつりぽつりと前を行く人がいることはいる。いずれも提灯を持っていて、それを目印に半九郎は歩を進めていた。

夜明けまであと四半刻ほどという頃になって、いつからか前を行く人の数が増えてきていた。いずれも侍で、十名近くいる。つかず離れずといった歩調を保っていた。

まさか、と半九郎は背後を振り返った。

十数名の侍がいた。こちらはじりじりと距離をつめるように早足で歩いていた。

先頭にいるのは右兵衛だった。

足をとめた半九郎は奈津をかばって一歩前に出た。

「いい覚悟だ」

右兵衛が声を放った。

「だが、ここでは少々やりにくいな。旅人の往来もある。この先に、藪《やぶ》に囲まれたちょっとした草地がある。そこなら誰の邪魔も入らん。どうだ」

どうやら右兵衛は最初からその草地でけりをつける気でいたことが知れた。

一人なら逃げることはできるが、今は奈津がいる。どのみち右兵衛が襲ってくるのはわかっていたし、いつかは決着をつけなければならない相手だ。

「よかろう」

「いい覚悟だ」

同じ言葉を繰り返した右兵衛は鼻にしわを寄せて笑うと、背中を見せてさっさと歩きはじめた。半九郎と奈津は侍たちに囲まれながらあとを続いた。

うしろをついてくる奈津は不安そうな顔をしている。半九郎は大丈夫だとうなずきかけた。実際、波が来ているのはこちらなのだ。向こうは策が破れたも同然だ。ようやく奈津を助けだした今、くだり坂を転げ落ちようとしている連中に負けるはずがなかった。

右兵衛が藪のあいだの小道を入ってゆく。あたりはほとんど人の手が入っていない荒れ地で、朝のはやい百姓たちの姿も見えない。

一町半ほど歩いて、草地に着いた。

右兵衛のいう通り、四方のほとんどが藪に囲まれており、ここで斬《き》り合いをしても人の目にとまることはない。存分にやり合える。

右兵衛の配下の二十名以上の侍は、草地の外縁に沿って輪をつくっている。

こいつらは関係なかった。右兵衛さえ倒してしまえば、風にあおられた落ち葉のように逃げ散ってしまうだろう。

半九郎は、草地の端近くに立つ柳の陰に奈津を連れていった。

「決してここを動くな」

かたく命じて右兵衛の前に戻った。すらりと刀を抜く。

「あるじの命とは申せ、そのおなごにはすまんことをした」

右兵衛は顔をゆがめている。

「本心だぞ。おぬしを倒したら、一緒にあの世に送ってやる。約束しよう」

半九郎は右兵衛を見つめた。奈津をあるじに二度と供する気がないというのは、嘘ではなさそうだった。

「恩に着る、といったほうがいいのか」

「ただし、その差料はいただいてゆく」

「取れるものならな」

半九郎は足を進めた。距離を一気につめ、袈裟《けさ》に斬りかかった。

右兵衛は余裕を持ってかわし、右足を思いきり踏みこんで胴に刀を叩《たた》きこんできた。半九郎は払い落とし、下段から逆胴を振りあげた。

右兵衛は間合を見切ってよけ、半九郎のわずかにひらいた右半身へ袈裟斬りを落としてきた。半九郎はとっさに左へ動いて避《さ》け、逆袈裟に刀を振った。

あっという間もなく刀を戻した右兵衛は強烈に半九郎の刀を弾《はじ》きあげた。半九郎は上に持っていかれそうになった腕をかろうじて引き戻し、そのまま上段からの剣を浴びせた。それも軽々と見切った右兵衛は少し体を下がらせることで避けたが、半九郎の剣は右兵衛の予期した以上に伸びて、ぴっと音を立てて右兵衛の着物をかすめていった。かすり傷にもなっていないのは手応《てごた》えからわかったが、右兵衛の瞳《ひとみ》はぎらりと怒りの色を帯びた。自らの油断に腹を立てている様子だった。

一度肩を上下させると、猪《いのしし》のような勢いで突進してきた。間合に入ったかどうかの距離で袈裟に刀を振りおろしてきた。

半九郎は受けとめたが、自分の体が縮んだかのような衝撃を感じた。

右兵衛はさらに胴を入れてきた。半九郎はそれも打ち払ったが、右兵衛は間髪を置かず袈裟斬りを見舞ってきた。

半九郎はうしろに一歩退くことでかわしたが、それよりはやく右兵衛は懐に飛びこもうとしていた。半九郎はこれ以上下がったらやられることを直感し、逆に踏みこんだ。

右兵衛は逆胴を狙《ねら》ってきていた。半九郎は叩き落とし、右兵衛の面《おもて》に刀を打ちこんだ。

右兵衛はがっちりと受けとめた。

鍔迫《つばぜ》り合いになり、半九郎は目の前にある右兵衛の顔をじっくりと見た。

汗が額に一つ浮かんでいるだけで、疲れの色は見られない。右兵衛も半九郎をじっと観察している。

やがて右兵衛がしびれを切らしたように背後に下がった。半九郎にとっては意外な動きだったが、又左衛門から教えを受けた剣を振るうのには絶好の機会だった。すばやく足を運んで、胴に刀を持っていった。

右兵衛は鋭く撥《は》ね返した。むっという目で半九郎を見る。

「妙な剣をつかおうとしたな」

半九郎は心のなかで歯を嚙《か》み締めた。うまくいかなかった。やはり右兵衛を相手に、つけ焼き刃が通用するはずがなかった。

「なら、こちらも遠慮なくいかせてもらう」

右兵衛は膝《ひざ》を折って姿勢をぐいと低くし、うしろに刀を持っていった。右兵衛の刀は背中に隠れて見えなくなった。

半九郎は腰を落とし、どんな剣がきても対応できるように足場をかためた。

右兵衛が体を低くしたまま、すっと前に出た。間合に入っていないにも拘《かかわ》らず、いきなり逆胴に刀が振られた。

半九郎はどういう変化をするのか見極めた。刀は思いのほか伸びてきて、左の腹を狙ってきた。しかしこの程度の伸びは予見しており、半九郎は弾き落とそうとした。

十分な手応えはあったが、逆に半九郎の刀が撥ね飛ばされた。半九郎は手のうちから逃げだそうとする刀をつかまえておくのが精一杯だった。

右兵衛の刀は巨木すら薙《な》ぎ倒す暴風の勢いでさらに伸び、半九郎のがら空きになった脇腹をめがけてきた。

やられるのをさとった。もはや刀は間に合わない。半九郎は体を二つにされるおのれの姿を脳裏にはっきりと見た。

がきん、と猛烈に鋭い音が響き渡ったらしいのを、半九郎は洞窟の奥にいるかのように遠くにきいた。

刀はやってこない。そのあいだに半九郎は体勢を戻した。

右兵衛の剣尖《けんせん》は半九郎の足許《あしもと》の地面を突き刺していた。右兵衛は大きく見ひらいた目で横を見ている。

視線の先には利兵衛がいた。

「なんだ、きさまは」

怒りに震えた右兵衛がいう。

その機を半九郎は逃さなかった。上段から刀を振りおろした。右兵衛はあわてて刀を振りあげて半九郎の斬撃《ざんげき》を打ち払ったが、わずかに右足が流れた。

半九郎はすかさず踏みこみ、刀を横に振り抜いた。

手応えはほとんどなかった。半九郎は刀をすばやく引き、右兵衛を見た。

右兵衛はなにが起きたのかわからないという顔で半九郎を見返した。おお、という声がまわりの侍たちから洩《も》れた。

貝の口がひらくように着物が割れ、そこから血が噴きだした。

右兵衛は傷口を見おろし、着物が赤黒く染まってゆくのを呆然《ぼうぜん》と眺めている。

刀を投げ捨てるやよろよろとうしろに下がり、木の根にでもつまずいたように転んで尻を地面についた。

頭をぐらりと揺らしたあと、眠りに落ちる赤子のようにころんと横になった。寝返りを打つように苦しげに体をよじったが、そのあとは不意に静かになった。目はあいている。だが、その瞳はようやく明けてきた暗い空を映じてはいない。

半九郎は血刀を下げ、まわりの侍たちを見まわした。侍たちは、わあと叫び声をあげてばらばらと駆けだした。

半九郎は利兵衛に向き直った。

「助けてもらったのは恩に着るが、きさまとしてはどうしても俺とやり合わねば気がすまんのだよな」

人を殺した気持ちの高ぶりが声に出ている。

しかし、利兵衛にはなぜかためらいの色が見えた。刀をかまえようとしない。

かまわず半九郎は地を蹴《け》り、利兵衛に思いきり刀を振りおろそうとした。

横から人影が飛びこんできた。

「待てっ、半九郎」

半九郎は壁にはばまれたように腕をとめ、人影を見つめた。

「和尚」

順光は通せんぼをするように半九郎に向けて手を広げている。

「俺のせがれだ。おぬしをずっと警護していた」

必死の表情でいい募った。

「せがれ？　警護？」

半九郎は刀を利兵衛に向けたままだ。

「ああ、名を松井圭之介という。前に話しただろう、若い頃、道場の娘を嫁にしようとしたことがあったと。圭之介はその娘とのあいだにできた子だ。今はその道場を継いでいる。わしがおまえのためにわざわざ出張《でば》ってもらったんだ」

順光は一気にいって、ふうと息をついた。

「おまえはうちの稼ぎ頭だし、行く末を頼んできた十兵衛を裏切るわけにはいかん」

半九郎が自分の言葉を理解したことを察した順光は手をおろした。

「しかしそれだったら」

半九郎は圭之介と呼ばれた男を見た。気づいて剣尖を下に向けた。

「なにも久兵衛の弟などにしなくてもよかったのでは？　一言、警護をつけるといってくれたらそれで十分だったのに」

ふん、と順光は鼻を鳴らした。

「おまえ、まだ自分のことをわかっておらんようだな。警護をつけるといって、素直に受けるたまか。とっととまきにかかるに決まっておろうが」

その通りかもしれない。自分が警護をする分にはなにも思わないが、されるとなったら窮屈でたまらないだろう。

「それに、おまえはのんびりとした性分というか、すぐ油断するたちだからな。こうすることで、緊張を続かせようと思ったのだ」

釈然としなかったが、利兵衛、いや圭之介がいてくれたからこそ、こうして息ができているのは確かだ。圭之介だけの腕がなかったら、右兵衛の必殺剣を叩き落とすことなどできなかっただろう。つまり、順光の判断は正しかったということだ。

半九郎は懐紙で刀身をていねいにぬぐい、鞘《さや》におさめた。

「ありがとうございました」

深々と二人に頭を下げた。

「そうあらたまらんでもいい」

半九郎は顔をあげた。順光は気持ちよさげに顎《あご》のあたりをなでている。

「しかし、まさか和尚の子とは……」

半九郎は圭之介をまじまじと見た。

「あまり似てないですね」

「圭之介のほうがいい男か。それも当然だ、こいつは母親似なんだ」

圭之介は黙って微笑を浮かべている。

半九郎は奈津を見た。

柳の陰にいる。半九郎は歩いてゆき、奈津の手を取った。

「待たせたな」

奈津は安堵《あんど》の涙を流していた。

「よくぞご無事で……」

「うむ。和尚と圭之介どののおかげだ」

奈津を連れて順光の前に戻った。

奈津は二人に厚く礼を述べた。

「万吉は無事に帰ったのですね？」

半九郎は順光にたずねた。ずっと気にかかっていたことだ。

「万吉？　万吉には断られたぞ」

「断られた？　ではあの鉄砲は？」

「わしよ」

順光はぐいと腹を突きだした。胸を張ったつもりだろうが、肥えているせいで腹を出っぱらしたようにしか見えない。

「目をみはる腕前だったろうが」

そういえばこの前、若い頃、鉄砲の鍛錬もしたという話をしていた。

「もっとも、この男へは本気で狙ったんだが、当たらんかった」

順光は右兵衛の死骸《しがい》を見おろした。

「鉄砲はどこで調達を」

「万吉よ。伊造のことを話してはみたものの、さすがに大名駕籠《かご》を撃つという大事にしりごみしてな。それで鉄砲だけ借りたというわけだ。鉄砲はもう返してきたから心配するな。もちろん、ただで借りたわけではないぞ。江戸に帰ったら、おまえの仕事賃からさっ引かしてもらう」

「しかし、半九郎どのは用心棒ですか」

圭之介が口をひらいた。利兵衛を演じていたときとはくらべものにならない快活な声だ。

「まったくもってもったいない。これだけの腕前なら、うちで師範代をやってもらいたいくらいだ」

「おいおい、引き抜く気か。いくらせがれでも許さんぞ」

「でも、半九郎どのの気持ち次第でしょう」

「残念だな、圭之介」

順光は憐《あわ》れむ瞳でせがれを見つめた。

「半九郎はな、これだけ世話になっておいて、わしのところを離れるような不義理をする男ではないんだよ」

半九郎は首を振り、圭之介に苦笑してみせた。

順光は穏やかな目を奈津に向けた。

「それにしてもよかったな、奈津。無事、半九郎の許に戻れて」

三

江戸に戻ってきた。

ほんの十日ばかりにすぎなかったが、ずいぶん長いあいだ留守にしていたように感じた。

空の色が沼里とはちがうような気がする。土埃《つちぼこり》のせいか、どことなくくすんだように見えている。これも江戸だった。これからずっと生きてゆく町だ。

町は神田に入った。

助左衛門は、長屋の木戸の前に待ちきれない顔をして立っていた。早飛脚《はやびきやく》で、奈津を取り戻したことを順光が知らせたのだ。

表通りに姿をあらわした奈津の姿を目にした途端、助左衛門は不自由な足を励ますようにして必死に歩いてきた。


落ち着く間もなく、半九郎は順光とともに大目付の杉内志摩守《すぎうちしまのかみ》の屋敷へ行った。

ふだんは江戸城につめているが、今日は番町の屋敷にいるということだった。

二人はわけ知り顔の用人に導かれ、奥の間に通された。

さほど待つことなく杉内はやってきた。座布団に正座し、一礼した。

謹厳そうな表情で、いかにも切れ者といった雰囲気を漂わせている。

「よせよ、彦四郎《ひこしろう》」

順光が手を振って笑いかけた。

杉内は相好《そうごう》を崩した。まるで頑丈な石垣が音を立てて壊れたみたいだった。

ずいぶん人なつこい笑顔をしている。これできらう人が多いというのは不思議な気がしたが、おそらく仕事ぶりが峻烈《しゅんれつ》といっていいくらい厳しいのではないか。うしろ暗いことをしている者にとって、目障《めざわ》りで仕方ないのだろう。

「元気そうだな、敏之丞」

よく響くほがらかな声でいう。

「相変わらず、蕎麦切りばかり食っているのか」

「まあな。元気の源よ」

「近間庵か。しばらく行ってないな。行ったらおごってくれるか」

「そりゃかまわんが、しかし天下の大目付さまの申されることではないな」

杉内は真剣な顔をつくった。

「だいたいの話はきいた。しかし今一度じかにききたい」

「そのつもりで連れてきた」

順光は半九郎を大目付に紹介し、すべてを話すように告げた。

きき終えた杉内は深くうなずいた。

「よくわかった。さっそく調べてみよう」

本音をいえば、半九郎としては守就をこの手で討ちたかった。しかし、大名の処分は大目付にまかせるべき、との順光の説得を受け入れている。元経殺しに関《かか》わったのだ、軽い処分で終わるはずがなかった。報復としてはそれで十分だった。

杉内の動きは迅速そのもので、一件を調べあげるのにさしてときを要しなかった。

守就は龍の尾ほしさに主膳に荷担したことを認め、切腹が決まった。家は取り潰《つぶ》し。

高岡主膳は斬罪《ざんざい》に決定した。

ただし、主家はかろうじて改易をまぬがれた。さすがに無傷というわけにはいかず、一万石の減知という処罰がくだされたが。

「それにしても、一万石とはずいぶん寛大な処置ですね」

半九郎は祥沢寺の庫裡《くり》の奥の間にいる。目の前にはあぐらをかいた順光がいた。

江戸に戻ってから、すでに一月が経過していた。

「すべて主膳が仕組んだことで、満経どのは関与していなかった、と彦四郎は申した。いくら廃嫡《はいちゃく》を父が考えていたとしても、実の父を殺すことに同意するはずがない、ということらしいな」

「満経どのは、では、元経公の跡を継ぐのですか」

「いや、残念ながら家督を継ぐ位置からははずされた」

「どうしてです」

「いくら関与していなかったとはいえ、叔父《おじ》が企てたことだからな、なんの咎《とが》もなしというわけにはいかん」

「では、元経公の跡は？」

「元経公には、側室の腹の男子がいるらしいな。まだ六歳とのことだが、この子が継ぐことになるそうだ。長ずるまで津村どのが後見につくことが決定したらしいぞ」

順光はじろじろ見つめてきた。

「おまえがその気になれば、殿さまになれるのにな。ふむ、その気はないか。おまえらしいといえばおまえらしいが」

少し残念そうに首を振る。

「でも、なんかもったいないな」

四

その後、半九郎は用心棒仕事に戻った。

また与左衛門から警護についてほしいという依頼が来て、秋葉屋に向かった。

「許嫁も無事取り戻されたそうで、手前も安堵いたしました」

いつもの客間で与左衛門と向かい合った。

「ありがとう。おぬしにはいろいろと迷惑をかけた。今日は？」

与左衛門はうなずき、懐から文を取りだした。

「こんな物がまた来たのです」

手渡された文に半九郎は目を落とした。眉《まゆ》をひそめる。

文には『与左衛門を殺す』と書かれていた。

「心当たりは？」

顔をあげてたずねた。

「いえ、さっぱりです」

「そうか」

今度という今度は自分には関係ないだろう。これは与左衛門自身に降りかかったことにちがいない。

「うらまれるようなことはしていないのか。たとえばおしまを捨てたとか」

「滅相もございません。おしまとは今もうまくいっています」

「奉行所には？」

「いえ、届けておりません。出入りの岡っ引も源吉親分があんなことになって、今はおりませんですし」

「では、しばらく警護についてみて、様子を見るということでいいか。なにも起こらんかもしれんが」

「それでけっこうでございます。どうかよろしくお願いいたします」

与左衛門の様子がおかしいのに半九郎は気づいた。ずいぶん青い顔をしている。

「顔色が悪いな。風邪《かぜ》でもひいたか」

「いえ、なんでもありません。お心づかい、ありがとうございます。ああ、どうぞお召しあがりください」

茶を勧めてきた。

半九郎は茶碗《ちゃわん》を持ち、口をつけようとした。だが、与左衛門がうかがうような落ち着かない目で見ているのに気づき、いやな気分を覚えた。

半九郎は畳に茶碗を置こうとした。思い直して与左衛門に突きつけた。

「秋葉屋、おぬしが飲んでみろ」

びっくりしたように目を泳がせた与左衛門は、手をぶるぶる震わせた。

それでも茶碗を持つことは持った。しかし口に近づけようとはしない。顔からは血の気というものがなくなっていた。